那些温软物事

李进／著

让我们保持安静
跟随内心的指引
神秘的命运
知晓每一粒尘埃的一生
让我们讲述我们的故事
有如一粒微尘
　　　　　——鲁米

济南出版社

图书在版编目(CIP)数据

那些温软物事/李进著. —济南：济南出版社，

2016.9(2017.1重印)

ISBN 978 - 7 - 5488 - 2329 - 2

Ⅰ.①那⋯　Ⅱ.①李⋯　Ⅲ.①散文集—中国—当代　②

故事—作品集—中国—当代　Ⅳ.①I217.2

中国版本图书馆 CIP 数据核字(2016)第 224727 号

责任编辑　刘德义
封面设计　侯文英

出版发行　济南出版社
地　　址　济南市二环南路 1 号
邮　　编　250002
印　　刷　山东省东营市新华印刷厂
印　　数　1001 - 3000
开　　本　150 毫米 ×230 毫米　16 开
印　　张　17.75
字　　数　214 千字
版　　次　2016 年 9 月第 1 版
印　　次　2017 年 1 月第 2 次印刷
书　　号　ISBN 978 - 7 - 5488 - 2329 - 2
定　　价　39.80 元

目录

▶ **守护一份感动**

感动不会随着年龄的增长而消失，它是掩藏在内心深处的一份温情。触及就要悸动，就要奔突而来，汇集交织成足以冲撞心灵的复杂情感。这是最美一瞬间，美如深涧里的流泉一样，淙淙汩汩流泻着另一种沉默的话语。

▶ 看上去很美的课堂

美国学者梅琳达·戴维斯在"欲望计划"的研究中发现，现代人最大的危机是"要克服内心深处的混乱"。是的，我们的心灵遭遇到前所未有的困境，失掉了信仰，被不断升级的欲望奴役，灵魂在繁华处空虚着，心灵无处安放，精神堕入虚无，幸福感丧失了。浮躁着的现代人，沉浸在物质欲望和肉体感官刺激中，滋生出各种不安和痛苦。

▶ 养在内心里的山水

　　一杯红酒配上一部电影,让自己在微醉里消融;在半夜回家时,不开灯,点上一盏蜡烛,打开一张旧唱片,让音乐在房间各个角落,优雅地流转;温一壶茶,举烛,让目光在房间里散步,这样的气氛,最适宜打开沈从文的《湘行书简》。相信爱,相信未来,让自己的内心永远驻着一个小孩,驻着美和善,在坚硬的现实生活背后,挽留住稀有的抒情,在粗糙的日子里感受精致的心境。

▶ 活着的姿态

　　五十四年花开无果,她和寂寞共寝,与孤独厮守,爱得凄美而决绝。"泪眼问花花不语,乱红飞过秋千去",茫茫人海,在最不该相遇的时候,相爱了。沧海桑田,白云苍狗间,时光走远了,而爱,还留在那里,以最凛然、最动容的姿态,诠释着成全之美,爱到心碎。如今,人无言,天亦落泪。

▶ 后记

守护一份感动

　　感动不会随着年龄的增长而消失，它是掩藏在内心深处的一份温情。触及就要悸动，就要奔突而来，汇集交织成足以冲撞心灵的复杂情感。这是最美一瞬间，美如深涧里的流泉一样，淙淙汩汩流泻着另一种沉默的话语。

哪一个冬天在飞雪

有雪的世界，就有说不尽的诗情。雪是冬的节奏，大地和苍松的服饰，皑皑白雪和刺骨的严寒，该是北方冬日特有的气息。可是，如今我们这里难见大雪了。"乱云低薄暮，急雪舞回风"的景象已冰封进了记忆；"晨起开门雪满山，雪晴云淡日光寒"的日子早已停驻在诗行里。久盼中即便有雪飞来，也是脚步匆匆，那么迟疑，那么吝啬，薄薄的，斑斑驳驳地铺一层了事。然而，即使这样顷刻化为无的小雪，也让人们渴念的心兴奋不已。

有一年冬天，当一场小雪有意无意飘落时，我的手机开始频响，全是些迎雪咏雪的短信，复制成大家共同的喜悦。其中一位女友竟然问我此刻在干嘛："在雪中吟诗？跳舞？还是歌唱？"看到这样三个问号，我差点笑出声，放下手头正忙着的事务，回道："雪地里，我差点滑了个倒栽葱，正狼狈着呢！"女友不再回复，我打过去电话，笑着问她，是不是想在雪地里作秀啊，她生气地斥我没有半点诗意。

是的，下雪的时候，按说应该生出些诗情来的。雪，如果不是以灾难的面目出现，想想看，多么美，雪花飞舞，茫茫苍苍，玉树琼花，天地精致而单纯，气象清新而远古，多童话、多奇妙，那种踏雪寻梅的风雅沉醉了多少人，放眼高歌抑或小斟独吟之中，诞生了多少绝美诗篇。雪，人们赋予了它太多的美好，它素心纯净，覆盖了俗世里的阴晦，它润泽五谷，酝酿

3

了农田里的丰收，它是心灵晶莹剔透的象征，它的精魂里飘扬着雍容淡然的风范。

可是，不知从何时起，雪意已淡出我的生活视野，诗意也被尘世的秋风吹去，诗意美不知不觉随着流逝的岁月远遁了。想必，行走在一片繁忙中的人们和我一样，感受诗意的性情也钝了吧？在钝了的时候，心头一沉，却不甘，想挽留，想追寻，哪怕从别人身上证实这种美好还在也足矣！

记得那是多年前的事了，我写过一篇小说《等雪》。说的是一个女子二十岁时曾遇到一位喜欢书画的男子，错过之后，她竟用整整十年的等待，编织了一份唯美的空中楼阁，她在自己想象的爱情故事里，不厌其烦地回味过去的一点一滴，在一次次添油加醋的细节回想中储备着深情，一遍遍塑造着他的完美形象，如暖冬里等候一场雪，期盼他的再次出现。其实，她并不知晓，他早已携带着生活的油盐酱醋，把她忘得一干二净了，他甚至把那段很古典的所谓浪漫，看成是为赋新诗强说愁的少不更事，是无病呻吟的生编滥造。小说中有这样一个场景：他去她家时，天上正下起鹅毛大雪，她没有开门，他就执拗地站在门外，雪越下越大，铺天盖地，越积越厚，就那样在风雪中站成了雪人，积雪竟把他的双脚掩埋了。这雪地里令人难忘的一幕，被她日后揉进了生命里，耗用了整整10年的青春，反复回放那种感人的纯美。那斩不断的情丝，那拗不过的执着，多像一个爱情童话，浪漫到极致，忧伤到骨子里。

这篇以第一人称写的小说，尽管构思幼稚，那么不成样子，没想到却被好多女子喜欢，她们私下里传阅、感叹、收藏。像收藏自己的一段情感经历，收藏自己情感生活的一些情绪，她们似乎都能从中找到自己的忧伤。我知道，是那个雪景打动了她们，是雪的纯净，是爱的唯美和执着打动了她们。

因了这个虚构的故事，我还结识了一个素昧平生的人。那也是个下雪天，天地一色，一片纯白，我在漫天飞雪中好不容易赶到单位，有人电话找我，听到一个女声兴奋地喊："下雪了！"我一愣，半天才回过神来，问了句："哦，是的，下雪了，你有什么事吗？"那边好像有些失望，最后小声说了句："你不是一直在等一场雪吗？"哦，我终于明白了，她一定又将我和《等雪》里的女主人公混在一起了。我忽然感到一丝莫名的哀伤和惆怅，为自己早已钝了的性情，为那个莫须有的故事，为所有喜欢浪漫又不得实现的女人，为她们心头不肯消融的雪和那些如同海市蜃楼般昙花一现的绵绵情爱。

感叹之后，我依然要在滚滚红尘中埋头赶路，行色匆匆，一脸疲倦和疑惑。

有人曾经叹息："浪漫与性情已是现实生活中的易碎品，爱也可以是一件并不认真的事。"是的，真实往往如此令人失望，但这并不妨碍女人依然对它们深深向往。

有雪的天气里，收到朋友的问询，让我感慨万千。是不是，在这浮躁的世相市声里，她们总想在某一刻，捕捉一丝静谧的诗意，哪怕间接地体验一下久违了的心跳；是不是，在这诗意不再的感觉里，她们总想证实有些东西虽然搁浅却依然存在。正因为一些原本美好的东西被俗世的烟尘遮盖，一些原本被人称颂的美德遭遇恶搞，所以对美和真的呼唤，才这样惧怕一脚踏空。比如我，这几年，朋友陪我走过一程又一程，也流失了一拨又一拨，他们各奔东西，在生活的繁忙中失去了联系，可我总算留住了三五个好友，比如阿英，我总想从她身上啜饮精神城池里的清泉，在各色声响里觅到一丝安宁，在是非混淆的迷茫中安顿好灵魂。我看见某些被边缘的东西还在，真性情和善良的心还在，借以深感欣慰。

今夜，有一些诗句撞在心上，记不得作者是谁了，可与诗意相遇的感觉，却悄悄地镂刻在无雪的夜里：

你轻声一问
谁打开寂寞的阀门
驮着诗歌的黄昏
夜鸟啾啾着

在城市边缘行走
夜鸟其实丧失了歌喉
每个人都在试图打开
生命那宿命的罐子
于是你开始在夜中
比夜深沉

（原载 2008 年 3 月 25 日《青岛日报》）

"赠书"趣事

　　新书出版了，无论是名家，还是名不见经传的作者，或是自费出书的文字爱好者，自然要赠予文朋诗友一阅。这赠出去的书有着不同的命运遭际，仿佛人生际遇，有的怀才不遇，被人束之高阁，从此和寂寞为伍与尘埃相伴；有的三生有幸，巧逢难觅的知音，被阅读者一见钟情，以神交千遍不厌倦的相见恨晚，喜爱并收藏着；有的流落摊头，灰头土脸躺在旧书架上待价而沽；有的则被视如敝屣，和旧报刊一起卖给收废品的，日后直接进了造纸厂化浆，剥夺去了"书"的称谓。

　　说起赠书，想起了多年前自己一段尴尬往事。有个忘年交，也是我的老邻居，比我年长二十六岁，这位永远长不大的老顽童，竟一直称呼我"小朋友"。他精通文史，博闻强记，嗜好吟诵诗文，似乎没有不通晓的典故，没有不知道的难字，就连"已死去"的字，也能说出字的读音及字义，人称"活字典"。曾有一段时间，我得空听他讲故事，对他活在古纸堆里的生活好生奇怪，我常常以"时光流逝了，我依然在这里"来形容他的生存状态，以及他对诸多事情的看法。

　　一日，"活字典"赠我一本厚厚的诗词合集《全国诗社诗友作品选萃》，将登载他诗作那页用漂亮书签标出，里边竟有一首诗与我有关，题目是《于李进小友处谈至晚，归来作》。诗中吟道："捅开一管电炉红，彼与谈谐坐暖风。谈了多时方尽兴，归来眉月挂疏桐。"他在扉页上用狂草题上："李进小朋友惠存。"落上他的姓名，标上日期，并"嗵"一声盖上鲜红印章，嘱咐我好好收藏，认真研读。在我读过的他的所有诗中，这首诗其实写得很一般。

突然有一日，我接到朋友电话，她压低声音问我："你怎么将郑老的赠书摆旧书摊上了？"我一惊："怎么会？不可能！"我张口结舌，被这突如其来的消息惊出一身汗。朋友开始调侃："你没卖，那这本书自己长腿溜到书摊上去的？告诉你吧，书已被人买走了，而且淘书者跑到郑老那里又重新题上字了。"这下我真的慌了神，一步窜到书橱旁，查看郑老的几本书，发现《全国诗社诗友作品选萃》真的不见了。哦，我终于想起来了，很可能搬家时，妹妹帮我整理房间时，将赠书混在其他袋子里，稀里糊涂卖给收杂物的了。

记得曾经读过一篇文章，说某作家看见自己万般珍爱的著书，竟躺在地摊上当旧书卖。他翻开扉页一看亲笔签名，顿时气得七窍生烟，当场咒骂弃书人的轻薄，一怒之下买下此书，大笔一挥重新题字，在原来题款下加上一行"送给某某——某某再致意"后，将爱书再赠弃书人。想想看，弃书人再次收到这份馈赠，心中会是何种滋味，除非他已全然不在乎，书连同赠书人都不在乎了。可我对郑老的赠书无轻薄之意，让其浪迹旧书摊的确纯属意外，但在事实面前，任何解释皆枉然，说得再好也有狡辩嫌疑，甚至有可能被列入善编谎言之流的黑名单。想到种种不测后果，我决定主动收拾尴尬局面。

我从朋友处索要了掏书人的电话，小心翼翼打过去，委婉问及赠书之事，并一再表明欲加倍买回的诚意。此君哈哈大笑，说不用给钱了，算是我送给你的吧。我们约好交接地点，时间一到，我提着大包小裹准时猫进市区一家邮电局。坐定，深呼吸，全神贯注等此君出现，如地下工作者接头似的忐忑不安。几分钟后，此君手拿赠书来了，我们隔桌而坐，他将书慢慢推过来，我忙起身，讪讪笑着哈腰双手接过书，同时将不胜谢意的礼品推过去，请君收下。

我重新拿到这本赠书，封二一行狂草直逼双眼，我看到郑老在书上的题字："浩荣老弟从旧书摊购到，亦是一段传奇趣事，特题之留念。某年某月，于某某处。"我将书刚要收入包中，忽听一声："慢着，把书拿来，我写上一字。"此君题字完毕，我接过一看，扉页处又添一行繁体字："复归李进师妹，可谓文苑一段佳话。浩荣。某年某月于某邮电局"。在这里凭空捡了一个师哥，怪有意思的。走出大门，我如释重负，长舒一口气。

此刻回想那段往事，倒真挖掘出"趣"意来，然而当时焦了头的我半点体会不到那是一桩"趣事"，更谈不上什么"佳话"。

想来赠书流落摊头原因种种。除了不小心遗失之外，赠弃之间，藏着多少耐人寻味的东西。大概赠书者总是抱着一腔热情，然而不管怎么说，热忱相赠，总希望对方善待，甚至企盼得到热烈回应吧。

好多年前我出过一本诗文集，记得书出版时，我手捧散发墨香的诗集，将封面和精心挑选的"小照"足足打量了10分钟，然后从头到尾细读一遍，陶陶然，竟忘了落座。幸亏小册子薄如"蝉翼"，要不，得站着看上多少个日夜啊。我专门刻了印章，见人就赠。那些朦胧着矫情的诗文，那些不成熟的只言片语，在当时的我看来可了得，不赠朋友一阅是对不住大家的。于是，不管人家是否愿意，我一律题上敬请"惠存""斧正"字样，硬是笑脸塞过去。至于此物是否讨人喜欢，就不去想了。

终于有一天，友人向我抱怨："你啊，那本诗文集送谁不好，单单送给不爱书的人，知道不？人家刚刚学语的孩子将书卷啊卷，画呀画的，成了大花脸了。"闻听此言，想想书里感觉良好的"小照"，正被横七竖八的划痕毁了容，脸上着实一阵尴尬。

一段时间下来，等我兴奋的头脑渐渐冷却，赠书的热情也随之减弱了。有时看看小册子里那几个没捉出来的错别字，那几篇不成样子的诗文，白纸黑字晾在那里，就陡生汗颜之感，就有了拿不出手示人的羞愧。记得朋友搬家，我专程去祝贺他的乔迁之喜，参观书房里的藏书时，忽然发现一本书，特眼熟，定睛一看，竟是我的"大作"《九月的旅人》。我那嶙峋着瘦瘦书脊，拥着单薄单薄印张，质地形似盗版模样的小书，正十分抱歉地挤在一排排大部头中间。我的心率顿时加快，猝不及防脸"唰"地一下红了。我急忙快速闪开，如做贼似的溜出书房，坐定，久久为拙书贸然侵入他人书房，占用书架宝贵位置而惭愧不已。

难怪，有位著名书评家诉苦赠书已成"灾"，小小书房无法承受。这些赠书根本无时间拜读不说，单是往哪儿放就伤透脑筋。而最要命的是，这些赠书里有几本是人家值得一阅的呢？

看来，赠书要看对象的，赠予对了胃口的人是最好选择。人的喜好不同，兴趣自然有侧重，即便是喜欢文学类书，因鉴赏水平高低不等，阅读口味大不一样，容易造成同一本书，有人大加赞赏，有人味同嚼蜡，甚至有人认为是在浪费时间。所以，这赠书既能给人愉悦和收获，也能给人不堪和麻烦。

假若赠书者，特别是自费出书的赠书者，还是决意要逢人就赠，那就只能让赠书随遇而安，不在乎它的命运去向了。坦然接受任何一种境遇，上书架也好，束之高阁也行，丢弃垃圾箱也罢，管他受赠人怎样处理，那是人家的自由。赠书被珍藏而不喜，受冷遇而不忧，遭丢弃也不怒，让忧怨缺席，让期许归零，只留赠阅那一刻的美意，不也拾得一乐？

（入选 2014 年齐鲁文学作品年展）

情　调

　　情调这个词，极富色彩，总给人带来一种浪漫趣味。陷入热恋中的青年男女更是对它钟爱有加。两情相悦一旦和情调联袂，再怎样清淡的爱情故事，也会格外有嚼头，让人回味，让人陶然沉迷其中。

　　女人尤其喜好情调。那种布置了很多心思，浸润着绵绵韵致的浪漫氛围，可以使漂亮女人千娇百媚，平常女人也味道十足。浪漫的爱情故事更令女人心驰神往。可是，不是每个女人都能如愿，更多的时候，她们与这些无缘，情调是待在别人阳台上的"明月夜"，与她们不相干，就像世间的好东西，不是任人想得到就能得到。

　　情人节这天，小夏从阁楼里取下那封信。这封保存完好的信，已有些年头。它不是普通邮件，而是一段暧昧的私情。他在信中想表达却没能表达出来的部分，节制而含混，如喧响着的背景音乐，迂回在信封里，终究没有开启的勇气，像极了久远年代的雨打芭蕉。小夏喜欢这种感觉，少女的情怀就洒上了露水，静悄悄地滋润着。小夏和他的关系也因这封信，变得耐人寻味起来。其实那几句话不用打开看，她早已熟记于心："这段时间，难以入睡，一直想和你说点什么的，可在那些酝酿睡意的时间里，原本打好的腹稿，又被白天的阳光冲得了无踪影。这想法有些荒诞，但却真实地发生了，一些细碎的感觉陡然照亮了我的内心。"游走在这样的文字间，温习着给人带来无限遐思的斐然文字，有丝丝甘美，带着绿茶的口感，心就汪洋开来。蜻蜓在点水，圈圈涟漪扩散着花开的声音，有鸥鸟掠水而飞，衔着那些迷离又魅人的语言的碎片，小夏禁不住浮想联翩。

她萌生出一个想法，给他回封信。她特意挑选了一个有浪漫情调图案的信封：一片落满皑皑白雪的森林，隐约可见错落有致的红顶房舍，一条青砖铺就的小径，曲径通幽，直抵一个花团锦簇的小木屋。这调子太符合她此刻的心境了，小夏铺开稿纸，用娟秀的字体，琢磨好词句，一笔一画，撰写了几行朦胧而不乏唯美的祝福，跑到邮局寄走信件，心似乎也跟随这封信踏上了浪漫之旅。

接下来的时间，小夏在等候回音。信使如约而至，可拿到信件的一刹那，像兜头泼来的一瓢凉水，蒙了。只见信封竟然是揉皱了的，还破缺了一角，字体潦草，信里只有寥寥几句，大意是，现在都电邮时代了，懒得手写，纸质的信多古董啊。再说，这多浪费资源啊，几千封信就是一棵大树，就是长江的泥沙含量，黄河的断流日期。他说如果有事今后 E-mail 联系吧。信中他附上一张照片，是张集体照，他挤在同事中间，面貌平庸，身材瘦小，眼神疲惫，整个人灰头土脸，和他生动的文字南辕北辙。

小夏心一沉，再沉，刚刚生发出来的小情小调，一下子暗了下来。

她终于明白，她希望得到的只是一种情调罢了，那是一种无声的温存，味香而色美，如空中楼阁里的明月夜，或是一曲夜空中缥缈的笛声罢了。

小夏笑了。原来斐然的文字也能牵人入梦，可小栖之后必定醒来。是的，浪漫的情调追求终究只是想想而已，生活不是自己的小说。

（原载 2007 年 7 月 7 日《桂林晚报》，有删节）

女人与婚纱

婚纱是女人梦的衣裳，是与生俱来的一种公主情结。正如哪个妙龄女子不善怀春一样，相信无论是幸福的准新娘，还是待字闺中的单身女，都为一袭婚纱害过相思病。

而许多男人对此往往不以为意，在他们眼里，婚纱只是结婚仪式里新娘的一件嫁衣。拍婚纱照，也只是婚礼的一个繁琐程序罢了，能省则省，能简则简，至于拍什么样的婚纱照，更是毫不在意，把女人刻意的挑剔和讲究视为制造麻烦，甚至认为是虚荣心作祟。

新娘在婚礼上穿婚纱的历史不到 200 年。在西方，下摆拖地的礼服原是天主教徒的典礼服，人们结婚必须到教堂接受神父或牧师的祈祷与祝福才能算正式的合法婚姻，穿上典礼服是新娘向神表示的真诚与纯洁。新娘会将结婚礼服保存并传承给子孙，让圣洁的婚纱成为美丽的珍藏和爱的传承。

中国人在五四运动前，女人结婚崇尚穿红色衣服，新人是绝对不允许穿白色衣服的。随着 20 世纪 20 年代初西方文化的普遍传入，留学归来的富家女开始着婚纱，而且选择在教堂里举行婚礼。20 世纪 30 年代，上海等大城市开始流行新娘穿白色婚纱礼服，手捧鲜花，头戴白色长纱。而到了 20 世纪 50 年代至 70 年代，因资产阶级生活方式被批判，个人需求被压制，婚礼也得服从政治，没有新娘敢穿婚纱了。直到 20 世纪 80 年代以后，人们终于又穿上了婚纱。

无论东方和西方，在人生最重要时刻，在婚礼上穿上一款美丽婚纱，始终是女人梦寐以求的。

风靡世界的美国电影《欲望城市》里就有一个情节，把男女对婚纱的不同态度，表现得淋漓尽致。这是一部都市爱情喜剧，以发生在纽约曼哈顿四个单身女人的故事为主线，讲述了专栏作家凯莉、律师玛兰达、理想主义者夏洛特和公关经理萨曼莎不同的爱情生活。她们都事业成功，时髦靓丽，性感自信。她们在充满欲望和诱惑的都市里，面临着共同的困扰，不知道真正的爱情和归宿究竟在哪里。剧中有一个情节，凯莉就要和相恋多年的男友比格结婚了，比格购置了豪华的婚房，凯莉精心准备结婚典礼，疯狂选购名贵婚纱和美丽服饰，还为某杂志拍了一套身披婚纱的新婚专集。

三个女友为凯莉终于将要走上婚礼殿堂欣喜不已，她们边听音乐边欣赏着凯莉一件件试穿婚纱，一惊一乍地欢呼，尽情享受婚纱给女人带来的幸福感。可是，当一切准备就绪，凯莉身穿洁白的婚纱，在女友们的簇拥下来到教堂时，比格却打了退堂鼓，在半路上逃跑了，被婚礼仪式的隆重和繁琐，被凯莉好友无意中的一句话，吓跑了。天塌下来一般的变故把凯莉气疯了，绝望中的她用手中的玫瑰花束狠狠抽打比格，花瓣纷纷飘落，那一刻，她的婚纱梦碎了，爱情也随之碎了。

后来，进展中的剧情安排凯莉终于想通了，4年后，她依从了男友比格，穿着一身套装举行了简单婚礼。想必编剧为照顾男性观众，故意让剧情扭转，让女人为爱情让步，让婚礼看上去皆大欢喜。可这一幕却让女性观众禁不住泪湿，她们百感交集，万般失落，为这一幸福时刻没能如愿闪亮登场而失望，为婚纱的擦肩而过久久惆怅不已。

由此可见，女人对婚纱的在意和钟情程度，确实让男人们匪夷所思。

女人天生爱美，将人生最美时刻定格，将爱情的甜蜜和浪漫用一种仪式呈现，这种心结无法释怀。

姿色再平平的女子，在化妆师的妙手妆点下，一经穿着婚纱，即可摇曳生姿，风情万种，集万般宠爱于一身。踏上红地毯，牵手如意郎君，就有无言的诗情款款而行，带着暖暖春风，带着爱的气息。浪漫而又质感的婚纱，一波一褶，每一处细节似乎都在诉说着对美的眷顾，对爱的执着，它的唯美和庄严打动所有人，难怪女人对它钟爱有加，难以抗拒。

有时候爱情的确需要一种形式见证的，用唯美的环节，生动的氛围，把情感点亮，婚纱就是载体，就是最好道具。想想看，多年以后，夹在相册里的那一个个笑靥，不单单是一种纪念了，更是一种美得让人心醉的旧时光，永远定格，永不遗落。爱人曾经的承诺，影像中的温馨和甜蜜，被渐渐老去的女人守候着，相恋故事和青春的记忆也就变成了一幅爱和美的画卷。

（原载 2010 年 3 月 31 日《青岛早报》，有删节）

入诗的白日梦

台湾诗人席慕容的诗歌《莲的心事》，把少女怀春描述得极为生动，水中亭亭玉立的莲，如情窦初开的少女，倾注全部的热情，等待着"采莲人"的出现。那份人在最丰美年华里，期待与爱相遇的心情，表现得内敛而热烈。

席慕容诗中所言的少女之心，特别吻合我青春年少时的样子，现在想来，那的确是人生最美丽的守候。人到中年，忽然发觉，那华美还没来得及好好品一品，就渐行渐远了。回望那段青春时光，那么纯净、生动和明媚，那些懵懂、丰饶、悸动的内心经历，如今都收藏在我的珍贵记忆里了。

"想象你是沃野上一页轻蹄；想象你是荒原上一个仁慈的杀手；想象你是深海里一叶兰舟……"对白马王子无数次的想象，已使我的心田蓄满一池情感的潮水，一有风吹草动，就源源流泻出一些清美的诗句。特别是在春暖花开的晚上，就有一些"水映墙外眉柳，月照空庭花黄"的暖色调子，搅乱心绪。心儿飞舞着，像生了翅膀一样，划过夜空，带着美丽的遐思，神游到云端里去了，它留下的痕迹，就被我偷偷藏进诗里。

那是生命的船荡进了怀春的季节，极想让躲躲闪闪的期盼，有一次崭新的内容，极想有一种罗曼蒂克的恋情，将自己久久围困。可，日子过得很慢，梦中的白马王子也迟迟没有来到。等待的心情，就和初春的草叶一起疯长起来："我的真丝宽裙揉进轻曼的风中，浪漫无比，真想一回头，看见我的马儿，挂满刺玫瑰的清幽，自密林深处，闪烁着嗒嗒而来。"说来很渐愧，在那大段大段韶光里，我把有限的想象力，几乎都耗用在怎样安置我与梦中王子奇遇的情景里了。

看着窗外的风雪，就有一种思绪，幻化出很美的意境："风笛吹红十二月的梅/梦中出发的人/扬马踏雪/穿过涨潮的思恋/款款而来。"我安排他弯腰把我搂上马背，风儿就扬起我的长发，并在一系列的镜头中，闪过一些骏马跳过山崖，越过浅河的场景。不可遏止的浪漫情怀，就这样恣意横流在我的诗行里。

然而，生活中的我却很被动。这种心理和行为的相悖，使我在梦想与现实的碰撞、纠缠里，无端生出一些没着没落，迷离恍惚而又杂乱的情绪。现在看来，那种无来由的惆怅，很浪漫也很矫情，绝对是无病呻吟在作祟。可我却甘愿浸润其中，一本正经地消受着那种美丽的感伤。

我开始疯狂炮制诗歌，那些臆造的白日梦，丰盈而纯美，这是少女摊在阳光下的情怀，一行行从内心深处蜿蜒而出，吟咏着，流动着，时而直抒胸臆，热烈而奔放；时而兜兜转转，欲言又止，不知所云；时而和花草对话，时而和梦中的白马王子周旋。如果那也叫诗，可真是诗意丰收的年份。随时，随地，都可以掏出纸笔，把不小心飞出来的句子捉住，是那样率性和痴狂，看似不动声色，实则已波涛滚涌。遗憾的是，那些诗里大多并无实物，所言内容均轻飘飘的，带着唯美的叹息，像精灵，在空中飞来飞去，没有目标，没有落脚地，随口吟诵出来的字句，如美丽的谎言编织出的梦境，炫目而虚拟。我陶醉在思与想的空中楼阁里，恣意制造，而那一首首所谓的爱情诗，寻不到主人公。

可是，诗意却在，白纸黑字在，浓得化不开的缱绻在，真挚的情感全部待在那里。

要说所有的诗里都言之无物也不尽然，其中一首就是例外，一个男孩子闯入了《已入冬》这首诗。

记得，那天我到市图书馆借书，在我浏览书目时，身旁突然挤过来一位高个子男孩，正专心选书。我抬头扫了他一眼，看上去他很沉稳，很有内涵的样子，男人味也十足，是我心仪的那种，心为之一动。可当时什么都没发生，我只管抱着书，独自走出大门。过后，没多想什么，只是再去图书馆的路上，突然想起那个男孩，突然冒出一个念头，他会不会正巧也在，会不会注意到我，我们会不会轰轰烈烈爱上？然而，这个我记不清面貌，不知名字的男孩再没出现过。我把本该藏在心底，极隐秘的内心活动，梳理了一下，让他走入诗里："犹是还记得那次必然的邂逅/注定我将在冥想的河里长游/二十年梦寐那一瞬的闪亮/依稀你在岸上绰立/语言满含月色/我该怎样起步方能靠近你/已入冬/寒瘦的清风袭上空袖/独自在冰河的岸边垂钓/是你投下挺拔的身影于我的湖中/我是饮着怎样沉默的遥想沉默/这一切我不能表达/你不知道我的矜持/在岁月的风中疲惫不堪……"

我将这些情感体验，经过沉淀、融会后，提着一种恋爱的心绪，写成了一首首诗歌，投寄出去后竟被一些报刊选发了。

一位朋友拿着书找到我，神秘兮兮地问："和我说说，诗中的男孩子是谁？"我也不知道他是谁，他只是我幻化出来的一个偶像，是我一闪念捕捉到的情绪，是我丰富情感的渲泄。

整个该恋爱的季节，我没能去践行一场真实的恋爱，可这并不妨碍我在虚拟的诗意场景里，去铺垫、渲染、营造爱的经历。端坐在自己臆造的白日梦里，感受着情感的潮起潮落，等待、恋爱、分手，跌宕在缠绵悱恻的漩涡里，丰富着自己那段情感空白的人生。

直到有一天，别人将男友介绍给我，说："喏，这是你的。"我才欣然点了点头，让这平静却本色，寻常却温暖的爱情，径直走进来。我恋恋不舍地将梦中的王子、蓝鸟一一退下，将美丽而惆怅的诗歌束之高阁，我的白日梦就此结束了。

从云端安全着陆的日子，虽说庸常却充实，虽说少了浪漫，却多了踏实的烟火味道。当下的每个清晨和黄昏，还有那段单纯而诗意泛滥的青葱岁月，但凡属于我的，都将被我爱着和永远珍视。

（原载 1996 年第 1 期《散文百家》，有改动，原题为《入诗的男孩》）

守护一份感动

多年前看过一篇散文，作者惶恐诉说无泪的苦恼。不论是哀痛或是喜极，聚散的无常还是情感的起落，都没有了眼泪这个最能表达心境的东西呈现。于是，为自己冷漠的外表感到痛苦。

其实，少了些眼泪也无妨，怕的是麻木，是心灵的荒芜。

岁月的流逝，经历的丰富，可以使一个人坚强起来，可以强抑制住无端的泪水，可以承受住一切不能承受的东西。而感动是不会随着年龄的增长而消失的，它是掩藏在内心深处的一份温情。触及就要悸动，就要奔突而来，汇集交织成足以冲撞心灵的复杂情感。这是最美的一瞬间，美如深涧里的流泉一样，淙淙汩汩流泻出另一种沉默的话语。

更多的时候，感动是属于个人的。记得那天中午，我慵倦在沙发上看电视节目。这是一个精心制作的纪实专题，为一个103岁的老人过生日。75岁的儿媳为她穿上新衣，很多人在镜头里奔前跑后。有人叫她伸伸胳膊，有人叫她弯弯腰，老人无所适从地任人摆布，动作显然有些吃力，她抬头看看这人，望望那人，面对镜头，眼神慌乱，像个胆怯又听话的孩子。最后大家簇拥着她来到餐桌旁，硕大无比的生日蛋糕上插满了五彩的蜡烛，烛影里老人俯下身，用干瘪的嘴吹灭了蜡烛，顿时欢笑声响成一片。我的眼泪"哗"地流下来，不能自制，瞬间变得不可收拾，竟然哽咽。我被自己吓了一跳，之前没有征兆，怎么会顷刻间泪流满面？我可是善感却不多愁的人，这一刻的泪水因何而流？我无法梳理自己变成这般模样的因由，节目中场面实在是欢快温馨的。那么，是什么使我陡然淹没在泪水里。是悲悯？是感动？感动不足以涵纳悲悯，悲悯里一定有感动。向生命极限挑战的老人，让人心疼的苍老啊。

内心的悲悯，在那一刻，化作感动的情愫，它在自然地流动，它让我体验感情冲击肺腑的柔软，感受一种美好依然存留内心的抚慰。

感动过了的东西令人难以忘怀，群体的感动更有震撼人心的力量。中国残疾人艺术团在美国西部城市博依斯演出。这个以艺术、梦想、爱心为主题的音乐会倾倒了美国观众。演出团除一人智残外，其余都是些盲人、肢残人、聋哑人。三次降下又开启的帷幕在持续了 10 多分钟的掌声中终于闭上。剧场的灯光亮起来了，突然，3 个美国人居然抱在一起放声痛哭。原来很多人都流泪了，一些身材高大的美国男人居然哭红了眼睛。是这些残疾人精湛的表演太出人意料？是这些残疾者的美丽格外惹人揪心？心灵的感应是不分国界的，痛哭者为自己的同类超越了不幸创造的奇迹而激动不已。

我在守护一份感动，珍藏一方心之绿洲。是的，物质的文明没有背弃感动，感动或许在某一时期某一特殊心态下被搁浅，但它永远不会消失，有人类居住的地方，感动无所不在。

（原载 2002 年 11 月 19 日《中国教育报》，2009 年第 2 期《感悟》转载）

书信的温度

那天搬家，我整理书橱时，发现几摞信件躺在角落里，已经尘封多年，我几乎把它们遗忘了。这些十多年前的信件，整整一大堆，用各色皮筋分别束成几捆，每封信上还编了序号。那些白色封皮的已泛黄，彩色信面的已模糊了图案，牛皮纸的也毛绒绒软塌了。无论是哪种质地的信封，都显现出时间的久远来。郑重地收藏这些空中飞鸿，可见当时它给我的生活带来不少趣味和期待。现在再翻看，仍能感受到当时读信时的温暖。

将两枚邮票倒贴在信封上的那个朋友，喜欢泼黑墨，用绿色稿纸，字迹硬朗而恣意，一撇一捺，刚性十足，如他打着手势说话的样子，铿锵有力，掷地有声；那个总在信末捎带上几句英文的朋友，措词温婉隐幽，如雨打芭蕉，婉婉转转，声声入耳；那个下笔随意舒展，字里行间透出慵懒气息的朋友，结束语常常出人意料，引我笑出声；那个习惯用短句，语言跳脱灵秀的朋友，信页内常常落下她刻意夹上的几枚花瓣……我依然能从这些书信中一一认出他们的字体，重温这些，如同重温写信的日子。

记得那时，工作之余，夜深人静时，伏案写信成了我的一门必修课。将自己罩在暖暖灯晕里，展开信纸，采用各种书写语气，斟酌不同措辞，提着一种心绪，写下一个个方块字，然后包裹在不同收信地址的信封里。

第二天一早，这些信件就连同我的心情一起出发了。接下来是等信的日子，望眼欲穿，盼着邮差风一样过来，喊出我的名字。拿到贴着邮票，盖着邮戳，信封上有自己名字的信件时，心跳骤然加快，撕开信封的一角，展开信笺，熟悉的笔墨一下映入眼帘。见字如面，一股温暖的感觉流遍全身，触摸那些文字，如倾听朋友们的娓娓而谈，欢悦如期而来。

我随手翻动这些信，那么亲切，那么温情，仿佛刚刚翩然而至。我知道，这些曾与我鸿雁传书的朋友，早已消失在人海，或许永远不再相见；那些年轻的面庞，在生活的打磨和演绎里也变了模样，或许那份曾经纯净的心灵和美好的情愫，早已伴着繁杂琐碎的日子，风干在了流逝的岁月里，业已变得面目全非。然而，我怀念的，是那种久违了的感觉，是那些曾经的快乐、曾经的温馨、曾经的感动，回首时像听到一首老歌，让人情不自禁轻轻唱起来。只愿让那段书信往来的日子，装饰我曾经丰盈的青春，让它们在记忆里，成为纯真年代的珍藏。

如今，我不再用钢笔写字，不再跑邮局寄信了。没有了等待来信久不至的懊恼与焦虑，也没有了从投递员手中接过远方来信的心跳，更不再去体会古人"欲寄彩笺兼尺素，山长水阔知何处"的幽怨和"家书抵万金"的沉重。手写书信早已成了我的陈年旧事了。电子邮件、QQ、MSN、手机短信、微信，各种快捷的通讯方式取代了鸿来雁往。这些便捷、随意、轻松的通联工具，逐渐为我所习惯，所喜欢。工作时要用，与外界联络时要用，和朋友们谈天时要用。有人说，用键盘敲击出的宋体字，面无表情，千篇一律，有一种公文式的僵硬，从文字中感受不到电脑那端朋友的容颜，而我不以为然。其实，手写也好，电脑打字也罢，通过邮差还是通过 E-mail 发送，任何信件，不管是什么形式，关键是信件的内容，还有读信的感受，还有彼此交流时的默契与坦诚。

　　现在，我的电脑硬盘里，有个公文包，里边储存着我收到的信件。我建立了几个文件夹，分别以朋友的名字命名，那些文档里粘贴着朋友来信。开始收藏这些电子信件，是缘自我与好友的短信交流。记得一次，我偶尔给她发去一个短信，结果没收到回复，我就又发了封电子邮件。第二天，我收到她的一封电子信件。她说，你的邮件让我惊喜，让我不能抑止眼泪，让我看了又看，晚睡早起之时，都会打开读一遍，今天的收藏，又将使我内心对"信"的渴求得到温润。没想到，我的这封邮件触动了她久违的感觉。

　　虽然我这位多愁善感的好友，此时又犯了文艺腔，可对我还是相当受用。她如此珍视这封邮件，说明对我的在乎，我感到了内疚。想想这几年不在一个城市生活，除了偶尔打个电话，一年见不上几面，根本不通信了，的确也疏于与好友的交流，总觉得坐下来交流要有安静的心境和奢侈的时间。现在看来，其实一封邮件足以给我们彼此心灵带来促膝般的安妥。

　　我与朋友的电子邮件从此开始发送。打开写着通信字样的黄色小包，里面有两个文档，一个名字为"来信"，一个名字为"去信"。我与好友所有的通信都在此各就各位，那些编上日期的通信收录着我们的通话，记录着一段段生活的经历和感受。每填充进去一封，像在收获什么似的，郑重其事。每次登录邮箱，当有未读邮件提示时，快速点开，发现一个主题如期出现在邮箱里，我会一眼看到它是从好友信箱传过来的，点击鼠标进入文本，看到她用键盘敲出的字，或一本正经，或嬉笑打闹地出现在我的电脑屏幕上，心里就乐开了。面对电脑屏幕，被数字化单调了的生活里，因了电子邮件的存在，平添了一份柔和。

　　字体统一，方方正正，电脑输出的邮件，我同样感受到了一种暖色。它的温度与我再适合不过，此刻文字交流带来的欢悦，只有内心感知才可捕获到的色淡味香，相宜到正好。它成了我生活的一种调剂，一种午后品茗的惬意体验。

（原载 2008 年 5 月 8 日《青岛日报》）

知　己

千金易得，知己难求。知己，自古以来就是一种稀缺品，是可遇不可求的相逢。正因这种机缘难以寻觅，才有了"人生得一知己足矣"的喟叹，才有了伯牙和子期高山流水的千古佳话。

独脚难行，孤掌难鸣，朋友多了路就宽，谁都知道朋友在生活中的重要。如今，处世交友大都推崇实用哲学，信任遭遇了贬值，酒肉朋友进入盛产时期，所谓红颜知己和蓝颜知己，也有了更宽泛的演绎。由此看来，纯正的知己，那种灵魂里的朋友，真是上青天般难觅了。

尽管如此，我依然渴慕知己。生活中特别希望能交到知己朋友，也非常喜欢听有关知己的故事。曾被俞伯牙和钟子期的故事感动，喜欢那位给山涛写下绝交信的稽康，为管仲和鲍叔牙知心结交的故事感慨。

阅读那些故事，停留在感人的细节里，久久回味。记得看过一篇文章，那天正是腊月底，一场大雪铺天盖地，天寒地冻，人们都在家里忙年，一位白发苍苍的妇人，冒雪到检察院诉说一个案子，她说到动情处痛哭流涕，呜呜咽咽泣不成声，一再要求检察官认真处理此案。当这位老妇人踩着没膝的大雪，深一脚浅一脚地走远时，检察官不禁感慨万端，唏嘘不已。老人不顾年迈，在这样的天气里为一个朋友的事奔走呼号，实属不多见。

检察官写的那篇文章我至今无法忘记。我理解的知己也是这个样子，无论年龄多大，无论身在何处，对知己的牵挂依旧。那种相知相惜，有着很难被摧毁的信任，有着任何境遇不离不弃的踏实。真正的知己，心灵是达成融合的，彼此交往已超越了种种利益，相互之间的默契如一杯时间久远的佳酿，醇香、可口、经得起品咂。人生能遇到这样的知己，的确是件幸事。然而，芸芸众生，谁为知己？体验过寻觅之后失望的人，体验过因知己的相伴，生命温度骤然升高的人，会长叹一声"漫漫人生，得一知己足矣"。

曾经有个诗人朋友，沾沾自喜地谈论她的知己时，说她们灵魂离得最近，简直可以说住在同一个胡同里，不，是同一个门牌号里，她真是有福了。我想，只有在相似的心魂里，在靠近心底的那部分，心有灵犀，才可共享这份精神大餐；只有品性相同，"三观"相近，才可能触摸到彼此的灵魂，认同或赞赏对方的一言一行。

是的，我常常为自己拥有知己而庆幸。生活中遇到不如意，遭遇困难，或者收获快乐时，总是第一个想到知己，和知己倾诉生活的尴尬与懊恼，与知己分享点滴喜悦，是一件惬意的事。在知己的字典里，没有误解、嫉妒、伤害这些词汇。不必担心哪句话说得不好，哪些事情做得不妥，即使只能藏在内心的疲倦，也可以在知己面前，恣意诉说，甚至流下泪水。把陷入生命低谷时的颓废袒露开来，不用担心被嗤笑，被曲解，被传播，心中坚信，知己在，支持和理解就在，未见得甜得发腻，也无需朝朝暮暮，只知道拥有的这份友情，让心的诉说有个放心的去处。轻松、自然、不吐不快的交流，坦率、默契、自然的交往中，始终充盈着一种温暖，一种被无边包容、被充分理解、被深深宽待的厚遇。这轻松，是那种不需要多的解释，不需要多的言语，一个眼神就能懂，一句话就能明白的简约美感，是畅游在心灵海域里的自由自在。知己就如同一个人的精神田园，无论何时，只要想去休憩，彼此都会永远微笑着守候在那里，感觉早已有一杯热茶在等候。即使长久不通音讯，很久没有往来，也知道彼此在热切关注。

我和知己，也算是发小了，相交近二十年了。交往的过程是我们相互认可、相互欣赏、互相深入认识的过程，是彼此不断成长的证人，是彼此给对方带去温暖的家人。对方的优点、长处、美感，都会放大在脑海中。记得有次她对我说，你的到来，像一束阳光照进屋子，她夸大其辞的比喻让我很是得意，欣然笑纳了这份对我来说最好的夸赞。有了知己才明白，再孤单无依的人，会变得心不荒凉，再卑微不过的人，会陡增生命的色彩，再寂寞的灵魂有了落脚点。我们知道，对方一定希望自己过得满面春风。

在压力与变数多多的生活中，人是需要这种彼此关照的沟通带来的抚慰。我喜欢与知己交流文字，文字自有它独有的感受，字里行间的推心置腹，如同风尘仆仆的生命旅途中的一次次沐浴，清爽、洁净、温润。一有空闲，我们就给对方这样一些沐浴的时间，给心灵的山水涂上一点点自己调制的颜色。因为"懂"得，所以珍惜。经历越多，感触越深刻，越知道"懂得"和"真诚"的珍贵，知道拥有是多么不容易。

偶然走在一起的好朋友，就这样慢慢成为尘世里彼此关照的同路人。因为"懂"字，才有了默契的欣赏和精神交融，因为"真诚"，才深知对方在心中的位置不可替代。我愿为红尘里这份知己的相遇，感恩生活。在感恩中，珍惜生活中的每一种情感，人生千百滋味，感受知己是令人身心愉悦的品茗。知己，是弱水三千只取一瓢，是曾经沧海的不可多得，我愿取这一小瓢饮，饮一种本真的甘甜，饮一种精神田园的泉水，祈愿有知己相伴的岁月长些再长些。

是啊，一个人一生中能遇上几个懂自己的人，在乎自己的人，一个人一生中会真正了解几个人，珍惜几个人。再过多少年，谁还会记得你，你还会记得谁，那些曾经的人和事，那些全心的付出和感动，是不是早已化作云烟？悠悠天地，物序流转，在变幻无常的俗世里，红尘中的知己，是我生命里最好的礼物。

（原载 2007 年 7 月 3 日《青岛日报》、2007 年第 8 期《青岛文学》）

金蔷薇

整理书橱时，我随意翻开《金蔷薇》，书中有页稿纸掉了下来，捡起一看，原来是我手写的读书笔记。纸页微微泛黄，透出陈旧味道，忽然感到很亲切，想起这本曾经的枕边书，被我那么用心的阅读过，忽然想起推荐这本书的郑老先生。

记得那年过春节，我第一次去拜访郑老先生，推开院门，吓了一跳，只见两间屋子孤零零立在那里，窗户上塞满塑料纸，正被风吹得飘来飘去。偌大的院子足有五六十平米，老屋就显得格外窄小和孤单。院子墙角堆满了砖瓦、木头和各种碎屑，大约有十棵桃树、石榴树和椿树，枝丫光秃秃的，地上铺满了落叶，葡萄架下还有一眼井，一个棺木横在那里，我吓得转身就跑。这么破落萧索的样子，哪会有人住？我到邻居家一打听，确定这就是郑老先生的家，才大胆去敲门。难得在楼房林立的城市里，还有这样的人家。

当我走进去，又吃了一惊，大白天的，光线暗淡，只见书架上、桌子上、床上、地上全是书，我已无处下脚。郑先生打开了灯，把堵在门口的几摞书挪了挪位置，我才得以进屋。在这个满满当当全是书的陋室里，我听郑老先生讲康·帕乌斯托夫斯基写的那篇《珍贵的尘土》。

他声音略带沙哑，语速缓慢：他叫沙梅，墨西哥战争时，他在小拿破仑军团当过兵，因在维拉克鲁斯得了很重的热病，没上过一次阵，他被遣送回国。团长把他的女儿苏珊娜，八岁的小女孩托付沙梅带回法兰西去。在归途中，他对苏珊娜照顾得无微不至，可小女孩一直郁郁寡欢。沙梅决定给她讲故事听。有一次，他给苏珊娜讲了一朵金蔷薇的故事。小时候沙梅在老渔妇屋子里，在十字架上，看到的那朵金蔷薇，母亲说谁家要有它，就一定有福，后来老渔妇真的过上好日子。有没有人给我一朵金蔷薇？苏珊娜问他时，沙梅正坐在甲板上，用铁梳子梳理她被风吹乱了的头发。

回国后的沙梅，成了一个巴黎的清洁工，靠打扫几家工艺作坊维持生活。苏珊娜的父亲已阵亡，她寄住在姑母家。沙梅很牵挂小女孩，他一直忘不掉苏珊娜见到姑母时，紧紧挨着他，一下抓住他褪了色的军大衣的情景。他决定为苏珊娜打造一朵金蔷薇。

他每天把垃圾收到一起，把尘土中的金屑小心筛出，积攒起来，铸成小小金锭。做成金蔷薇之前，沙梅不打算告诉苏珊娜。日积月累，多少年过去了，最后他用金锭打成了一朵小小的金蔷薇，可未能送到长大了的苏珊娜手中。最后，沙梅悄悄地死去了，枕头下，枕着用蓝色发带包起来的金蔷薇。

贫穷孤苦的退伍兵沙梅，以他的方式，把对苏珊娜默默的爱，深深的悲悯之情，都倾注在打造这朵"祝福"之花里了。

我决定找来这部书好好欣赏。

就这样，《金蔷薇》成了我的枕边书。这是苏联作家康·帕乌斯托夫斯基的创作笔谈，写于苏联专制时期，我的这本是漓江出版社1997年出版的，由李时和薛菲翻译。书中阐述了写作如何追寻灵感与词汇、如何构思、如何提炼素材、如何表现时代和人民，作者用散文诗般的语言，小说似的铺叙，把枯燥的理论用自己的经历、故事、寓言等形式表现出来。除了亲历的创作体会和经验，还有他在别人讲述里偶遇的大师普希金、契柯夫、安徒生、亚历山大·勃洛克、雨果，从大师背后的故事里，深刻阐述了创作的各个重要元素。

《珍贵的尘土》就是这部书的首篇。在这篇文章的结尾，作者有意引用故事的发现者，一个老文学家杂记里的句子："人类心灵的每一个细微的跳动，都是金粉的微粒。我们，文学工作者，用几十年的时间来寻觅它们，不知不觉地给自己收集着，熔成合金，然后再用这种合金来锻成自己的金蔷薇——中篇小说、长篇小说或长诗。恰如这个老清洁工的金蔷薇，是为了预祝苏珊娜幸福而做的一样，我们的作品是为了预祝大地的美丽，为幸福、欢乐、自由的号召，人类心胸的开阔以及理智的力量战胜黑暗，如同永世不没的太阳一般光辉灿烂。"

点点滴滴的生活积累、爱、良心上的承担，以及从灵魂深处生长出来的精神品质，作家若具备了这些能力和特质，才能成为不朽的大作家，写出的作品如沙梅打造的那朵蔷薇，闪烁着人性被照耀的悸动与震颤。

帕乌斯托夫斯基在《金蔷薇》中，强调作家的使命感和社会承担，作家要深刻了解人类的苦难和不幸，要有无私的爱和切肤之痛，要有善良和严格意义上的人道主义。他在《好像是小事情》里，说福楼拜就具有那种和自己笔下的人物共患难的品格，以至于他们所遭遇到的一切，作家本人也都如同身受。福楼拜在描写艾玛·包法利服毒自杀时，觉得自己身上也出现了中毒的种种征兆，跑去请医生急救。

帕乌斯托夫斯基创作这部书时，苏联文坛正是庸俗社会学和教条主义盛行时期，卫道者们强调作家的首要任务是改造世界观。而《金蔷薇》的问世，给文坛带来清新空气，其本身的文学价值，有着打动人心的巨大力量，至今被读者所珍视。

郑老先生讲述《珍贵的尘土》时的情景，仿佛又出现在眼前，他娓娓讲述的腔调，特别有沧桑的味道，似乎他多舛的人生遭遇，困苦而又渴望温暖的心，也在这一刻里得到释放，让人的心不禁热热地酸楚起来。

　　日月递嬗，转眼多少年过去了，世界发生了深刻的变化，郑老先生也已作古，而这本书还在。

（原载 2016 年 8 月 8 日《青岛日报》副刊）

善良，是心间一朵莲花开

在印度喀拉拉邦，有位叫库玛的男子，一次会议结束后，到萨布丽娜酒店用餐。当他准备享用餐点时，发现窗户上有四只眼睛正盯着他的食物看。库玛当下挥手示意，邀请外头这两个小孩入内。经了解库玛得知，他们是一对小兄妹，兄妹俩靠回收垃圾维生，由于当时肚子相当饿，才在酒店外面东张西望。

库玛点了一份与自己一模一样的餐点招待他们。兄妹俩狼吞虎咽地吃完所有餐点后，便心满意足地离开。库玛用餐完毕后去结账时，突然眼泪夺眶而出，因账单上并未提及价钱，而是一句话替代："我们没有能够测出人性价值的机器，祝福你，希望好事降临。"事实上，库玛的生活并不优越，但能够帮助他人，他觉得相当满足。

善良是人性中最温暖、最美丽、最让人感动的品性。有了善良，就有爱父母、爱他人、爱自然的可能。善良的行为，就像一盏灯，既温暖他人，也明亮自己。善良无须强迫，只能感染和传播。库玛的善良之举，感染到酒店的工作人员，引导出他们内心的善念，他们又把这善念和对善良的赞美，毫不吝啬给了库玛。

善良，有时候就是一餐饭，一碗水，一把雨伞；有时候就是一句话，一件棉衣，一次搀扶；有时候就是别人遭受歧视时的一份尊重。

"文革"时期，母亲工作的车间来了个"右派"，他是个知识分子，戴着副眼镜。装配车间的工作既需要体力，更需要技术，机械零件的制作和装配，工序复杂，对工人的技术要求相当严谨。否则，一不小心，轻则零件作废，重则人会受伤，甚至致残。一个学徒工，往往要三四年时间才能出徒。这个来车间劳动的"右派"姓陈，已快五十岁了，不知他原来人就很老实，还是当了"右派"变成这样，整天小心翼翼，眼睛不敢直视人，一副唯唯诺诺的样子。

"老陈，来来来，把它搬过去！"小年轻对他呼来喝去，重活脏活落在他身上理直气壮。

"你找死啊，没看见吊车勾还没挂牢?! 一边去!"大老粗工人呵斥老陈。

"连这个也不会？真是没用!"老陈真的不是干活的料，笨手笨脚。若是换了别人，师傅的言语不会这么刺耳，因为他是"右派"。

"你没吃饱吧？快搬，使点劲! 像你这样的，早该下车间锻炼了。"每次遇到欺负他的工人，老陈都忍气吞声，总是灰溜溜的。

午休时，老陈躲开人群，找个角落独自抽烟。他抽的是旱烟，用纸卷起来的那种。老陈经常捡地上的纸片，悄悄地捡，怕被人看见。有一次，他捡纸片时发现我母亲看他，赶紧又扔下。

"陈师傅，给你一本，卷烟用，我到仓库领料时多要的，用完你再和我说。"母亲递给他一本联单，老陈双手接过来。"谢谢，谢谢。"他连连道谢。

"陈师傅，再碰上搬不动的活，你找小王帮忙，他年轻有劲。"母亲和女工小邓提醒他。

"我从家里捎的，陈师傅你尝尝。"母亲拿出一个咸鸡蛋，和几条小干烤鱼。老陈坚决不收:"不要不要,你拿回去,太贵重的,再说我也不太喜欢吃。"

老陈吃饭时偶尔会到发料室,母亲和小邓是发料员,在她们面前,他不再感到拘束了。后来,老陈的女儿考上了大学。再后来,老陈离开了车间。

多年后,老陈带着女儿打听到母亲的住处,他女儿已成了法官,见到母亲双手握住她的手:"爸爸常说起你,你待他那么好,谢谢你,阿姨。"

母亲没觉得她给了老陈多少"好",那些零零碎碎,不值一提,可老陈记住了,在他受到有意无意的歧视里,在他身体和精神倍感压力时,遇到的这些"好",对他来说就是一种安慰,就是一种最朴素的善意和尊重。

善良之美,如心间的莲花开过,总是带着馨香和温润的力量。

(原载 2016 年 8 月 19 日《劳动时报》副刊)

细微处的柔软

很多时候，留在记忆里的，并非惊天动地的大事件，也不是大悲大喜的震撼场面，它可能是一些轻淡而琐碎，容易被忽视，甚至不曾引人注意的细微之处。

譬如特定情景下一个人的眼神，譬如闲聊时的一句话，或者步行街上偶尔飘进耳廓的歌声；或者深夜窗外陌生人的一声叹息，花园拐弯处一阵风吹叶落。这些东西可能陡然间抓住了你，让你的心猛一缩，那场景那感受刹那间就会留在记忆里，抹不去，忘不掉，它沉淀下来成为记忆的一部分，让你一想起来，就有百般滋味涌上心头。

记得那年周末，我参加文友的作品研讨会，和所有类似会议一样，参会人员对张金凤的《岁月流歌》散文集进行了评论。大家纷纷发言，有的与会者还准备了书面发言稿。好多发言者认为，这部散文集描写亲情和乡情的作品最出色，尤其是作者回望童年的散文，把读者带回到现场，一起去体味那个年代的酸甜苦辣。有位老者发言时很激动，他说自己也有过乡村生活经历，书中的描写使见证过那段生活的人，有了强烈的情感共鸣，父辈们沟沟坎坎的遭际，千辛万苦养育儿女的艰难，那些想忘掉却顽强地停留在记忆里的东西，被作者用含泪的微笑展现出来。生动的文字感染着阅读者，那种虽艰辛亲情却浓厚的生活细节，禁不住让人泪湿。

会议快结束时，一位头发花白的先生开始发言。他讲述了自己和母亲的一段往事。他说，那天，他正在吃花生米，忽然发现80多岁的老母亲盯着他看，眼睛一眨不眨，上吃上看，下吃下看。他问母亲是不是也想吃，母亲点了点头。因为母亲的牙齿基本掉光了，仅剩下的2颗门牙，正摇摇欲坠，硬花生米根本无法下咽。他起身去拿白子，想捣碎花生米，母亲说："不用了，你帮我用嘴嚼一嚼就行"。他一听，先是一愣，接着笑了，说那怎么成啊，这多不卫生。母亲说你小时候没长牙的时候，我就嚼给你吃，直到你长全了牙齿，你那时不嫌我脏，我更不嫌你。

这老小孩，他笑了，只好答应了母亲。他刷了刷牙，先把花生米填进嘴里，嚼烂，再小心地用小勺子送进母亲嘴里。做这些动作时，他忽然觉得母亲就是幼时的自己，在母亲的一口口喂食里，在母爱里，一天天长大。这时，母亲含住勺子扁了扁嘴，一下把儿子嚼碎的花生咽了下去，他突然眼睛就潮湿了，赶紧背过身，快步离开。

看得出，他在叙述时，仿佛又看到了母亲温暖的脸，他在控制情绪。"人生最大的财富是长大后，家中父母尚在，还有机会好好孝敬他们，回报哺育之恩，尽到做子女的赡养之责。"说完他叹了一口气，"唉，母亲在我终于生活条件好了，住上大房子，想要好好服侍她时，已不在了。"

会议室一下静了，大家默不作声，想必所有人的心里，正五味杂陈吧。忽然，我对面的一位中年男子，偷偷掏出餐巾纸，悄悄擦拭了下眼角，他流泪了！他扭过脸去背对大家擦泪的动作，一下子揪住了我，一种软软的感动堵在胸口，我的眼睛也跟着潮红了。"最大的财富"这句话，连同一个男人的眼泪，就这样定格在脑海里，这细微的动作被我的记忆收藏了。

　　"子欲养而亲不在"，每每看到这句子，那一幕就会闪现出来，让我珍惜现在的机会，让我时时提醒自己，有一种财富失去了将不可复来。

（原载《青岛晚报》）

女儿的童话

女儿喜欢动物。在她天真烂漫的内心世界里，人和动物是可以相互对话，并可以结为朋友的。我知道，这些美丽的想法，缘自她童话故事听得太多。

每至临睡前，她都要缠我讲故事。故事的主人公必须是动物，情节要跌宕起伏险象丛生，结尾处要柳暗花明皆大欢喜，讲述的语气更要有声有色抑扬顿挫。

在不知不觉中，引她走进故事，与故事里的各种动物打成一片，一同悲伤，一同欢喜，一同感受生死考验。否则，她坚决不答应。

要讲出这种效果，实在不容易。我只好挖空心思，睁大眼睛胡编瞎造乱侃一通，而她却能仰起小脸来凝神细听。

这些临场发挥出来的故事，有时候特别精彩，想象力生了翅膀，天马行空，故事人物奇特，情节环环相扣，语言也妙趣横生，讲述的语气也一惊一乍的。女儿两眼闪光，听得入迷，时不时爆发出"哇——哇——"的惊呼喝彩声。有时候非常糟糕，上文不接下文，情节重复，思路磕磕绊绊，人也似乎要睡过去了。女儿满脸失望，焦急地用小拳头连连捅我："能不能讲个好听的?!"

日复一日，年复一年，不知不觉女儿5岁了，动物故事灌输给她的童话，深深印在她的记忆里。比起同龄孩子，她看起来更单纯活跃，说出来的话也稚气十足。她不止一次地表露心愿，想要一只朝夕相伴的小动物。"不行！"我说，"住楼房哪能养活蹦乱跳的动物？再说了，谁有时间侍候它？"女儿一脸执拗："那么，我不要丹顶鹤和梅花鹿了，养只小猫小狗总可以吧？要不小鸟也行。"

我真的无法满足她。我挪不出精力再给自己增加一些家务了。不想，忽然有一天，女儿兴冲冲地从爷爷奶奶家回来，眉飞色舞地向我宣布一个喜讯：邻居张爷爷帮她逮住了一只小鸟！"我把它放在奶奶家了，等到春天，我要带它到广场上放风筝。"她激动万分，咧着嘴笑个不停。

没过几天，女儿恹恹地对我说，小鸟不吃食。她要我一同到奶奶家想办法。

这是一只羽毛刚刚丰满的小鸟，黑黑的眼睛，圆圆的脑袋，很可爱。女儿给它米，不吃；端来水，不喝。"怎么办，妈妈？"她双眉紧蹙，束手无策，急得团团转。我抚着小鸟眉心的软羽，极认真地说："小鸟想妈妈了，它很伤心。看，它这两个翅膀，如果没法在天上飞，自由自在地飞，它就伤心，就不吃不喝，最后就会慢慢死去。我猜想它的妈妈正在寻找它丢失的孩子，如果它看见孩子被困在一只小笼子里，从此没有了自由，该多难过啊！"女儿像是明白了我的话，望望天空望望小鸟，望望小鸟望望天空。"妈妈，我想还是把小鸟放回天空，让它回家吧。"女儿忽然站起身来，双手捧着小鸟。

"好啊，让它去找妈妈，还给它快乐和自由吧。"我赶紧说。

女儿小心地把小鸟举过头顶，小鸟扑棱棱展开双翅，离开她的小手，倏地飞上墙头，旋即又飞上屋脊，越过树梢和一排排房舍楼宇，越来越远，飞走了。女儿拼命踮起脚尖，仰脸看着，转眼之间，她心爱的小鸟不见了踪影。

我想，事情该就此结束了，没想到，过了一星期，女儿满面春风地从爷爷奶奶家回来，神秘兮兮地："妈妈，我放飞的那只小鸟，找到它妈妈了。今天它妈妈带着它和它的一群伙伴，站在奶奶屋前那棵树上，特意为我唱歌呢，我听见它还欢快地说'谢谢，谢谢!'"

"真的?"我故意做出万分惊讶的表情。

"真的！我不骗你，这是真的。"她一本正经再三强调这件事情的美妙和真实。

此后，每个周末，她都要到奶奶家去，风雨无阻。她说小鸟和它的妈妈知道她今天回去，早早站在树枝上等候了，她要去赴约，去聆听鸟儿们为她唱歌。

听了女儿自己的童话，我不由自主地笑了起来，心里是一阵温馨的感动。

（原载 1999 年第 3 期《家庭育儿》，有删节）

情 结

曾经有朋友对我说，在他所有的藏书中，格外珍视普希金的《叶甫盖尼·奥涅金》。因为当他迷上这本诗体小说时，还是个懵懂的少年。如今，再翻开这本书时，总有一种很特别的感觉，好像又回到了十五岁。

我想，朋友最初捧读奥涅金无法掩卷的原因，大概是书中深奥的含义使他一知半解吧，这部大型长诗400多个诗节，每个诗节14行，少年在普希金制造的意境和韵味里迷惑着，越是迷惑越要一遍遍走进书中，去寻找答案，以他那个年龄所能理解的方式，费力去思考。可以想见那些个白天和黑夜，那些个与书相关联的人和事，怎样在少年的迷惑里，留下了十五岁的影子。所以这本书与那段时间割裂不开，人已长大，而那份情结却停留在十五岁。一想起叶甫盖尼·奥涅金，就想到15岁时的迷惑，想起那时读书的点滴。

这种埋藏在内心深处的情感纠葛，很多人都遇到过。尽管纠葛的事情各有各的场景，各有各的内容，但那份碰触之后久久不能释怀的感觉，却是一样的。说起情结，我忽然想起自己一段恋鱼经历，现在看来，那种留守在心里的温软牵绊，是被一种情绪久久缠绕过、触动过、打磨过的，它无意识地停留在生命中，留下洗濯不掉的痕迹，要不，怎么每次看到金鱼，我会油然生出些特别的滋味呢？

记得喜欢金鱼时，我还是个孩子，总是放学后绕道穿过一个狭长的胡同，拐进同学家的大院里看鱼。偌大的水泥鱼缸壁上，附着一层绒绒的青苔，绿色的漂萍和宽大的荷叶下面，穿梭游动着各类金鱼。威武的狮子头，鬼精灵活的水泡，娇气忸怩的黑玛丽，正在交头接耳娓娓私语。我趴在鱼缸上愣愣出了神，鱼儿游动在水中，那眼神的转动，腰身的扭摆，嘴巴开合之间，诱发我无数遐想，这些小东西在想些什么呢？它们知不知道天空？还有草原？它们是快乐着还是忧伤着呢？这些如一道道难解的习题，一个个猜不出的谜语，困扰着我，我琢磨半天，总也搞不懂。

为了拥有自己的小金鱼，我拿出父母给的零花钱，买了十条。它们刚刚出生不久，我找出一个闲置的缸盆，给小鱼们安了个家。自此以后，我再不用到同学家看鱼了。我开始精心饲养这些小生灵，用竹杆、铁条和网布做了专门捞鱼食的工具。每到中午，家人开始午睡时，我便悄悄溜出来，提着瓶瓶罐罐为鱼儿捞食去。烈日炎炎，我扛着竹杆跑遍所有我知道的小河，多半时候会满载而归，我将红红的小虫子撒进鱼缸内，小鱼们就左摇右摆一口一个吃起来，等到它们吃得食儿碰头都不再理睬时，我把剩下的小虫放到水泥地上，晒干后收拢起来以备冬天食用。

不知不觉鱼儿一天天长大，乍地向鱼盆里一瞅，亮闪闪地一片红。尽管它们不是名贵鱼种，可我还是万般喜爱，常常要蹲在那儿看上半天，水中我的倒影同鱼儿们厮混在一起，心绪和它们一起游动开来，那种欢悦就像一首快乐的小诗，一行一行从心里游出来。

有一天，我照例放了学急急赶回家，一进门，照例向鱼缸奔去。可映入视线的一幕惊得我目瞪口呆，只见十条金鱼横七竖八躺在缸盆外面，只剩下鱼头和鱼骨，其状惨不忍睹。早晨还活蹦乱跳的小生命，忽然支离破碎了，怎么回事?! 我失声叫了起来。这时，一只猫儿在远处不安地"喵喵"叫着，我一下全明白了。扶着空空的鱼盆放声哭了起来，哭声震天动地。邻居知道他家猫儿闯了祸，过来讪讪地道歉，可我不依不饶地哭，谁也劝不住。围过来的人越来越多，那场面好像出了什么大事。偏偏这时父亲回来了，要是往常我必定会眉开眼笑，因为那时父亲还在公安厅工作，每月只探家一次。而这一时刻我闭着眼睛哭得上气不接下气，直到父亲拍着我的头，答应下次给我买个漂亮的玻璃鱼缸，我才悻悻地止住了哭泣。

多少年过去了，如今，路过花市，我总要在金鱼摊前驻足，总是像个独自找乐的孩子，面对金鱼脆弱的美丽，情不自禁涌出要哭的冲动，像我的那位朋友，每次翻开《叶甫盖尼·奥涅金》，就一下变成无助而迷惑的孩子。

（原载 2003 年 1 月 22 日《半岛都市报》、2005 年第 1 期《青岛文学》）

看年画

年画、鞭炮、对联，是旧日春节不可缺少的东西，是年味里最耐品咂的三份"佐料"。尤其是年画，那些色彩鲜艳，气氛热烈，以山水花鸟、胖娃娃、神仙故事、历史和戏剧人物作题材的图画，一幅幅鲜活、明艳，仿佛一伸手，便可以触摸得到。象征吉祥富裕的年画，不仅给新春气氛增添了喜庆，有些年画还承载着审美教育、传播知识的功用。

那时家家户户把年画纳入必须置办的"年货"之一，其热衷程度，可以与现如今十亿观众守在电视机旁观看央视春晚相媲美。那些曾经的辞旧迎新"主角"，给人们带去喜气洋洋的节日气氛。

如今，丰富多彩的年画渐行渐远，它不知不觉撤离了"年"的舞台，退居寂寞一角，淡出人们的视线，成了民俗文化记忆了。

说起年画，我有特别感受。儿时记忆里，一进腊月，就看见大人们穿梭往来在大街小巷，买办年货，添置新衣，还有重要的一项就是选几张年画。年关临近时，城中心的路两旁，就出现了两排用简易木架搭建的地摊。窗花、吊钱、对联、福字、年画，花花绿绿，各式各样，摆得满满当当。城里居民，远道赶来的近郊农民，就周旋在画摊前，左挑右拣，精心筛选。这人来人往的人群，比肩接踵，你拥我挤，寒风一吹，揭画的声音"哗哗"作响，新年的气氛就陡然浓厚起来，迎年的情绪在一片繁忙中喜庆着，寒风抽脸也不觉得难耐，集体迎新年把大家聚在了一起。

　　每家每户将选回家的年画涂上浆糊，往粉刷一新的墙上一贴，这面墙顿时有了生动的表情，年"味"就飘散开来。孩子们围在年画前指指点点，辞旧迎新的感觉，瞬间萦绕在居室的每个角落。记得父亲过年时总要把屋子打扮一番，从顶棚到墙壁，都要贴上那种印刷的花纸。一张一张贴得平整不容易，我们这些小孩子通常要上前帮忙，大约用上一天的工夫，旧屋子就换了新容颜。这是过年最累人也是最重要的项目，整个屋子在彩纸的映照下，焕发着缤纷色彩，透出火红气象，像极了父亲对生活的盼望。父亲的老家烟台时兴这种装饰，想必从小离家的父亲，趁着过年，在寻找老家的味道吧。

　　看年画是我的一大乐事。记得每至岁暮，我就往热闹的人群里挤，钻来钻去，为的是蹭到画摊前。那些鲜艳的图画，崭新又生动，我常常埋头细细打量。一些样板戏剧照最能吸引住我，譬如《沙家浜》、《智取威虎山》、《红灯记》、《白毛女》等剧情画，彩画下面注着唱词。我那时还不认字，但那些彩图却令我百读不厌，如今我还能记着那些令我留连忘返的画面。穿着破旧衣衫的杨白劳，手拿红头绳，摆出很喜庆的姿势，给女儿扎起头发，这是他送给女儿唯一的新年礼物，画面凄婉又美丽；身着水红夹袄的李铁梅，从身后揽过粗粗的辫子，像揽过所有的国仇家恨，水汪汪的大眼睛蓄满愤慨。记得这张画是父亲买回家的，他对这个样板戏情有独钟，军人出身一向严肃的父亲，此刻会哼上几句唱词。

　　那时我不懂，特殊时代的民间文化糅进了年画，"墙上教育"走入千家万户。只觉得，五颜六色的图画真好看，走近一幅年画，像翻开一页画册，山清水秀，人美景奇，举手投足的各色人物，一招一式，有板有眼，活灵活现，煞是看着过瘾。

到了年初一，一大早我被母亲牵着手，走家串户给邻居们拜年。每到一家，母亲忙着祝福问好，而我感兴趣的是墙上的"小电影"。只要有画，我必定要凑上去瞧一瞧，不管它悬挂得有多高，张贴的地方多狭窄，我都要过去近距离亲密接触一番，这成了我脱鞋上床的正当理由。大人忙大人的，我忙我的，紧紧贴在墙上，看得有滋有味，常常要被母亲强行拖下来拽着离开。

年画通常要在墙上挂一年，从容颜崭新到渐渐色衰。旧了模样没关系，到了年底，一定会有新的年画替班，一年一度可供365日欣赏之用的年画，也成了居家装饰品。

那时对年画过分喜好，许是我精神生活匮乏使然吧。如今，年画即使再光彩夺目，内容再丰富变幻，又能吸引住几个孩子呢？现在的独生子女，哪个不是枕旁放着童话书入眠，伴着各种精装儿童读物长大的？奇幻无穷的电子读物，中外各种卡通片，创意不断，目不暇接，又有哪个孩子会对年画多瞥几眼？

回头想想，当时大人重视、小孩热衷的年画，一年一度进入家家户户，不管内容如何，确实给简陋的居室带来了喜庆味道，给出生在那个年代的孩子，留下了一份成长的礼物。

（原载2010年3月23日《咸阳日报》古渡副刊）

亮 色

有人说，天地是无弦之声，山水是无韵之书。好多时候，我发现自己蒙上烟尘的心，在马不停蹄的忙碌里，对美的感知力钝了，对山水的阅读兴致丧失了。日子被庸常的生活复制着，枯燥而琐碎。

那年早春，我被朋友们约了去游山，虽然无心赏春，可惦记着和朋友的相聚，还是跟随大队人马到了目的地。

这是城市的近郊，眼前突兀耸立的小山，光秃秃的样子，让人提不起半点登高的兴趣。我随着人流，机械地挪动着脚步，慢吞吞地拾阶而上，像是在完成一项任务。所到之处，没什么可看的，什么鬼斧神工，什么浑然天成，什么赏心悦目，所谓这些美好词汇在此都无用武之地。眼前矮矮的灌木延展着，一层层绕在脚下，杂乱无章，没有一点亮色吸引住我的目光。此刻，大地沉寂，袒露着它的拙朴与寂寞，时间像一条懒狗，一动不动趴在四月的阳光下，打着瞌睡。

我再也无心在此逗留，顺着来路慢慢下山。行至山腰，远处突然传来一阵悠扬的小提琴声。咦？我循声四处张望，发现一棵小树下，有个人站在那儿拉小提琴。他斜背一只布包，穿着一身旧西服，正忘情陶醉在自己的乐曲里。

我两眼一亮，被这眼前这景致深深吸引住了。这样一处僻静的山区，这样一位山区青年，这样陡然响起的琴声。大队人马还在行进着，我悄悄停住脚步，扶住一棵小树凝神倾听。琴音低低地漫过四野，悠悠荡漾在山色中，春意与琴声相互浸染、婉约、清澈、幽美，在刚刚泛绿的草尖上轻轻滑翔，在早春万物复苏的萌动里细细流淌。我被琴韵环绕着，抬眼再看周遭，眼前的景象突然变了模样，像被涂上了异彩，一草一木，柔美挺秀，一山一石，俊朗明媚。此刻，乐声里蹦跶出的风景，和眼前的实景融为了一体，我感受到的是勃勃生机，是难分虚实的"妙"字。这定然是琴声激活了它们，我美丽的想象正在婀娜起舞。别林斯基说过："在艺术中起着最积极作用的是想象。"是啊，打动我的并非山野风景，而是想象力赋予的俊美，音乐带来的愉悦。

我久久站在持琴者背后，顿生几分感慨。平淡的日子里，因了音乐，因了想象，这次游山变得不再平淡无奇。其实每个人的人生，又何尝不像这样一次旅程呢？途经之处，走过的人生不同阶段，不尽都是山清水秀和花好月圆，还有沟沟坎坎，还有风风雨雨，更多的是一眼望不到边的枯燥日子。

然而心中只要拥有一把小提琴，在晴日里或者阴雨天，在成败荣辱，在无限的想象空间里，时不时弹响一支属于自己的生命之曲，快乐也好，忧伤也罢，让音符流动，让心灵丰盈，多给自己一些独处的时间，在细节处停留、回味、沉思，怀揣一份梦想，于有意无意间，营造起内心的田园，置身在它丰饶的山水间，打开不断辽阔的视野，倾听内心的声音，坦然接受生活给予的一切，这样的弹奏，会变得深邃而美好。

此时此刻，琴声还在萦绕，我站在一地的阳光下，用心圈点庸常日子里的这一抹亮色，沉醉在愉悦灵魂的画面里，慢慢欣赏，慢慢享受。

（原载 2003 年 6 月 29 日《青岛电视报》，2012 年 12 期《国画收藏》转载）

一份无法投递的"信任"

从何时起，信任成了社会的紧缺品？这也难怪，假冒伪劣满街跑，骗子越来越精明，谎言满天飞，轻易说相信，就很天真了。大人们常常告诫小孩子，不要和陌生人说话，宁愿矫枉过正，以极端的不信任来保护自己，也不要受蒙骗。

生活中常常遭遇信任危机事件，见多不怪了，这种状态已令人麻木。可能越缺失的东西，有幸遇到会格外珍惜吧，我总也忘不了多年前，竟被陌生人信任了一把。

那是一个春天，我被一则广告吸引。省城有家公司，推出一个项目，省内招揽人加盟。想着周末闲来无事，何不谋份兼职？于是，我带着材料风尘仆仆赶了去。接待我的是一位女孩子，她长相极普通，不施粉黛，是混在人堆里被人忽略的那种。简短问询之后，她说你的材料放我这里吧，喝杯茶休息一下，领导出去了，他一会儿和你详谈。

我利用这段时间，赶紧出去找个宾馆定好房间。再回来时，发现女孩子正埋头翻看我的资料。看见我回来，她抬起头，定定看了我良久，开口道："我想和你说明真相，这家公司是骗人的。"突兀闻听此言，我一下子怔住了。她说她是刚毕业的大学生，来这里工作已有半年，目睹了这里发生的一切，良心受够了煎熬。

"看见你的第一眼，我心一软，不忍心你掉进陷阱里，看了你的资料后，这种念头更强烈，感觉你特别让人信任，我必须阻止你上当。"听完这番话，我暗自庆幸，这次草率之行没来得及被人利用，多亏遇到好人。我的一连串谢谢还没等说完，公司经理回来了。

心里揣着女孩的忠告，经理说什么我一概听不进去，说得再天花乱坠，都是演戏。应付完他之后，我到女孩办公室，想邀请她一起吃晚餐。可是她已离开，我追出大门，也没发现她的影子，只好一人来到餐馆。此时，华灯初上，我坐在偌大的落地玻璃窗前，边小饮边看夜色里的万家灯火，看形形色色的人来车往，忽然周身一阵轻松，倍感惬意，一种很美丽的东西在心里游走，舒畅着。我在想那个女孩，她一定涉世不深吧。在她的人生字典里，信任肯定没遭遇过重创，在她有限的经历中，诚实、坦荡、善意这些词语一定好好地待在她身上。那一刻，因了这个女孩，这次尴尬之行，不但没有令我懊恼，反而生出意外收获的欣喜。

第二天，我去女孩单位道别，她送我到火车站，我们互相留下通联地址，约好常联系。我回到家后，立马给她写信，对她的善意提醒表示感谢，希望她有空来看大海。可是，没收到她的回信。我想，或许她无意与我这个陌生人深交吧。也罢，存一份美好记忆已足够。

没想到忽然有一天，收到女孩来信，她用娟秀的字，说与我分手不几天，她出了车祸，一个人在外地举目无亲，尝到了初入社会的人情冷暖。碰壁、受骗、无助、困惑，感慨之时，想到了我。她用很大的篇幅和细节描述要寄信时，竟找不到我的地址了，地址被她遗落在原来的租住房里。她只好数次央求房东进屋搜寻，均被房东拒之门外。终于有一天，忽然下起大雨，她站在雨中苦苦求房东，房东看她淋雨的狼狈样子，动了恻隐之心，允许她进屋寻找，并疑惑地跟在她身后，看她要找什么宝贝。当她找到我的联系地址时，捧在手上，泪水不觉流了下来，合着雨水淌了一脸。她说她相信自己的直觉，我收到信后，一定会给她回信。

读着她的信，我感叹这女孩不愧是中文系的高才生，把自己的心情描写得那样令人动容，感叹这个学生味十足的女孩，怎用这样一种方式，来验证心目中的信任呢。那些认真书写的小字，多像她纯真的眼神，现在这样的清澈太稀缺了。我当即提笔给她回信，洋洋洒洒说了一大通，恨不得立马让我的信飞鸟一样飘落到她的掌心里，告诉她，我一直记得她对我的信任。

可是，万万没想到，我竟然也找不到她的地址了，她的来信落款只有姓名，却没有具体地址。翻过封底查找，没有，打开信再找，真的没有。她知道，我有她的地址。可是，她怎么会知道，记录她地址的笔记本，我放在提包里，有天晚上外出被人抢了包，我已没了她的地址，无法给她寄信了。收不到回信的她，做梦也不会想到，我不回信，不是出于戒备，不是出于冷漠，而是真的无法投递吧。

这种巧事，太戏剧化了，谁能想到小说里编造的情节，竟然在我的生活中上演。那几天，我坐卧不安，沮丧得无计可施。我曾向她所在单位打电话，她早已辞职，曾让朋友再三打电话寻找，均一无所获。

这份无法投递的信任，就这样躺在我的心里。过去了这么多年，现在再回想，仍旧不能释怀。

花落了还会再开，冬去了春天会回来。不知现在这个女孩生活得怎样。在我打碎了她的信任之后，是否还会像从前那样，以内心的清澈善意待人？遭遇生活的各种变故，她是否还会像从前那样，满怀信任，将一份沉重的纯真投寄出去？

（原载 2009 年 1 月 12 日《青岛日报》）

母亲的餐桌

那些个无数冬日，母亲坐在灶口划亮火柴，热腾腾的早饭就是她的温度。

同事小鱼从老家探亲回来，发开了牢骚："这次回家可让老妈整惨了，满桌的鸡鸭鱼肉，看着我都心惊肉跳。"又说："我正在瘦身呢，哪敢动嘴，被老妈逼得没办法了。唉，减肥计划前功尽弃。"她懊恼地拍着自己的小肚子。

听着同事的抱怨，我忽然想起了母亲，每次回家，她也总是这样，恨不得把菜市场搬回厨房。

母亲在乎餐桌上的"吃"由来已久，她端上饭桌的菜肴，总是满满当当，凉拌热炒，熏的腌的香的辣的，五颜六色，色香味俱佳，看一眼满口生津。

母亲如此看重餐桌上的饭菜，与她成长经历有关。幼年丧父的母亲，长得又瘦又小。她常常念叨那段受冻挨饿的日子，大清早空着肚子去上学，肚子饿得咕咕叫，好不容易盼到放学，回家一看，碗里的饭一星半点，吃几口就没了，她又空着肚子返回学校。或许母亲吃苦太多，多灾多难的童年，三年困难时期，给她心理上留下了阴影，她不想让孩子们再受半点委屈，尤其是胃。

记得我五六岁了，还和妹妹每天订鲜奶喝。那个年代，这样娇惯孩子要遭受非议的，怕被街坊邻居笑话，母亲天不亮就去牛奶场取奶。我还隐约记得，后来取奶的任务落在我的头上，要步行两里路去劈柴市街上的那家牛奶场，和大人一起排队、取奶。

还有一样美食"钙奶饼干"，那时城里买不到，母亲就托人从外地捎带。早餐时，她跑到街道茶炉上烧开水，用滚烫的沸水边冲边搅拌，饼干瞬间变成黏稠稠的粥，散发阵阵奶香，馋得我直流口水。有时，母亲也会听到邻居们啧啧议论："孩子这么大了，不好这么娇惯。"可母亲假装没听见。

其实家里条件不允许这样"奢侈"，父亲那时工资低，一家六口人，我们姊妹仨吃得也多，每逢月末，钱袋捉襟见肘。在拮据的日子里，母亲和姥姥舍不得吃蔬菜，大蒜馒头就是一餐，咸菜成了主菜，人瘦得皮包骨，可她对孩子的衣食依然是大手大脚，自己再苦，也要让孩子们吃上当时最好的美食。在省城工作的父亲回家看到这情景，很生气，他数落母亲："孩子都大了，不要再喝牛奶了，也太铺张了。你看看你，瘦成啥样了，光知道疼小孩，大人身体垮了怎么办？"

母亲笑眯眯地听着，不吱声，父亲就强行到牛奶场退了订的牛奶，可等他一走，母亲又偷偷跑过去续上了。

那时，母亲在锻压机械厂做工，离家五里路，天不亮就得起床赶路，带上剩菜剩饭，带上我们换洗的衣服。通常是中午开饭时间，她匆匆填饱肚子，趁着午休时间洗衣服。

记得每天傍晚，迎接下班的母亲，是我们仨最欢乐的时间。三个人早早站在云溪河桥头上，等啊等，老远看见母亲挎着包走在人群里，我们就撒着欢地跑过去，母亲会变魔术一样从包里拎出零食，每人一份。我们哪里知道，这买零食的钱，是她从嘴里节省出来的呢。

那时正是物资匮乏时期，工厂的食堂也少有荤腥，偶尔改善伙食做油炸鱼，会被工人们争抢一空。每当食堂开荤，母亲

56

就会早早挤在人缝里排长队，如果有幸买到了，趁热往家跑，看着我们吃得满嘴油光，母亲就像眼见着我们又长高一寸，长壮一点似的，笑得合不拢嘴。等母亲连跑加颠返回工厂时，上班时间已到，她只好空着肚子，把馒头揣在口袋里，边工作边趁人不注意啃一口。

母亲认定早晨跑步能让人开胃，从我懂事起，天蒙蒙亮就被母亲喊醒，赶出去跑步。我很不情愿，但为了得到犒赏，回家可以吃一只油炸麻花，只好"争先恐后"去跑步。我后来成为长跑健将，一定与母亲逼我早练有关。

我知道母亲在意我的"吃"，常以不吃饭相要挟。上初中时，叛逆心重，一和母亲怄气，就闷在屋里不吃不喝，这一招成了我的杀手锏，一拿出来使用，屡试不爽，母亲一定会妥协。通常是她向姥姥耳语几句，假装串门去了，姥姥就端出饭来，哄我吃。对母亲来说，孩子一顿不吃可不得了。

我记忆中最难忘的一餐，是在医院里吃到的。那年冬天，我生了一场大病，住院期间，母亲把一只正下蛋的母鸡杀了，亲自熬汤给我喝。她把炖得稀烂的鸡肉一绺绺撕下来，送我嘴里，再一小匙一小匙舀来鸡汤，自己却舍不得吃一口。看我吃得大快朵颐，满嘴生香，她极度疲劳的脸上露出笑容，我至今还记得那笑容，仿佛我吃下去的不是肉，是高高的个子，是健康的身体，是幸福。

出院后，母亲怕姥姥对我照顾不周，决定带我去上班。那天大风雪刚停，五里半的路程，母亲在积雪中走得很慢，上坡时很吃力。我趴在母亲背上，耷拉着两条长腿，安然享受着生病带来的特殊待遇。瘦小的母亲一口气把我驮到单位，我津津有味地吃着点心和糖，感觉生病的滋味就是母亲温暖的背和美食的味道，那时候，我对长病生出一些难舍的感情来。

如今，吃什么都蜜香甘甜的年代早已走远，母亲也老了，可她对吃食的重视丝毫不减。她认定我长得高挑是吃出来的，是她重视餐桌营养出来的。每次回家，母亲都会给我准备好带回来的，大包小裹，有剥了皮的新鲜海虾，早早放冰箱里冷冻好；煮好的海带，一包一包封起来；腌制的香椿芽，套上了保鲜膜；一个个夹碎了，剥出果肉的核桃仁；炸好的鱼干，甚至是细嫩细嫩的芸豆，什么都有。一段时间，姐姐爱吃豆腐包子，母亲就买了一盘手推磨，推出小豆腐末，再和上面，一锅一锅蒸出豆腐包子来。

母亲给我们打包的这些吃食，是不商量的，强制性的，我曾激烈地反对过，可没用。有了几次不欢而散的教训后，我只好顺着她意。

晚年该享清福时，母亲却落下一身病，尤其是得了严重胃病，甜的辣的冷的，一概不敢吃，胃病剥夺了她享用美食的权利。

那天我和母亲坐在沙发上，我说："看看你的手，怎么干燥成这样，一定别忘了抹护肤液。"本想抚摸一下她操劳的双手，却临时改成给她看手相。我用食指来回划着她的手心，说："你的智慧线还挺长的啊，生命线也很好啊，看来活到100岁没问题啊。"母亲笑眯眯地低头看着，心满意足的样子。我们做女儿的想孝敬母亲，却不得法，心里很是牵挂，却不习惯言爱。

但母亲从不计较这些，孩子们平安幸福是她最大的心愿。一次，我回老家探望母亲，临走时她送我出门，边走边东拉西扯。她说，你刘姨三个儿子中小儿子孝顺，会给她点生活费，不过要偷着给，要不小夫妻打架，前天我给她送去几条鱼，可把她高兴坏了。你还记得我们的老街坊孙姨吧，前几天住院了，她儿子吸毒，还赌博，我去看过她好几次了，劝她想开点。最后母亲说了句："比比她们，我是真幸福。"听母亲说这些，我很心酸，母亲命运多舛，幼年失父，中年丧夫，吃的苦，遭受的变故，肉体和精神上承受的磨难，能有多少福呢，她这一声真幸福，让我心里一阵难过，可我又很高兴，母亲那么容易满足，人缘好心底那么善良。都说知足者常乐，母亲的幸福让我感到了些许抚慰。

我终于明白，母亲将她对子女无私的爱，释放在了餐桌上，渗透到我们的生活中，她用尽力所能及的所有力量，爱着我们，爱着他人，爱着这个世界。

（原载 2011 年第 3 期《西南作家文学》）

温柔的力量

　　不知什么时候开始，女儿喜欢送我卡片。逢年过节要送，生日那天要送，甚至我外出几天归来，一进家门竟与卡片撞个满怀。那些粗糙的小玩意大都出自她的一双小手，在上面画画写写，无外乎一些祝福的话。或许是卡片太过泛滥，还是极易得到的缘故，我有些不以为意。尽管有时装出一副感动的样子，满足女儿心愿，其实心里委实没什么的。

　　那是一年早春，因为受了沙尘暴的袭击，整个城市笼罩在恶劣天气里，而更为恶劣的是我的心情，好几桩麻烦事接踵而来，我感到了前所未有的压力。那天我下班回家，照例给女儿去买早点，一个夹心面包、一箱鲜牛奶、一块精制烤肉。大风刮得我寸步难行，天色渐渐暗了，我脚步凌乱，心里沉甸甸的，阴沉着的脸，像要下雨。

　　好不容易赶回家，摁响门铃，女儿一个箭步窜出来："妈妈！'三八节'快乐！"她哈哈笑着把一张贺卡举过头顶。我一愣，噢，今天是妇女们的节日，我都给忘了。再说了，我哪有心思顾及什么妇女节。

　　我接过女儿的礼物，端详着：这是一张自制的卡片，用一张白色的硬纸壳做成，涂上了各种新鲜颜色。可以看出她在上面花了心思，精雕细琢得很认真。纸壳从中间处对折，一面的边缘剪成波浪的形状，看上去似开未开半掩犹闭，桃子似的心脏图案赫然印在正面，一行小字"给亲爱的妈妈"穿过其中。顺着波浪形底线翻开卡片，一个意料不到的画面出现了：明亮的上弦月悬在夜空中，一个长发飘飘的年轻女人乐陶陶地坐在月亮上，膝间正躺着一个酣睡的小孩，在那些星星与星星之间，蜿蜿蜒蜒写着这样的字："妈妈在唱歌，我在妈妈的怀里睡着了，月亮也睡着了，我们都做开了美梦。"简直不可想象，这画面出奇地恬静，也只有不知愁滋味的小孩子才能想象出来，这个画风和我此刻的心境太冲撞了，背离得那么远，遥不可及。什么样的心情让人坐在月亮上唱歌呢，这真是小孩子的把戏。见我不作声，女儿眉头一皱："妈妈不喜欢？"她眼巴巴地盯着我。我猛然回过神来，赶紧浮上一脸笑容，"怎么会不喜欢？这么美。"我把女儿揽过来。她瞬间手舞足蹈，真是一个开心的小孩啊。

我连忙把坏心情关在门外。坐下来，再一次打开这卡片，那些歪歪扭扭的字迹，是她稚嫩的心声吧？在女儿成长的漫长日子里，我会遇到什么样的风和雨呢？什么样的可以料想与不能料想的困难？此时此刻，肩上的担子被一种温柔的东西托起来，我感到了它的分量，我突然意识到了，无论遇到什么，我都要好好保护好女儿的这份天真烂漫，把生活的压力隐藏，把乐观的一面呈现出来，让她的童年充满阳光，无忧无虑。

节日又至，我猜想女儿一定又给我制作了贺卡。晚上下班急急往家赶，刚刚来到楼下，一阵悦耳的音乐悠扬地传过来。抬眼望去，只见女儿从打开的窗户上探出身子，手里摇动着一张正奏着乐曲的卡片。我"咚咚咚"跑上楼，门早已打开了，女儿欢笑着迎我进屋。她用零花钱奢侈地为我买了一张音乐贺卡，我迫不及待地打开，看到了这样的祝愿："愿妈妈笑口常开，愿这美丽的歌声，陪伴您度过每一天。"多日来的奔波和劳碌，失望和焦虑，都在这一刻里得到了释放，我用心捕捉这轻飘飘的音符，情不自禁地笑了起来。我想，有这样的歌声相伴，有这样的祝福相随，还有什么样的困难我不能跨越呢？

（原载 2002 年 1 月 23 日《半岛都市报》）

许老师的幸福记忆

　　教师曾被人喻为"蜡烛"和"春蚕"，是受人尊重的职业，是人类灵魂的工程师。可近年来，频发校园的违反师德的事件，引发了公众对教师群体素质的担忧。体罚学生、有偿补课、节假日收礼、推销课外辅导资料。师德，一时间成为公众热议的话题。

　　社会的浮躁风气影响到了教师队伍，老师变得功利、世俗，教师这一职业的光环，黯然失色了。可想当年，大家一提起教师来，都会肃然起敬，许老师就是这么一位德高望重，深受学生爱戴的老师。

　　20世纪80年代中期，许老师所在的学校是县城重点高中，他专门送高三毕业班。那年学校打破了常规，让他接新生，从高一开始抓，执教六年来还是第一次。开学之初，他给自己约法三章：个人的事再重要，也不耽误学生上课；不翻阅学生档案，对学生一视同仁；要求学生做到的自己首先做到。

　　学生们大都来自农村，家境困难，个别学生的生活费常常上月不接下月，断顿的时候常向他告急。为此，他有了自己的小金库，以备给学生垫付学费、生活费，以缓解燃眉之急。那时，学校条件艰苦，晚上时常停电，他自己掏钱，给学生们买回蜡烛，就着摇曳的灯光，学生们温习功课，他就在教桌上打开笔记本，钻研习题，琢磨教法，翻阅从外省搞到的教材，搜寻可借鉴的东西，广取博引优秀课例，坚持每晚研读到十一点。临睡前，他习惯梳理一遍第二天要讲的知识难点。他的授课得到学生们的推崇喜爱，学物理成了一堂趣味课。每次参加各类竞赛，他的学生少不了喜滋滋地抱回奖杯，市里统考，平均成绩总是遥遥领先。

他执教的这一班学生上到高三时，家里出事了，妻子得了骨髓炎，不能下床，需住院治疗。学校安排老师替他代课，让他安心服侍妻子，他没有答应，他说孩子的事是一生的大事，关键时刻不能耽误。他开始医院学校两边跑，没课的时候，就到医院陪护，有课的时候准时出现在课堂上。整整一个多月，备课批作业都是在妻子的病床边，三个孩子被他接到学校住，学生的课没落下一节。

有的学生坐不住了，打听到治骨髓炎的偏方，偷偷跑到烟台从亲戚那里搞到麝香，有的学生课余时间跑到他家里干活。他把学生训斥一顿，严肃地对学生说，什么都不要管，全力以赴高考。

忽然有一天，他清楚地记得是 3 月 24 日，邮递员送来了一摞汇款单，他一看汇款人，原来都是已走进大学校门的学生。随后几天，汇款单像雪片一样从四面八方飞了过来，伍元、拾元、十伍元，从 70 多所院校出发，抵达同一个地点莱西一中，收款人都是许克林。邮递员感到纳闷，怎么这么多人给他汇款？原来，春节期间学生们到老师家拜年，得知师母病重，就互相串联商量好，给老师寄钱，共汇来 868 元。在那个年代，这笔钱是不小的数目。

这些来自不同城市，出自不同院校的汇款单，在许老师眼里，不仅仅是钱，更是温暖，是体恤，是支持。它有份量，带着厚重的师生情，带着学生们的心意。许老师的眼睛瞬间湿润了，捧着这一摞沉甸甸的汇款单，热浪在心里翻腾，泪水溢出眼眶。这是怎样的支持和安慰，这是怎样的答谢啊，他感到从未有过的震动。

看着学生从生活费里省下的这些钱，仿佛看见这些农家孩子诚恳的眼神，可他们还在读书，还需要钱，他不能接受他们的资助。他来到邮局，按照汇款单上的地址一一寄了回去。可没过几天，汇款单又飞回来了。这次没留姓名和地址，只在留言栏里写道：老师，还记得吗？我生病时您骑车60里去看我，为我补课，这点心意，请收下吧；老师，您为我熬汤药的情景，我还记着；老师，没有你，我考不上大学；老师，您为我垫付的学费，我还没还呢……很多很多留言让他的双眼一再模糊。

有人说，幸福可以分两种，一种是大幸福，一种是小幸福。譬如一个民族，生活在法律健全，讲民主重人权的环境里，要算大幸福；譬如一个人，物质有保障，身心健康，享有一种自足的快乐，可以说是小幸福。"执着而不拘泥，达观而不放任，不但用知识而且用自己整个的生命表现，不但用技艺而且用自己全部的精神能量，为学生点亮一盏理想的心灯。"许老师说这是为师者的最高境界，虽然很难达到，但他心向往之。他说选择教育并爱上这一行，本身就是一种幸福。授业育人的过程，就是执笔编一部大书，书中等待书写的群像是校园里的孩子们，有血有肉有不同的个性和天赋，怎样栽培他们，验证着为师者的智慧和灵魂，一个真正爱教育爱学生的老师，其间的付出和劳累，其间的苦与乐，是局外人无法体会的。

回想二十多年的教书生涯，许老师最幸福的记忆，不是教学能手的称号，也不是全国劳模荣誉证书，也不是年年高考创佳绩的奖状，而是学生们对他的纯真情感，这是他的学生们以另一种形式，为他写下的操行评语。

（原载 2003 年 9 月 22《青岛晚报》）

在　乎

　　有则流传很广的小故事，说海潮退后，许多小鱼被潮水冲上了海滩，一位稚气未脱的小孩子忙活着把鱼儿捡起来，他不听大人劝阻，边把鱼儿抛回大海边说："这一条鱼儿在乎，那一条鱼儿也在乎。"

　　"在乎"这个词出自小孩子之口，令在场的大人汗颜。是的，大海里的鱼儿数以亿万计，对大海而言，小鱼的生命只是亿万分之一，可对于每条小鱼儿来说，就是百分之百的生命。很多时候，我们对地球上除人类以外的生命是漠视的，甚至虐待、虐杀，根本不在乎。

　　我看过一档节目，是哪个电视台搞的忘了，记得是场小学生野外闯关比赛。小选手们身穿迷彩服，喊着势在必得的口号，两人一组，每组选手先到牧场羊圈里逮住一只羊，再将羊的四蹄绑牢，然后将这只羊带到目的地。比赛过程中，他们要带上这只羊，涉过灌木林中的河道，穿过杂草丛生的险滩，翻过布满荆棘的山坡，看谁先到达目的地，谁就赢了。体力有限的小学生，要把一只活蹦乱跳的羊，徒手运送相当有难度。这就要求他们无论用何种方法，两人轮流背也好，抬着也好，反正要想方设法把羊，以最快速度带到目的地。

　　看得出举办这场比赛的目的，是为了培养小学生吃苦耐劳，不怕困难，不畏险阻，不放弃，不退缩，勇于挑战极限的意志品质。

闯关中累得筋疲力尽的小学生，因体力不支，羊被一次次从肩上重重摔下来，一次次从穿越河道的缆绳上摔下来，小羊被折腾得奄奄一息。起初是惨叫，后来弱弱的呻吟，最后只能大睁着无助的双眼苟延残喘了。小选手们汗流浃背，虽然没力气搬动这只羊了，但他们仍然在坚持，死死拽着、拉着、拖着，反正不会放弃这只羊。我猜想组织方，还有孩子的父母们，看到这情景，一定在为小选手叫好，为他们在这次比赛中的表现喝彩。

节目看到这里，我实在看不下去了。小学生完全不顾羊的痛苦，他们视羊为道具，而不是一个有血肉，有痛感，有它的世界的小生灵。他们在比赛中培养了努力拼搏的精神，却丧失掉了爱心。为了赢，不惜虐伤动物，对于羊的死活可以全然不管不顾，失掉了一个孩童应有的慈悲心。

我们的教育总是这样顾此失彼。捡了芝麻丢西瓜，开发了智商，忽视了情商，增长了才干，丢失了人性中善良之美，创造力跟上来了，爱心又严重缺失。

泰戈尔曾说，一个民族对待动物的态度，直接体现这个民族的文明度。什么时候，我们也能做到敬畏生命，发自内心地善待与我们共处一个地球的动物，即便是要吃鸡鸭鱼肉，那宰杀时也要减轻它们的痛苦。

久疏的问候

元旦刚过，我收到一封信，拆开一看，非常意外，十几年没有音讯的朋友，忽然发来信函，并向我致以新年问候。

在信中，她说："这么多年来，你是我最好的朋友，原谅我很少和你沟通，并且心安理得年年接受你真诚的祝福，我是由衷地感激你，祝福你，只是懒于提笔，以致我们中断联系。非常内疚，再次向你表示歉意。说真的，每次收到你的问候，都使我沉闷的心情激动好几天。"

读罢来信，感动、愧疚、温馨一齐涌上心头，仿佛被我搁浅的那段岁月，又回到身旁。记得那时候，我刚刚二十岁，喜欢写诗，她年长我七岁，我们在一份内部发行的刊物上交流诗作，因共同的爱好，常常书信来往，其间还曾见过两次面。后来，这份行业性诗刊因经费不足停刊，她也因丈夫常年在外，工作和家务的拖累，不再写诗，我们就少了联系。尽管如此，每至元旦来临，我总要给她寄张贺卡，斟酌词句，写上几行温馨的祝福。最初，她回过一封信，说她儿子如何喜欢我的音乐贺卡，别提有多兴奋，对远在异乡的阿姨问长问短，感激之情溢于言表。

以后几年，每逢岁末，我必定逛书店，跑地摊，到所有出售贺卡的地方转悠。不管天气有多冷，也不管卖主因我过分挑剔多不耐烦，我依旧弯下腰，专心挑选有着别致图案，一打开就响起祝福音乐的那种卡片。总是数算着日期，让这辞旧迎新的祝福赶在元旦之前，准时抵达目的地。想想朋友的儿子，望

69

眼欲穿终于盼来信使，抚弄着音乐贺卡，爱不释手的样子，心里真的很高兴。尽管，女友不再给我回信，一年寄一张小小贺卡，成了我给孩子的唯一礼物。时间如白驹过隙，贺卡日新月异更新又换代，音乐贺卡不知怎的，在市面上很难再寻到，更别说出新了。然而，我还是不改初衷，一如既往，费尽心思寻找着不尽如人意的音乐贺卡。就这样，一晃过去了十几年。去年，因没有中意的音乐贺卡，我给女友寄去了一张画面很美，但无音乐的贺卡，至此，寄贺卡的意义已削减掉了一半。

多少个岁末的灯下寄语，也记不得这是第几个年头了，反正年复一年坚持下来，似乎成了一种必须践行的差事。也曾感叹如今寄出的这一张新年贺卡，已不再是年少时的容颜了，淡淡的传情达意间有了些心不在焉，向对方传达的惦念中，似乎只是为问候而问候罢了。想想与朋友失去通信已有十几年，我们各自肯定改变了不少，我猜想或许她已把我忘了，毕竟我们只是短暂的纸上谈心，毕竟我们都不再年轻，生活的压力和劳碌，业已改变了心境，贺卡里诗意的问候，或许在她看来已不合时宜。实实在在的生活，会把一切吞噬殆尽的，我真的能够完全理解所有这些可能的无奈。她的儿子也长大了吧？不会盼新年一样盼我的贺卡，我的贺卡也就失去了它应有的趣味，似乎还有点一厢情愿的尴尬，对忙于家务的女友，是一种温和的干扰吧？基于这一些猜想，今年，我中断了给朋友寄贺卡。

令我完全没想到的是，女友见不着我的贺卡，第二天，立即发来信，她敏感地揣测着我中断贺卡的理由，一再向我致歉。

原来，朋友还记得我，十几年不通音讯，我真的不知道我卡片上的问候，会给她带去慰藉，更不知晓，她的心中始终留有一个位置，守候着我的名字。

（原载《城市金融报》）

看上去很美的课堂

　　美国学者梅琳达·戴维斯在"欲望计划"的研究中发现，现代人最大的危机是"要克服内心深处的混乱"。是的，我们的心灵遭遇到前所未有的困境，失掉了信仰，被不断升级的欲望奴役，灵魂在繁华处空虚着，心灵无处安放，精神堕入虚无，幸福感丧失了。浮躁着的现代人，沉浸在物质欲望和肉体感官刺激中，滋生出各种不安和痛苦。

看上去很美的课堂

同事打来电话，催我赶紧报名参加个培训，说这个培训很神奇，我第一反应不相信，现在各种名目的培训多了去了，大同小异，换汤不换药，没多大意思。

"来了就知道了，和其他培训不一样，这么说吧，像把解剖刀，把人'大卸八块'，让你痛，让你哭，让你笑，'剜骨疗毒'，把你变成最好的自己。"同事巧舌如簧。

听上去很玄，神秘得让人担心。可经不住同事一再煽动，好奇心作祟，我还真的去了。心想，倒要去看看这培训能鬼到哪里去。

培训的确怪里怪气的。进场时，有人拖着长腔高喊：

把手机关闭——

把脑袋放在门外——

咦，脑袋里的东西要放空哦。

怪怪的还表现在时间上，每堂课下来，短的两三个小时，长的持续到半夜。更奇怪的是培训没有教材，也没人授课，课程进展全凭一班学员自个折腾出"事"来，教练只管现场坐镇，等待时机抓住一些问题，故意将"问题"搞大，搞成一堂课的"主题"，学员就围绕主题展开辩论。这由"事件"演变成"主题"可谓五花八门，有学员迟到被教练揪住不放，各种惩罚，引发不满的，有学员的某句言论，触怒了教练，号召大家群起而攻之的，有学员对培训课提出质疑，被驱逐出教室引发的混乱。这让每位学员很紧张，不知道下一步会发生什么，自己又会在"事件"中充当什么角色。

第一堂课是有关"信任"。70多个学员围成几圈，要求在2秒内随便对某个人说"我信任你"，或者"不信任"，并说出为什么。教练抛砖引玉先列出几个关键词，让学员逐个上台发表演说。台下学员通过每个人发言，指出其身上存在的毛病。教练提议大家直言不讳，有人就被揪上台，学员七嘴八舌，各种指责一点情面不留，台上人的脸红一阵白一阵。

培训课上还设置了很多小游戏，学员扮演各种角色，有警察、乞丐、教师、妓女、科学家、小偷。这些看似孩童的娱乐，实则耐人寻味。让人恍若置身日常生活中，看到了社会里的各色人等，看到了背着种种"累"的他们，或为生计，或为情感，或为名利，或为执念。其中有个高潮环节，教练大声喊叫："你们活得太累太假，赶紧行动吧，褪掉身上的盔甲，撕开伪装，卸下面具，把真实的面目呈现出来吧——"随着一声声呐喊，"嘶——嘶"挣脱、破裂的音乐模拟声响起来，课堂里顿时嘈杂成一片。

这时，竟然有人哭了，教练点名让学员说出此刻最想说的话。正是夜深人静时，灯光全灭掉了，黑暗中，一拨又一拨人在诉说。

有人说自己没有了生活目标；有人说自己越活越糊涂，不知哪是对的，哪是错的，失去了是非判断能力；有人说他不相信任何人了，谁都靠不住，感到痛苦压抑；有人说经营了大半辈子的婚姻解体了，心里不平衡；有人忏悔做过一件伤天害理的事；有人说活得憋屈没劲，感觉生活很无趣。

说到伤心处，甚至有学员捶胸顿足，哭得鼻涕老长。一时间，教室里蔓延着伤心情绪。突然，一曲舒缓的音乐响起来，伴随着音乐，有个男中音用抒情的语调，谈起儿时的伙伴，亲

情的温暖，恋人的怀抱，学员不知不觉心情平静下来。在音乐
和温暖的话语中，人仿佛走在软软的沙滩上，沐着阳光浴，周
身放松。这一时刻，一些搁置起来的美好感觉，被唤醒了，学
员们擦干眼泪，像孩子一样手挽手，围成圆圈，这时《真心英
雄》的歌曲适时响起来，很嘹亮很亢奋地回荡在教室里。所有
人都感觉到在某种力量的推动下，重生了，犹如被圣水清洗
过，被暖暖的爱烘焙着，身心融化在一片祥和之中，向着真，
向着善美往前走。

真好！培训结束了，每个人盘点自己的收获时，无一例外
露出了笑容。为感谢教练，学员们设了答谢宴，席间教练滴酒
不沾，极少说话，似乎生怕醉酒后多说点什么。挥手告别时，
他突然回过身来，郑重说了句："我是来拯救你们的。记住，
任何时候别丢了契约精神、爱和自由的灵魂。"这一句话似乎
点到了学员们的痛穴。

至此，我终于明白，这个自诩来"拯救"学员的培训大
师，实际上是来赚钱的，短短几天工夫，十几万元入账。这位
培训大师太有商业头脑了，他抓住了现代人的精神危机。

美国学者梅琳达·戴维斯在"欲望计划"的研究中发现，
现代人最大的危机是"要克服内心深处的混乱"。是的，我们
的心灵遭遇到前所未有的困境，失掉了信仰，被不断升级的欲
望奴役，灵魂在繁华处空虚着，心灵无处安放，精神堕入虚
无，丧失了幸福感。浮躁着的现代人，沉浸在物质欲望和肉体
感官刺激中，滋生出各种不安和痛苦。培训大师正是捕获到了
这个商机。

这个看上去很美的心灵拯救，如"世外桃源"，在闹市里
辟出一块安静之地，让学员买断一小片时间和空间，无所顾忌
地敞开自己，释放真实的情绪，找到想要的生活。

可是，培训结束后，学员们走出课堂，一脚踏进现实，发

现假象和空虚还在，骗局和不公还在，困扰和焦虑还在，所有的问题一样没解决。

原来，学员想要的那种人文环境和理想中的自己，培训课给不了，甚至连拯救心灵，也只是看上去很美的乌托邦。道德虽说是个体意义上的，但它需要相应的环境，如果没有适合理想社会发展的土壤，那么培训的课程再完美，也只是一次释放压力的成人游戏罢了。

当交友成为功课

有位林先生，为儿子功课不及格烦恼，这是他来日本遇到的第一件沮丧事。儿子读小学一年级，学习成绩非常优秀，因为没交到50个小朋友，升二年级时被学校评定为功课不及格。

林先生很纳闷，交朋友也成了功课？他向同事抱怨，同事力挺这项"功课"，他说你想想，从一年级开始，就结交50个朋友，随着年龄增加，交友数量滚开雪球，一个资源丰富的人脉圈就形成了，长大后这些在不同领域里发展的朋友，就是"财富"。

原来财富意识要从娃娃抓起，难怪有些公司招聘人才，注重应聘者人脉圈。林先生茅塞顿开，他决定跟儿子一起恶补这项功课。

说起交友，每人的认识和看法不同，有人喜欢结识权贵，找个靠山，日后升官有人说话，落难时有人帮扶；有人喜欢和有钱人拉上关系，为以后发财找门路。日本畅销书作家手岛佑郎说，穷也要站在富人堆里，以汲取他们通达财路的智慧，比肩他们成功的状态，耳濡目染富人的思维方式和处事方式，慢慢地就会脱离贫穷阶层。

有人形象地说，一根稻草，扔在街上，就是垃圾，与白菜捆在一起，就是白菜价，如果与大闸蟹绑在一起，就是大闸蟹价了，穷人要提升自己的价值，一定要和土豪做朋友。

为证实此说法，还有人举出个人资产达210亿美元，《福布斯》富豪榜上名列前茅的保罗·艾伦，他年轻时就是和比尔·盖茨在一起。

老苏就是认定这种交友法则的，他处心积虑攀结有用人士，每逢饭局，遇到成功的商人，或者是处级以上官员，他都要上前索要名片。他把业余时间全耗在和这帮人周旋上，陪酒、打麻将、K歌、外出考察市场、旅游，有请必到。虽说不多的收入经不起和这些人一起高消费，但他还是咬咬牙挺着。他发现，这几年自己收获不小，思维模式变了，站在了一个更高的平台上，看问题的视野开阔了，眼光更高了，也有了奋斗目标。

他踌躇满志准备大干一场，辞职开了家公司。结果，几年下来没挣到什么钱，因给人担保贷款，还陷入了官司，今年父亲又查出患了肺癌，他开始东奔西跑借钱，可除了亲戚和一个发小应急，他的这些朋友，都以各种理由婉言拒绝了。无奈，他把房子卖了。原以为，多年来经营的这些资源，能利用起来，原以为这些朋友，会在他最困难时伸出手，可是全都落了空。此刻，他终于明白，在人家眼里，他只是喝茶时倒水的，唱歌时鼓掌的，喝酒时捧场的，旅游时提包的而已。

老苏不甘心，他还是拿朋友说事，心就渐渐地凉了。老苏拎不清了，犯了朋友和合作伙伴混淆的毛病。朋友可以谈感情，合作伙伴只能讲利益。人不优秀，就很难有广泛的人脉，人脉是互相交换利益和信息的，互惠互利是法则。老苏硬要挤进不属于自己的人脉圈，早晚会失望。

隋朝学人王通说过："以势交者，势尽则疏；以利交者，利尽则散。"关键时刻，事实会摊开结果给你看。

其实，真正的朋友是交心的，只有交心才能产生心理共鸣，也只有性格气质、兴趣爱好、社会阅历、社会经济地位等方面相近的人，才容易产生心理共鸣，有了共鸣才有成为朋友的可能。刘禹锡在《陋室铭》中，有谓"谈笑有鸿儒，往来无白丁"。人格独立的优秀人士，更看重水平相当，互相欣赏，能沟通起来的朋友。

保罗·艾伦年轻时和盖茨在一起，是因为他们兴趣相投，有共同追求的事业。当初他们在波士顿注册了一家名为微软的计算机软件开发公司，总经理是比尔·盖茨，副总经理是保罗·艾伦，这就奠定了他的未来。而老苏和硬要站在一起的这些人，在各个方面都没有契合点，表面看上去友情很热闹，实际上心是疏离的。

亚里士多德曾说过，真正的朋友，是一个灵魂孕育在两个躯体里，这种朋友太难得。有个哲学家在弥留之际提醒他的儿子说："无论做什么，不要轻易把别人当朋友，除非你能证明他的确是你的朋友。我回顾我这一生，却只找到了半个朋友。你说自己有100个朋友，是不是太草率了一点？去，现在就去验证他们是不是你真正的朋友吧。"

在没有利益交往与合作的情况下，大多数人到老了才发现，朋友，这个词是奢侈品。邱女士18岁就开始热衷交友，如今快四十岁的人了，身边走得近的人，一拨一拨更换频繁，要么人家疏远她，要么她放弃别人，她说朋友如同衣服，会穿旧的，需要时时更新，她身边永远只有新朋友，她喜欢用"水至清则无鱼，人至察则无友"来解释她因苛求完美导致没朋友，从未意识到自己交友的动机出了问题。

朋友分普通朋友和真正的朋友。每个人的生命里，其实不乏普通朋友，这种朋友流动性大，往往说散就散了，说淡就淡了，从无话不谈到无话可说，从格外亲热到变得陌生。三毛曾说过："友情再深厚，缘分尽了，就成陌路。"因各种原因"尽"了缘分，只要彼此没有伤害，没什么可耿耿于怀的。

而灵魂里相互滋养，心理上产生共鸣的朋友，是不会随着时间的推移，个人境遇的变化，或者某个人某件事的牵涉，轻易说散就散了的，它会弥久恒香。这样的朋友不求多，有一二个足已，如《瓦尔登湖》里，梭罗给自己和朋友留的只有两把椅子。

我们不妨这样解读日本小学生的交友功课，校方布置这项作业，是想培养小学生的交友兴趣，锻炼他们的交际能力。

设想一下，七八岁的小孩子，两小无猜，彼此只要玩兴相投，聊得欢，就会好在一起，无关其他，就像头上淋过的一场梨花雨，欢悦通透，清澈简洁。在不知不觉中，小学生们学会与他人相处，学会选择益友，等长大后，心智成熟了，说不定有幸遇上灵魂里的那个朋友。

（原载 2016 年 7 月 16 日《内蒙都市报》）

"墨宝"里的世态人情

官员落马前题写的字，成了"遗羞"，字义再怎么正能量，也羞于示人了，甚至成了败笔。因为题字的人不再位高权重了，他们有的失势，甚至入了狱，求字的人手忙脚乱将墨宝铲掉，像抹去一桩羞辱事。

官员在位时，众人前呼后拥，溜须拍马，一个个笑脸迎上去，求字若渴。如若求字成功，将墨宝炫耀在最显眼的位置，昭告天下其大驾光临，求字者颜面大增，求字的单位蓬荜生辉，墨宝里的每个字闪耀着权势的力量和威望。而当官员落马，其所题写的字，也应声倒下，成了刺眼的"污点"。如果题字者落马前权倾朝野，那就更闹心了，求字方开始羞答答地将官员签名遮住，如坐针毡了几日后，干脆将题字全部铲了去了事。即便是刻在石头上的，也要磨了去，好像此官员留墨宝一事，从未在此发生过。如果可能，名字最好也能从著名校友录里抹掉。

落马官员题字引来的"铲字"笑柄，暴露了世俗社会人性丑陋的一面，官员掌权时再蹩脚的字，也当宝贝敬奉着，落马后还是这副题字，却变成"洪水猛兽"。人走茶凉，冰火两重天，势力眼的阴阳脸，人性中难以克服的弱点，赤裸裸地展示出来。

世态人情，饶有滋味，可作书读，可当戏看。这现象也给官员们上了生动一课，在位时，莫把众人的巴结吹捧当真，留字更需慎思。众人求字，看重的是权力的光环，而不是字本身，更不是人本身，千万别自以为是，真以为笔下的"龙飞凤舞"是个宝，笑纳不菲的"润笔费"也心安理得，那日后墨宝成遗羞也莫怪人性丑陋，要怪就怪自己假装糊涂。当然，有一种情况除外，官员方方面面足够自信，特别对自己书法功夫自信，墨宝里有"真金白银"，落下的笔墨价值千金，那肯定会被人争着抢着欣赏、收藏，甚至随着年代的久远会升值呢。

是的，有艺术价值的墨宝，没人舍得扔。在咱中国，官员题字之风自古就有。古代的高官，巡游到某处，一时兴起，总要饮酒作诗，再秀一把书法，洋洋自得题上自写的诗文，挥墨落上大名，这墨宝所留之处成为一大景观。因为古代官员大多从小研习书法，精于书法艺术，其中不乏书法大家，如文坛巨匠王安石、苏东坡、黄庭坚，他们艺术造诣极高，留下的墨宝千古流芳，给后人留下一笔丰厚的精神和物质财富。

北宋大文豪苏东坡，是中国历史上少有的文艺全才，诗文书画无一不精。苏东坡深知自己的字画有含金量，他在杭州兼任太守时，有个商人因债务而受审。商人说一家人以卖扇为生，因父亲去世留下了债务，又遇连雨天，扇子卖不出去。商人委屈地说："不是我故意不还债啊。"

苏东坡沉吟片刻，对这位愁眉不展的商人说："拿堆扇子来，我替你卖。"商人回家，拿了20把白绢团扇。苏东坡在判桌上展开一把团扇，用判笔画草书，绘上一只新竹，1个小时后，这20把团扇，有的画上枯木，有的涂上山石。商人抱着扇子刚走出衙门，就被早已闻知消息的百姓团团围住，扇子被抢购一空，没抢到的遗憾不已。

扇子因了苏东坡的字画，身价倍增。百姓抢购扇子不是因为苏东坡的太守官位，而是他的字画，他的一代名士的风采。苏东坡被贬官流放后，他的字画、诗文照常被争相收藏和传诵，即便是"元祐党人碑"事件后，一切刻有苏东坡笔迹或文章的石碑都奉命拆毁，他的书被禁，他本人也被除去生前的一切头衔之时，老百姓却到处搜寻收藏他的墨宝，当禁止赏钱增至 80 万时，也是收藏他的墨迹最疯狂的时候，百姓以收藏的多而自夸，士大夫手头如果没有东坡的原诗，便自觉没有底气。因太受欢迎，黄庭坚等后辈争相收集他的墨迹书简，集成一册出版。一位收藏家收集他的墨迹书简，刻在石头上，把拓印本《西楼帖》当作书法作品来卖，发了财。苏东坡死后，他的诗文字画价一路飙升，一时达到顶峰。

可见，在官场上沉沉浮浮的苏东坡，千百年来一直活在读者心中的，是他千古传诵的不朽诗文，是他天资超群挥洒胸臆的字画，是他醇美的人格，与他的官位大小没半点关系。

（原载 2016 年第 8 期《青海湖》下半月）

一不留神傻笑了

　　人的喜怒哀乐中，笑的表情最为丰富，最有感染力，如微笑、眉开眼笑、苦笑、皮笑肉不笑、奸笑、冷笑、窃笑、傻笑、狂笑等等，数不胜数。有多少五花八门笑的因由，就有多少种笑态。在纷繁芜杂的表情里，笑者的心理状态，内心情景，通过笑肌传达出来。假如你的笑，不是自然而然的快乐流露，那么任何不纯粹的笑，言不由衷也好，冷血麻木也好，暗藏讥讽也好，造作假装也罢，无论怎样极力遮掩，表情会在现场出卖你。

　　按说笑是最招人欢喜的词，微笑常挂面颊，人会变得格外生动，给人以温暖和亲近感。笑一笑十年少，自然的微笑，给人带来美好的感受。笑最能烘托欢快热闹的气氛，周立波用尽浑身招数和才情演绎海派清口，哄堂大笑是他最爱听的掌声，表演现场，笑是观众互相传达快乐的语言。但是，笑要和场合、情景相吻合，一旦不相宜，一不留神笑了，那笑面再灿烂再和善也不讨巧。轻则让人尴尬，让人厌，重则招惹痛恨唾骂，再重者致人崩溃，成为事件了。

　　我有过不该笑的时候傻笑的经历。第一次发生在闺蜜身上。我们自小一起玩，从幼稚园相伴到成家立业，隔三差五要聚一聚，对彼此的生活，性格喜好了若指掌，我和她无话不谈，熟得不能再熟。一日，闺蜜风风火火跑来跟我诉苦，说刚刚和老公的战争升级了。闺蜜口才好得出奇，口齿利落清晰，用词恰当掷地有声，什么事经她一描述，那些事儿就在眼前活龙活现。她说，为点鸡毛蒜皮，两口子从小吵到大吵，吵到火烧脑门时，老公抡起手臂向她劈过来，幸亏她眼疾身轻，向右一闪，躲过一巴掌，老公的指尖擦着她的脸抢了个空。

"他竟然动手了！对我大打出手了！"闺蜜声音突然高了八度，脸憋得通红，越说越气愤。闺蜜的老公，待人很温和，平日对闺蜜很好，是闺蜜再无理取闹也不和她较真的那种好好先生。我想象不出，脾气超好，嘴巴笨笨的他，如何煞有架势地唬着脸，在闺蜜细皮嫩肉的脸上，虚虚地划过去。想着想着，我禁不住仰天哈哈大笑起来。

待我低下头，发现闺蜜的脸已涨成紫色，正扑簌簌落泪珠子，瞬间，泪水哗哗连成一片。"东边日头西边雨"，此时此刻，我傻笑着的表情，和闺蜜伤心欲绝的面孔撞了个正着。我简直是太坏了，视闺蜜的眼泪不顾，竟然在人家伤心哭诉的时候，笑了。我赶紧急刹车！想把笑憋回去，可是因笑得太猛，太欢乐，一时怎么也收不住场。着急中，我伸出手在自己的大腿上狠狠拧下去，啊哟，疼得我咪，嘴一咧，我终于把笑狠狠控制住。赶紧调整好情绪，蹙起眉头，凝成气愤状，重重叹了口气："太不像话了，竟敢打你，老孙学坏了！"

我至今不知道闺蜜对我当时的傻笑什么感想，但愿她那阵正沉浸在极度恼怒中，忽视了我的表情。要不，我的傻笑，就是幸灾乐祸，假如闺蜜一把掌打过来，我也是活该挨揍了。

还有一次傻笑，发生在宴席上。当时企划部的全体同事，跟随总监一起去赴媒体朋友宴请。席间推杯换盏，谈笑风生，很和谐很开心。媒体朋友不断要我们增加广告投入，一年几百万的投入嫌不够。总监突然间就醉了，前一分钟好好的，后一分钟醉意朦胧，说话词不达意了。正当此时，有人举起酒杯："来，敬您一杯，干了咱谈的事就妥了，再加两百万。"总监"噌"地从座位上站起来，把杯中酒一下子泼出去："不喝了就不喝了嘛，我醉了。"话音未落，他拿起酒瓶"咣"一声摔在桌子上，啤酒瓶"金花四溅"，全桌人一下惊呆了。总监握瓶的手瞬间血流如注。媒体那拨朋友见状，脸色一下子凝重起来，他们尴尬起身，做鸟散状，迅速撤离了。

同事"呼啦"一下团团围住总监，有察看伤情的，有打电话叫120的，有给总监擦拭血迹的，一团紧张。此时，我愣愣地呆立着，似乎还没从冰火两重天的气氛转换中回过神来，隔桌看着眼前的突发事件，忽然，咧开嘴，露出六颗牙齿，傻傻地笑开来。天呐！当我猛然发现自己在笑时，赶紧捂住嘴巴，并一溜小跑离开现场。我苦苦解读着自己刚才的傻笑，难道这事在我看来是小闹剧？它刺激了我的笑神经，光顾着神思游走了，竟对总监的受伤视而不见？

反正是，我在不该笑的场合和情景里，傻笑了。要说第一次是因为对朋友太熟悉，她所抱怨的未遂"家暴"，在我看来如同新婚夫妻的嬉笑打闹。而后一次笑，有人说我是少见多怪，是笑点低到傻的表现。但不管有啥牵强搞笑的借口，对被笑的人来说，都是无法接受，不能容忍的，甚至会在我的劣迹表现中，恨恨地记上一笔黑账。

好在，有些场合，我这个犯过傻笑毛病的人，再一不留神，再表情放松，再理由充分，是绝对笑不出来的。比如在人祸面前，面对血淋淋的惨状；比如天灾面前，面对那些逝去的生命。别说去现场，仅看一眼那些画面，就足以让我惋惜、震惊、心疼，眼泪会情不自禁涌出来。同类的死难，会让人联想到自己，以心比心，想到永失亲人的家庭，该如何承受割心剜骨的巨痛，作为人无论如何是笑不出来的。可前段时间，在车祸现场，两车相撞引发大火，竟然有人在现场傻笑了。在36条鲜活生命瞬间逝去的现场，据说是为了让基层干部放松。真的是这种理由吗？即便是，在他看来，让干部们心情放松，比尊重逝去的生命更重要？的确让人匪夷所思。

修复创伤

他是傍晚时分登上浮山的，记不得是第几次了，一个人攀上山顶。他不是"驴友"，也不是观光客，他只想找个安静的地方，独自待一会儿。

人处在低谷时，什么事都不顺，正应了"福无双至，祸不单行"那句话，这段日子，他生意场上遭遇严冬，一个相处多年的合伙人，暗中另起炉灶，带走了公司业务，挖走好多人才，他几乎被架空；父亲突患脑溢血，偏瘫在床；一个曾信得过的朋友设下骗局。前所未有的打击，一桩又一桩，这绝非"痛苦"两字可形容，好像人在阳光下走着走着，被人一下推进漆黑路段，伸手不见五指，前景一片灰暗。

一棵有些树龄的松树，挡在眼前，他倚上去，开始发呆。低头看表，百无聊赖的时间，在腕上嘀嗒嘀嗒走动。山上各种草木在夕辉照耀下，泛起一层虚幻之光，内心盘起的那团乱麻，越绕越紧。其实，他知道，即使躲在山上清静一时又能怎样呢？

一些落叶正被秋风卷下枝头，一片又一片，散落各处。突然，一片落叶掉在一张蜘蛛网上，有只蜘蛛冲过去用细爪掀起这枚落叶，一下弹了出去。咦，这小东西，一定以为食物落入宝囊吧？他坏坏地捡起那枚落叶，重新扔回蜘蛛网，没想到叶片刚落，那蜘蛛飞快跑过去，将落叶再次弹出网外。

咦，还较上劲了。他开始捉弄这只小蜘蛛，将树叶、枯枝、纸屑、草根，一个一个掷向蜘蛛网。这些从天而降的杂物，可把蜘蛛忙坏了，它跑前跑后，一会儿左，一会儿右，来回奔忙，一一清理出去。持续了半个时辰，蜘蛛在"繁忙"的体力劳作中筋疲力尽。

天由昏黄变成浅黑色，风开始弱了，他又捡起一块石头，扔了过去，只听"砰"一声，蜘蛛网裂开个大洞，顷刻破碎了。他看见蜘蛛趴在那里，软泥样一动不动，看来累坏了，这下好了，小东西肯定没法收拾残局了，他坏坏地笑出了声。

可令他万万没想到的是，蜘蛛铆足劲，竟然艰难地向破洞处爬了过去，它的尾巴吐出丝线，开始重新编织这张网，一圈又一圈，用尽最后一点力量，网修补好后，蜘蛛伏在它的"领地"上，仍然保持着警觉姿势，随时要出击的样子。

他慢慢蹲下身来，认真端详着这只蜘蛛。忽然发现，这不起眼的小生灵的一捏即碎的小躯体里，竟藏着这么大的能量。想想自己眼下的困境，多像这只蜘蛛的遭遇啊，各种不测，各种伤害，蜘蛛面对生存之网被破坏时，能做到拼尽全力及时修复，不认输、不懈怠、不放弃，决不倒下。而自己呢？

原来再卑微弱小的生命，当无所畏惧，不放弃努力时，就变得强大起来。"从明天起，我也要像这只蜘蛛那样，去清理和重新编织自己的生活。"想到这里，他心里豁然敞亮多了，起身往山下走，脚步变得轻快。极目四望，阒无一人的山里，清凉润湿的雾气飘散在空中，远处一幢幢环翠逸秀的别墅群，透出了绚丽而柔和的灯光，他边走，边想着蜘蛛和他"战斗"的画面，不觉来到山下。

（原载 2009 年 11 月 3 日《半岛都市报》）

淡泊名利要有资格说

说自己淡泊名利，是要有底气支撑的。胸无志向的人，说淡泊名利，那是人生没有方向和规划；懒惰慵散的人，说自己淡泊名利，那是吃不到葡萄说葡萄酸；失败的人，对功成名就不屑一顾，那是无可奈何的叹息。当你一无所有时，别轻易奢谈淡泊名利。

京剧《空城计》里，诸葛亮有句唱词"我本是卧龙岗上散淡的人"，卧龙岗是诸葛亮躬耕南阳的隐居处，是刘备三顾茅庐之地。被邀出山之前，诸葛亮远离世事纷争，和四位好友一起读书游乐，自比管仲、乐毅，并指出他们太注重细节，没大局观，将来做官只能做到刺史、郡守那样的职位，当众人问他"志若何"时，他笑而不答。那时，他没有说自己淡泊名利，其实，他言谈中已表达出自己的抱负。

散淡的人，听上去总有些悠闲逍遥的意味，感觉很美。古代有许多读书做官的人，在追求功名利禄的过程中，饱受官场倾轧后，或因壮志难酬，或因厌倦朝野之争，吃尽了苦头心力交瘁，忽然顿悟人生真谛，从此看淡功名权势，甘愿做个散淡的人。代表人物当属陶渊明，辞官幽居于田园之中，东篱种菊，南山种豆，不问世事，安心耕种作诗。他的隐士作派，对中国文学曾产生过深远影响，也成为士大夫的精神偶像。

现在，有许多人对淡泊生活心向往之，甚至标榜自己就是岁月静好的散淡之人。有这么一位写诗的男士，常吟诗作文，表达自己对散淡人生的感悟。他虽生活清苦，但安贫乐道，"不戚戚于贫贱，不汲汲于富贵"。年轻时，他也毫无功利之心，对身外之物看得很淡，不追求物质享受，生活简单而满足，他常常沉浸在散淡人生的体验里，自我陶醉。茶过三盏，他感觉世上万物无不能饮，千树万树都是茶叶，心中的感觉就是山泉，而泡出的那份心境便是缕缕茶香。听蝉叫鸟鸣，看行云流水，观花赏月，逍遥似神仙。他把精神上的这种安逸丰盈之感，看作心灵与俗世已达成了和解，他在喧嚣之中置身事外，屏蔽掉浮躁的声响，安静地独自乐着。每当此时，会有一种散板之声自远古而来，自心底浮现，正应了诸葛亮的那句唱词"我本是卧龙岗散淡的人"。如若这种美好感受能持续下去，那他可真是活得快乐的有福之人。

可是，这个散淡了大半辈子的人，在知命之年，却慌乱起来，再也无法散淡下去了。因为，生存危机围困住了他，命运打乱了他的四方步。为了生活下去，他不得不东奔西跑。然而，由于年龄偏大找工作也难了，没了收入的日子，让他焦头烂额，着急上火，再也没有闲情饮茶吟诗了。此时，他对自己那些舞风弄月的诗文，已找不着感觉，甚至笑讽"百无一用"。他的心态在现实困窘中变了。

这让我想起一个流传很广的《富翁与渔夫》故事，说有个富翁到海边旅游，看见一个渔夫躺在沙滩上晒太阳，他主动上前问渔夫为什么不去捕鱼，渔夫说他已经捕回来了，全家够吃几天。富翁劝他每天多捕一船，这样下去可以多卖钱，15年后就能购置很多船，再租出去，财富会越来越多。渔夫问道："赚那么多钱又怎样？"富翁说："可以周游世界啊，在海边买栋别墅。"渔夫又问："然后呢？"富翁道："你就可以像我这样在海边晒太阳了。"渔夫回道："我现在不是已经躺在海边晒太阳了吗？"富翁哑然。

很显然，故事想告诉人们，渔夫活得洒脱，他知道人活着的最终目的。而富翁呢，辛苦赚钱，到头来追求的目标不也是一样在海边晒太阳嘛，多愚蠢。

可是，似乎我们忘记了，这个故事发生在社会保障和福利体系健全的欧洲，个人选择什么样的生活方式，完全可以听凭内心的想法，做个两天打鱼三天晒网的渔夫，前提是他不用担心老无所依，而且会活得很舒服。

这个故事如果换个角度看，也会有另一种解读。富翁在商海沉浮了一生，见多识广，人生旅途中，有磨砺也有成功经验，有酸甜也有苦辣，可以说经历多多，阅历多多。而渔夫呢，从未走出家门，一直守着那片海，那片阳光，视野窄小，阅历浅显，生活单一重复。一个是游历了千山万水后，躺在海边晒太阳，一个是没走出自家院落，也躺在海边晒太阳，他们在阳光下的冥想，在微风中的思考，内涵和厚度，一个在山之巅，一个在山脚下，有着天壤之别。

同样道理，1992年一艘中国的货船，在太平洋上遭遇强烈风暴，船上装有2万9千只塑料玩具鸭的集装箱坠入大海，其中有1万多只玩具鸭在海上漂流14年后，竟抵达英国海岸。后来，这些鸭子售价激涨百倍。在经历了海上漂流后，这些鸭子已不是原来的鸭子，它们成了有故事的鸭子。正如海边晒太阳的富翁和渔夫，两人最大的不同，是谱写了不同的人生履历，创造了不同的人生价值。

散淡是从容生长的姿态，是徐徐开放的情致，而不是萎靡和放弃，散淡作为一种人生态度和行为方式，是对于自然、社会和自我之间的收放自如。

一个没有登过山的人，没资格说对山顶风光不感兴趣，一个没获得过名利的人，没资格说自己淡泊名利，一个从未在官场谋得重要职位，经受过权力诱惑的人，没资格说自己有朝一日做官，一定是清廉的。

绚烂之后归于的平静，与一汪井水的波澜不惊，完全是两回事，两个境界。只有经历过生活历练，追逐并拥有过名利之后，选择的淡泊，才更有力量和内涵，才更有说服力。如中国古代贤能良将的功成身退，他们的归隐，才能流芳千古，让人津津乐道。如历经仕途磨难的苏轼，"小舟从此逝，江海寄余生"退隐于江湖，他的这份寄语，让人发出智者归来的感慨。官至蜀汉丞相，光照寰宇的政治家、军事家、思想家，名利已达顶峰的诸葛亮，写给 8 岁儿子诸葛瞻的《诫子书》中的"非淡泊无以明志，非宁静无以致远"才显得如此华美，如此让人叹服。

由此可见，只有真正拥有过名利的人，说淡泊名利时，才让人击掌，让人由衷地敬重。

尴尬的老实人

　　网上看见个帖子，发帖人说她老公被人说成老实人。她认为这是当面骂人，就恼羞成怒了。什么时候"老实"成了骂人的话？和无能、窝囊沾亲带故了？说与友人听，友人说好多年前她去上海走亲戚，夸人家儿子老实，亲戚当场脸色大变，急忙反驳："我儿子才不老实呢，一点不老实，厉害着呢。"本来想讨好人家，结果弄了个大红脸。

　　原来"老实"早已成了"无能"的代名词了。想当年，老实人可红火过一阵子。20 世纪八九十年代，那时如果说谁老实，就等于被点赞了，说明此人诚实善良，吃苦在前，享受在后，不争不抢，遵纪守法。这样的"老黄牛"，多半会被评为先进、标兵、劳模，他们不浮夸不张扬，实实在在做人，任劳任怨干事，品性端正，可靠得很。女子愿嫁这样的男人，男人也愿娶这样的女子，单位也重用这样的老实人，老实人简直成了"香饽饽"。

　　可如今，老实人被贴上了呆板、软弱、不自信、不进取、无魄力的标签，和当时的待遇差之千里，并且越来越不受待见了。

　　要怪，就怪这个世界变化太快，时间仅仅过了三十来年，老实人就经历了从被人追捧到遭人歧视两重天，可谓大起大落。

　　说起老实人，有各种类型，他们思想传统，不善社交，胆小怕事，处事不活泛，甚至有些老实人还迂腐、不求进取。他们以不与人争斗为美德，不会见人说人话，见鬼说鬼话，左右逢源，也不主动去和别人交往，导致没有人脉圈子，也就等于没有门路，办起事来就难了。想想看，身处注重人脉关系，崇尚狼性生存法则的功利社会，不管采取什么手段，成功是硬道理的现实里，要想取得世俗意义上的成功，老实人根本不具备条件，他们注定业绩平平。

正如网上那位发帖人所言，他老公就是这类人，口极拙，面皮很薄，求人办事比登天还难，不会给领导送礼，也不会邀功请赏，单位有好差事，从不私下去活动活动，也不会想外招赚大钱，安心做着分内工作，信奉吃亏是福、难得糊涂的人生哲学。

商业社会里的老实人失去了竞争力，被淘汰了。难怪好多人公开表示，拒做老实人。看看如今书店里那些实用书，专门给人传授拒做老实人的书籍就有好多种，言之"生存智慧"。书中逐条逐条分析老实人之所以不成功的症结，通过理论联系实例和有理有据的剖析，归纳出解决问题的方案，目的是把看不透社会，不懂世情世故，不识事务，已经落伍的老实人扶上墙头，让他们改变自我，敢于破坏规则，去冒险去闯去拼，动用"现代生存哲学"大胆尝试，最终脱离老实人队伍，游刃有余地驾驭自己的生活。

"对付"老实人竟有了专门书籍，看来这拨人为数不少。依我看，这书对那些受传统观点教育不小心做了老实人，如今后悔了，或者吃了老实亏，极想改变现状的人，倒也的确有很实用的指导性。如果这拨老实人将书拿来当宝典细细研读，逐一改变性格中的"软肋"，按照聪明人指点，一步一步重新"做人"，真的有可能脱胎换骨，摇身变成强势人群中的一员。

可是，有一种老实人，就无可救药了。老实是他们的天性，是与生俱来的性格特点，无论社会如何变迁，他们一如既往诚实、厚道、本分，他们是遗传了祖上好几辈子的老实基因，很难改变。

然而，尽管老实人成了没出息的代名词，缺少远大抱负和昂扬斗志，人生也没华采篇章值得炫耀，可我一直喜欢老实人，欣赏他们骨子里的那种温厚、善良。这种品德，在我看来，温润、踏实、美好，它总能触动人心最柔软的悲悯。

（原载 2009 年 1 月 21 日《青岛晚报》）

被 "刁蛮"

朋友美珊要离婚。在茶室见到她时，我差点认不出了，几年不见，那个水灵灵人儿不见了，眼前的她皮肤干涩，人也瘦得走了形，成了标准的黄脸婆。

说起离婚理由，美珊说其实也没什么实质性大问题，可就是过不下去。两人在一起除了打斗，就是冷战，平静的日子也有，但都被"战火"吞没了。结婚十年，两次惊动110，三次打到法院，财产分割明细过好几次，终归还是没离，因为孩子，这个半死不活的婚姻仍在苟延残喘。

美珊丈夫性情孤僻，家务事也得上纲上线，动不动把睚眦之怨升级为不共戴天之仇，颠倒黑白，谎话出口就来，钱财也看得极重。两人失和后，婆家七大姑八大姨硬掺和进来，使矛盾雪上加霜。美珊抱怨丈夫的斑斑劣迹，在我听来全是些鸡毛蒜皮，听得人头大了。

就这样，天长日久，这些鸡零狗碎的打斗，把美珊折腾成了怨妇。她絮叨起一桩桩家庭"战事"来滔滔不绝，恨不得把委屈一口气全吐出来。她变得敏感、小心眼、歇斯底里。

还记得20岁时的她，温婉清秀，说话柔声细语，一笑就羞赧地掩住嘴。看来，拧巴着的坏日子会把人变得面目全非。我劝美珊想开点，别老盯着对方的缺点，也想想自己哪里出了问题。美珊说你也认为我失败的婚姻是"一个巴掌拍不响"？

当然，按照惯常的思维，家庭出现危机，双方都脱不了干系。美珊一下子沉默了，许久，她说："唉，真应了那句话，婚姻如鞋子，合不合脚，自己知道。这几年，我受的委屈无处诉说。"

细细想来，可不是嘛，家庭出现矛盾，各说各的理，很难判断。可是有一种人，性格天生有缺陷，和谁在一起都处不来，如果摊上个品性不好，又固执得像基因一样不可改变的人，那么即使天使来，也会把人家糟蹋成魔鬼。

其实我们每个人心中，都有一个潘多拉魔盒，人一旦长久被一种恶劣环境浸淫，容忍度一再被考验，底线一再被挑战之后，陷进无休止的怨怼里，性格中不好的那面就会被激发出来与恶环境对抗，"以眼还眼，以牙还牙"就是这个道理。人的"劣"被一点一点地逼出来，反复强化后，会变本加厉，个中滋味只有当事人最清楚，别人看到的只是表面，评判下来就是"一个巴掌拍不响"。

这是不负责任的各打五十大板，貌似公平，实则不分青红皂白。它往往不追究根源，以偏概全，这种论调成了某类人的护身符，也使身陷难堪处境的人万般无奈。比如美珊，被夫家营造的恶劣家庭环境硬生生地戴上了"刁妇"的帽子。

我想，如果她遇到登对的人，或许身上的弱点一辈子没机会显现，或许一辈子可以温文尔雅，被人宠爱。

这让我想起洪晃和陈凯歌的一段婚姻。当双方都看着彼此难受时，洪晃说，那段时间她内心一切不美好的东西都被挖掘出来了，她忌妒、自卑，像个泼妇。她发现必须分开才能从根本上解决问题，靠反思自己没用。她果断地离开了正大红大紫的导演丈夫，忍痛转身，摆脱了使自己进一步泼妇下去的环境。如今的这个名门才女，成了中国互动媒体集团的 CEO，《世界都市 iLOOK》杂志主编兼出版人，过着自己想要的生活，成了魅力大女人。

"当他不再爱你，你哭亦错，笑亦错，呼吸亦错，甚至死了都是错。所有的表现都是过失，都会让他鄙视。"亦舒曾对失恋女人如是说。是的，双方不在一个频道上了，干什么都互相干扰，所有的努力都是徒劳。

假如我们不幸陷入糟糕的婚姻泥潭，又没有洪晃这样的力量华丽转身，那至少也别让对方成为自身弱点的挖掘机，把那些本来潜伏得很好的人性之恶，全部给扭打出来。人在见鬼的人际境遇里，要保护好自己的性情，的确不是说说这么简单。那就退一步，既然生活如此难受也离不开，既然改变不了对方，就得想办法告诫自己，紧紧盖住潘多拉盒，千万别打开。

骚与扰

盛夏，各地频现酷热天，恰在此时，两个火热的词"骚"与"扰"，竟然拉扯在一起，引发了一场网上口水大战。事情起因是上海地铁二运官方微博发布了一张着装性感的女子照片，黑色透视裙，内衣清晰可见，图下标有"乘坐地铁，穿成这样，不被骚扰，才怪"，同时附上"自重"两字。微博发出立即引发争议，女性志愿者黑布蒙面，在地铁二号线举牌，"要清凉不要色狼"、"我可以骚，你不能扰"予以回敬。

骚与扰的争论由此拉开。很显然，这条微博将地铁色狼多，归咎女性着装太露，发帖者从女性穿着上，读出"骚"来，读出故意招惹色狼来，暗讽被扰女子，活该自讨。有人竟还编排出打油诗，极尽讽刺，勾引男人之意是明摆着的。

这让我想起小时候，一群女伴相约去广场溜旱冰，溜得正欢时，招来几个泼皮男孩追逐骚扰，女孩子们赶紧逃回家，向家长诉说惊险遭遇，不料却被家长好一顿训斥，吓唬女孩不准再去溜冰场招风，警告女孩子要正经，不可以疯疯癫癫招惹是非。本来女孩子喜欢溜冰运动，纯粹只是好玩，想在流畅的滑行中体验青春的跃动，展现美丽的快意身姿。然而，却被说成卖弄风骚，招蜂引蝶，这和地铁微博事件如出一辙。

如此这般，受害者被责怪，色狼反而有理了。有了这种论调撑腰，有人干脆直言：你能骚，我就要扰。此话一出，又引发新一轮争论战。然而，受害者的着装怎么可以成为犯罪的理由？即便是真的故意"骚"，也是极私人的事，属私权，是与别人无关的事。而扰却是冒犯他人之举，由不得你随便，出手过了，重则触犯法律，被绳之以法，轻则落个灰头土脸，搞不好要吃上侠女们几拳。举个简单例子，我曾有位小同事，爱炫富，上衣兜里常塞上一叠大钞，故意探出大半身子来，亮晃晃要掉出来的样子。大家顶多扫上几眼，再谗也不敢上前去抢吧？就像夏天的海边，少女水淋淋刚从海水里婀娜上岸，躺在沙滩椅上闭目晒太阳，三点浴衣紧裹性感肉身，咱也只能饱饱眼福罢了，难不成还敢上前动手动脚？

几千年来，中国女人已经习惯了被限制和苛责，个人权利从来不敢伸张，地铁志愿者的举动，无疑为女性的维权意识提了个醒，行使"身体权"是每个人的自由。君不见，越是文明社会，越尊重个人权利，对穿衣暴露容忍度越高，大街上着奇装异服，并不会引来大惊小怪，裸体浴场里的男男女女，心态健康自然。反之，忽视个人权利的专制社会，特别是重男轻女，歧视女性的社会，繁文缛节的限制就多得出奇。这样的社会心理，女人包裹得严严实实出门，也杜绝不了被冒犯，遭围攻和性侵的事件屡见不鲜。我们不会让历史开倒车，露出一小截白手臂，就会被骂成荡妇，勾搭男人的狐狸精吧？

想骚扰你，可以找出很多理由的。猥琐男在公共场合理直气壮当小丑，管束不住自己的下作行为，应受到公众鄙视，不应把矛头对准受害者。

泰戈尔说："造物主创造男人的时候，他是一个校长的身份，他的袋子里装满了戒律和原则；可是他创造女人的时候，却辞去了校长的职务，变成了艺术家，手里只拿着一支画笔和一盒颜料。"如若男女真的如印度诗人和哲学家泰戈尔所勾画的那样，那么地铁里声讨女人的男人们，该包容女人爱美炫美的天性吧？把时髦前卫女人制造的风情，不妨看成是她们用身体语言，表现的艺术之美。

不赞美苦难

李老师要他的学生以"苦难"为半命题，写篇话题作文。一周后，作业交上来一大摞，让李老师感到惊讶的是，诸如《感谢苦难》、《苦难是一种财富》、《苦难成就人生》这样的题目比比皆是，学生们例举司马迁遭宫刑写出《史记》，屈原被流放写成《离骚》，孙子受膑刑后著《孙膑兵法》。从这些人都经历了苦难的事实出发，认为苦难成就了天才，不幸化作了奇异之果，是苦难成就了他们。

有个学生在作文中，以自己的亲身经历，讲述了苦难生活对他的磨砺。他说，因父母离异，他出生11个月大时就被父母抛弃，是身患糖尿病的奶奶，含辛茹苦把他养大，可他7岁时，奶奶因糖尿病并发症双目失明，家里债台高筑。可他没有哭，而是学会了做饭，照顾奶奶，其间再苦再累也没有绝望，更不放弃学习。如今这样的生活已坚持了8年，比起同龄人，他更懂事，更有责任，是苦难磨炼了他，让他格外坚强，所以说，他要感谢苦难。

李老师读着读着，心情沉重起来。这个学生的样子仿佛在眼前晃动，在同学群里，他显得不起眼，瘦小，孤单，眼神里有慌恐和不易察觉的自卑。他想象不出，一个需要父母疼爱的孩子，在被他们抛下后，是怎样选择不哭，他的内心经历了怎样的煎熬，他童年的成长经历，会在心灵里留下多大的创痛。

李老师感到一阵心疼，他把这个学生叫到办公室，对他说，不要感谢苦难，要感谢你自己，因为你有超常的承受力，因为你太坚强了，才成就今天优秀的你。如果你没有这些苦日子，你会活得阳光，活得幸福，是你父母剥夺了你的快乐童年，你该追究父母的遗弃罪，让他们承担抚养你和赡养奶奶的义务。

是的，很多时候，我们都在赞美苦难，认为苦难是超强意志力的试金石，会让人变得坚强和伟大。然而，因为人本身的差异，苦难可以磨炼一个人，也可以摧垮一个人，可以助某个人成才，也可能把一个人的才华击碎。不是每一个孩子，都像这个学生一样，在自己的努力下，顽强地成长着。人为的苦难造成过无以计数的人间悲剧，更多的是隐性的伤害，把看不见的伤疤留在承受苦难者的心灵里，性格里，造成他们生命的困局。

感谢和赞美苦难，会掩盖苦难的制造者。难道汉武帝以残忍的宫刑残害司马迁，我们该感谢汉武帝造就了《史记》？中国历史上受宫刑阉割的人很多，又能造就出几部"史家之绝唱，无韵之离骚"的千古绝书？何况受刑时，司马迁已开始撰写《史记》。难道楚怀王放逐屈原，我们该感谢他楚怀王成就了宏伟的抒情诗篇《离骚》和《九章》？

有人说苦难是天才的养分。南唐亡国之君李煜是写词的高手，他在痛苦郁闷中，创作了许多流传千古的词章。可是，同是艺术家皇帝宋徽宗赵佶，也经历了亡国之痛，但却和李煜的成就有天壤之别。李煜是因为个人艺术天赋和思想的能力，才成为一代大词人的，苦难并非造就艺术天才的唯一重要原因。

不赞美苦难，是对苦难承受者自身价值的凸显和安慰，是对苦难制造者的抗议。美国叱咤风云的脱口秀黑人主持奥普拉，是个私生女。她9岁被辱，14岁生子、吸毒、被人虐待，60岁时成为首位登上福布斯富豪榜的黑人女性，成为当今世界上最具影响力的妇女之一。

有人说，如果奥普拉没经历那些苦难，就没有现在的精彩人生，她该感谢那些苦难和伤害才是。可奥普拉不感谢苦难和伤害，她要感谢自己。2013 年，离开《奥普拉脱口秀》两年后，奥普拉在哈佛大学毕业典礼上做演讲，讲述了自己经历的苦难、失败、奋斗以及幸福。事实证明，如果奥普拉没有非凡的毅力，超凡天赋和过人的心智，她早就在种种苦难和伤害里被毁掉了。

生命中，我们避免不了遭遇苦难，天灾人祸，生老病死，只要有坚忍的态度去承受，不毁于痛苦，才有可能走出痛苦。苦难本身没有了不起的价值，只有超越了苦难的人，才是了不起的。

中了"爱心"毒

阳台上有棵倒挂金钟，别名灯笼花。它的枝干粗如杯口，开满了朵朵玫红色的花，含羞一样垂着头，如悬挂在树上的盏盏灯笼。三年前，老公气喘吁吁地把它搬回家时，嘱咐我好好侍弄，不准怠慢了。

"好花就好色，你既然有心养花，就负责'色'到底嘛。"我怕被老公当了花匠，忙开着玩笑把这差事给推了。老公白眼狠狠剜我一眼，一副恨铁不成钢的样子。

其实他也不是擅长养花的人，冷不丁想起来浇浇水，忙起来就忘脑后了。这棵被主人忽视的倒挂金钟，兀自在阳台上艳丽着，一年四季花枝招展，好像并不介意我们的冷落，安心做着它的花事。

一天下班，我看见小区楼下聚集着一拨人，边议论着边仰头指指点点。我好奇地凑了过去，原来，邻居们正在赞美我家这棵灯笼花呢。抬眼望上去，可不是嘛，花儿正一朵一朵盛开着，火红火红地布满了阳台，整个居室被它蓬勃着的气息笼罩着，的确养眼极了。我在一片啧啧声中，脚步轻快地上了楼，心里别提有多美了。

晚上我向老公隆重地表扬这花："你看它长势多旺盛，简直快成一棵小树了，你说这花儿常开不败，得多用力啊，一定很累了，需要加加营养。"

"没想到，你也被花'色'诱了？怎么忽然懂得要照顾一下它了？"老公开始讽刺我。我噗嗤笑了，道："我也不是柳下惠啊。"

赶紧行动。第二天上班，我向同事求教怎样给花施肥。取了真经后，我回家找来两瓶青岛啤酒，"咕嘟咕嘟咕嘟"全倒进了花盆。蹲在花旁，看着啤酒液慢慢渗进土里，心想这人见人爱的花儿被营养后，一定会更加繁花似锦，更加吸引眼球吧，心里也像盛开了花儿一样，很爽。谁说我对花儿没爱心？谁说我不懂得养护花？我得意地自言自语。

几天后，我忽然发现有一枝花儿蔫了，接着又一枝，接下来是一片花儿蔫了。原来绿油油的叶子开始变黄，枯萎，脱落了。怎么回事？我心一惊，完了，花儿开始败落了，眼见着短短几天工夫，原本生机勃勃的花儿，全部凋谢了。咋回事，没人打药啊，我看着慢慢死去的花儿唉声叹气，束手无策。后来得知，原来是啤酒过量，没有兑水浇灌惹得祸，花给活活"烧"死了。

这棵有些树龄的倒挂金钟，被我打着"爱心"旗号浇灌下去的竟是一味毒药啊，至今每每想起来，仍心疼不已。

真爱是会被检验的，无论对人对物，假如缺少从内心流淌出的真情，缺少对生命自然而然的疼惜，爱心或许不经意间就成了极大伤害。

（原载 2010 年第 7 期《感悟》）

说说青岛人的"恋乡情结"

提起青岛，人们自然会想到迷人的沙滩、老城区德式建筑等景致，以及东方瑞士、摩登时尚等这些赞美词。喝着青岛啤酒，吃着蛤蜊，幸福指数超高的青岛人，沉醉在家乡美里，依恋着这块风水宝地。青岛流传着这样一句顺口溜："千好万好不如青岛，千难万难不离崂山。"自足自恋心态可见一斑。按说这无可厚非，谁都有热爱家乡的朴素感情，可有趣的是，好多青岛人恋过了头，他们如数家珍炫耀着"自家"这块地，这儿好那儿好全都好，守着"一亩三分田"，自我陶醉，容不得别人说三道四。如古希腊神话里的那位美少年那西斯，天天盯着水中自己的倒影，迷恋着自己，最终变成了一朵水仙花。青岛人曾自嘲得了"红瓦绿树综合征"。

一百年前，青岛市区还是一个只有 2 万人口的小渔村。1898 年德国殖民军登陆青岛，德国一流的专家和建筑设计师，按照 19 世纪末欧洲最先进的城市规划理念，设计了青岛的城建规划。1914 年日军占领青岛，又开始了对青岛长达 8 年的殖民统治，兴建带有日本特色的临街店铺和商行，还在中山公园大规模引种樱花，形成了一条长约 1 公里，贯通公园南北的樱花长廊。青岛屈辱的殖民统治结束后，1929 年南京国民政府接管青岛，沈鸿烈任市长以后，青岛大力开展市政建设，从 30 年代初到 1937 年抗战爆发，这一时期青岛的经济得以迅猛发展，修建了海滨公园、水族馆、市礼堂、体育场、天主教大教堂、八大关别墅建筑群、仿古宫殿建筑群，延伸了栈桥的长度，在栈桥上盖起的回澜阁，成了青岛第一大海上景观。

一座座德式风格的花园别墅，面朝大海，依山坡而建，红瓦黄墙，幽静而别致，这些沉淀着历史记忆的建筑，散发出来的异域风情，既别致又浪漫。老城区曲径通幽的旧巷，遮掩在浓密绿树枝叶间，石砌矮墙中的百年老楼，探出院子的一簇簇蔷薇，以及随海风送来的花香，海边延伸的木栈道，的确让所有青岛人钟爱有加。

早在 20 世纪 20 年代，康有为有过一段著名的评价："青山绿树、碧海蓝天、不寒不暑、可舟可车、中国第一。"后来青岛人自己总结出"红瓦绿树、碧海蓝天"八个字，来赞美家乡独特的风貌。青岛的崂山，也因蒲松龄《聊斋志异》中写的《崂山道士》，被誉为"海上第一仙山"而美名远扬。

青岛人最初的地域自豪感，缘自独特的地理位置，山海城自然景观带给他们的自信，生于斯养于斯，每天呼吸着宜人空气，置身秀丽景色中，身心享受着优雅的美感，不身临其境无从体会，忍不住要夸一夸家乡的各种好，也是青岛人发乎内心的真实感受。有位自恋情结很深的老青岛，说他每次带着一身疲惫外出归来，一出青岛火车站，迎着习习海风，嗅着大海的气息，放眼望着宽阔干净的街道，不远处碧波荡漾的大海，迎面走来摩登漂亮的青岛小嫚，惬意感油然而生，"还是青岛好啊"。

20 世纪 80 年代初，刚刚改革开放，市场经济开始活跃，到全国各地跑业务的青岛人走出家门，他们在与外地人的接触中发现，许多内陆地区的人没见过大海，对青岛羡慕不已，青岛的德式建筑和自然美景也令他们流连忘返。频频从外地人的眼中和口中得知，自己所在的城市，原来有如此高的评价，如此高的知名度，青岛人的地域优越感，就这样在一片赞美声中，在不断的比较中，更加强化了。

特别是青岛啤酒在全国的叫响，轻工业部提出"啤酒行业学青岛"的口号，青岛啤酒厂操作法向全国推广后，青岛啤酒成为餐桌上的宠儿。可那时候的青岛啤酒，是有钱也买不到的紧俏品，青岛啤酒成了家里的珍藏品，贵客光临才能拿出来。那时候，走亲访友，托人办事，如若提上几瓶青岛啤酒，绝对是一份厚重大礼。虽然那时一瓶青岛啤酒价格只有5毛8分钱，可如果没有啤酒票或者青岛啤酒厂领导特批，根本买不到。谁要是家里囤着一箱青岛啤酒，那是个人能力或社会地位的象征，可不得了。因此，青岛啤酒又为青岛增加了一份外地人美慕的亮点。

后来，海尔、海信、双星、奥柯玛等一批重量级的知名企业相继崛起，更使青岛在全国的知名度节节攀升。特别是1991年青岛东部大开发，市政府东迁，加快了整个城市现代化建设的进程，东部原本比较荒凉的几个村庄，比如湛山村、浮山所、辛家庄等，拔地而起了高楼大厦，整洁宽敞的海滨大道，鳞次栉比的写字楼群，在青岛人津津乐道的自豪感里，又增添了一大笔炫耀的资本。

短短二三十年间飞速发展起来的青岛，城市的硬件基础建设是上去了，可与之相配套的文化底蕴，却远远不足以与之媲美，人的整体素质无法在短时间内跟着上去。这从青岛人的自恋里，从他们的习俗和行为习惯中，不难发现很多痼疾。青岛人对地域环境的自恋，倒可以理解，但他们以此延伸出去，触角外延到了各个角落，从气质长相，到穿衣打扮，甚至到方言，都引以为傲。青岛曾流行一首叫作《二哥》的手机彩铃，是用青岛方言编制的，内容带有对郊区人的嘲弄，甚至还用骂人的方言创作歌曲，看上去是在搞笑娱乐，实则抹黑了自身形象。

随着外来人口的大量涌入，青岛成了一座移民城市，土生土长的青岛人慢慢成了小众，他们看不惯外地人的言行，甚至不能容忍他们对青岛说三道四。论坛和微博里，常常发生青岛人与外地人的口水战，青岛人听不得别人指责，特别是年轻一族，他们认为这是在黑青岛，是不能容忍的，恨不得隔空用手戳死他们才解气。青岛人的这种反应过激的表现，说明还是缺少包容心，缺少良好的文化底蕴和修养。一个城市的进步，有包容胸怀和非凡气度是不可或缺的软实力，能容得下不同文化、不同地域、不同生活习惯的群体，无论他们贫贱富贵，只要为这个城市做出了贡献，都应当被尊重并接纳。这是一个开放城市增强活力和竞争力的重要因素，青岛人只有摆脱小市民思想，打开胸襟，用与国际接轨的视野、开放的思维和同理心，才会有大发展，才能成为真正的国际化大都市。

许多青岛人虽说看起来自恋，小富即安，但真正与他们深入交往，你会感受到他们的善良和热情，他们内心涌动着对未来美好生活的向往。尽管其有着小市民意识，但和其他山东人一样，骨子里依然保留着齐鲁文化塑造出来的鲜明个性：粗犷、豪放、仗义、率直、诚信。青岛人意识到了"红瓦绿树综合征"给自身发展带来的困局，开始了寻求突破和变化。

不妨设想一下，未来的青岛人，是不是会如改造后的青岛标志性建筑火车站一样，外型大气壮观，既保留了欧式风格，又融入了现代化的中国元素；内在宽敞、明亮、实用，以自己的大美和深度，拥抱着世界，拥抱着四面八方的人群，使青岛这个久负盛名的城市，变得山美、水美、人更美。

（原载 2013 年 7 月 29 日《齐鲁晚报》，有删节）

家有考生

女儿中考，虽然比不上高考紧张，可也是人生关键一步。如今孩子这棵家中独苗苗，你不想关注她都难，望子成龙、望女成凤，大形势下我当然无法免俗，也期望孩子在人生关键几步，都能迈稳、走好。眼见着中考进入倒计时，班主任的考前总动员，几所好学校爆出的报考人数，考生家长处心积虑围着考生转的种种报道，个别考生家长甚至还准备了兴奋药，所有这些，都制造了紧张空气，我不由得也进入了临战状态。

迎考的日子揪心揪肺，忐忑不安，作为家长我不知该怎样做才算尽到责任，才能对考生有利无害。很想让考生利用这临阵时刻，再磨一磨"刀"，让它不快也光，开开夜车，不就这几天了嘛。可又担心考生太累，压力过大，身体和精神吃不消，累垮可不得了，就这么一个宝贝疙瘩，健康比什么都重要。很想考生准备充分，胸有成竹超常发挥，顺利走进心仪的高中学校。可又想让考生有颗平常心，不要把考试看得过重，正常发挥就行，努力即可，考好考孬不要太在意，正如考生今后要面对人生的一次次考场一样。种种矛盾心理纠结在了一起，竟成了考前自己对自己的一场战争。

一日，我端上一桌子丰盛晚餐，可考生没了胃口，吃什么都难以下咽。"你不吃就是否定我的厨艺。怎么了？紧张得没食欲啦？"我看着考生越来越小的小脸，笑道。

"我没感到紧张，难道身体开始抗议啦？它拒绝进食！"

考生似乎很纳闷，恹恹地说。

想到考生这几天半夜常爬起来吃药，动不动就喝苦甘冲剂和板蓝根，总怕自己要生病，无奈我把药全藏了起来。看来她真需要减压了，我忙开导："没什么可紧张的，大不了上所普通学校，只要努力了就好，你不要有压力嘛。"

我开始从报纸、电视和网络里搜集励志故事，或者感人事例讲给考生听，让考生放下思想包袱，万一考试受挫，坦然面对，一定要先学会坚强。听着我四处搜来的故事，考生总结道："是啊，看看这些人，说明成功的路有很多条，不一定非得考上好学校才有出息，学习成绩好也不一定都能成才……"考生变得振振有词起来。我愕然。

随后几天，我回家发现考生不是躺在床上呼呼大睡，就是粘在电视上。看到这种状态我心里真是堵得慌，眼看就要考试了，考生怎么悠哉起来了，莫非是我降压过度？这种局面对考试也不利啊。我忍不住冷起脸："都复习好了吗？""好了。"考生闷声闷气地回答。考生边说边从被子后面探出头："妈妈，假若我考砸了，你会不会骂我？会不会整个暑期板着脸？"我反问："你不是说都复习好了嘛，怎么说考砸就砸了？"考生说："马还有失前蹄的时候呢，何况一个初中生。"她一副如果是又怎样的架势。

离考试还有三天，考生依然看电视唱歌比赛，大呼小叫的，特兴奋。我再也忍不住了，这样的环境怎么安心学习，我上前强行关掉了电视，顺便把陪考生一起看电视的老公一并数落着，直到将考生数落到书桌旁才罢休。

第二天，接到朋友道子的电话，她劝我千万别给考生施压，说她儿子当年在一所重点中学级部名列前茅，奥数比赛经常拿大奖，她对儿子高考的期望很大，甚至非考上清华、北大不行。结果，高考时儿子紧张过度，考前突发急性胃痉挛，还得了荨麻疹，整个脸全是红色的，造成考场失利，本来有把握考上一流名校，结果只上了一个普通大学。朋友追悔莫及，再三劝我接受她的惨痛教训。

有朋友的前车之鉴，我不敢太盲动了，只好眼瞅着考生看电视吃零食，晚上七点就睡下，我劝自己将心气放得平和些再平和些，一定要稳住阵脚，别给考生添乱。

没想到看似无压力，一脸无所谓的考生，就在考试前一天，忽然手忙脚乱起来，将讲义卷子铺了一床，还笑称自己是巴金把书房搞乱做学问，晚上十一点也不睡，口中还念念有词："上帝保佑上帝保佑。"看来，考生的心理和我一样，收束与放任之间，要多矛盾有多矛盾，平抚求胜的心态，要多难有多难。

好在，考试终于结束了。第二天，我带着考生跟随旅游团飞往桂林，让她在青山绿水间，彻底忘掉考试，好好放松一番。

（原载《山东工人报》）

设置出来的快乐

人的需求得到了满足，就会幸福快乐。其实幸福快乐是很主观的感受，你问一百个人什么是幸福快乐，会出现一百个答案，加上生活阅历和价值观不同，感知能力有强弱之分，有人认为幸福快乐的事，另一人却不以为然。庄子有"子非鱼，焉知鱼之乐"的名言，故，幸福快乐是极主观的事，具有个体的差异性。不过，幸福快乐感受也脱离不开客观因素，内心因素和外部环境互为影响，也涉及社会关系和心理的方方面面，既简单又复杂。

《现代汉语词典》里，对幸福的解释是指生活状况称心如意，也就是幸福指数越高，对生活的满意度越高。

来世上走这一遭，谁不想过得幸福快乐。然而，幸福快乐的感觉不是物质，说拿来就可以拿来，快乐不像财富，通过打拼可以拥有，快乐感觉是自然而然生发的体验，是发自心底的满足。由此看来，快乐不可以人为地去设置，去制造，去炫给别人看。然而，近日频频出现在各大电视娱乐节目里的一个老太太，却用精心设置出来的快乐状态，用一个快乐舞者形象，意外地收获了幸福生活。

这个跳街舞的老太太以58岁的高龄，模仿美国摇滚巨星迈克尔·杰克逊的舞步，以花哨而时尚的经典动作，时而旋转、刷腿，时而跳、滑、浮，模仿得惟妙惟肖，一系列高技巧的舞步让观众忘记了她的年龄。那自信、奔放、活力四射的快乐形象，令年轻人望尘莫及。她给人的感觉是一个行走在夕阳里的快乐老太。

可是，没人想得到，这个热舞的老太太，其实并不快乐，甚至很绝望，她炫出来的热情和快乐，是做给一个人看的，那个遗弃她的男人看的。她精心设置出来的快乐状态，是想让他明白，离开他，自己照样活得很好，她跳舞的初衷不是出于兴趣爱好，而是在晒晒快乐的样子，气气那个负心汉。

原来，白老太四十二岁那年，婚姻发生变故，与她相守二十多年的丈夫有了外遇，义无反顾地离开了她，不管如何挽留都无济于事。白老太受不了这一沉痛打击，此后的三年一病不起，不仅抱上了药罐子，精神也颓废得一塌糊涂，心里除了怨恨就是绝望。一想到自己前半生的付出化为泡影，就不甘心，认为丈夫的背叛是她人生最彻底的失败。

她垮掉了，三天两头生病，病得最狠的一年，长达半年时间待在医院里，全身疼痛、发烧，吃药打针均不见效，更奇怪的是查不出得了什么病。那段时间，她想以死来了结痛苦。这时，女儿的一句话打消了她寻死的念头。女儿说，他去过自己的幸福生活了，你为啥不能？为啥就不能去寻找自己的快乐？白老太被这些话触动了，她似乎有所顿悟，那一刻她萌生了一个念头，决定让他看看，白老太活得很带劲，活得很精彩。

于是，几经选择，她找到了一种最能展现洒脱的方式：跳街舞。这本是年轻人跳的舞蹈，充满着强烈的节奏，舞者用身体语言诠释着不羁、新潮、激情的元素，火辣辣地热烈，如青春的骄阳。这是激情人生最直接的表达，是最直观的快乐渲泄。

她感觉这个舞种最炫，最能表现活力和快乐。经过长时间苦练，白老太模仿杰克逊的月球漫步、擦玻璃、太空步达到一定水准。跳霹雳舞的老太在京城社区不胫而走，她一下子成为社区明星。那一天，她的心愿终于可以实现了，白老太有幸参加了中央电视台《非常6+1》节目，站在聚光灯下，她快乐地舞蹈着，充满活力和激情。内心并不快乐的她要让前夫看看，如今的白老太多么健康，多么张扬。舞台上一招一式，让她有了种重新焕发青春的热情。那一刻，前夫一定在电视机前感叹着美慕着，她的目的达到了。

然而，他的前夫没能看到这档节目，他得急病突然去世了。闻听前夫辞世的消息，白老太号啕大哭，她精心为一个人准备的节目，因主角的缺席，落了空。她待在家里，浑身散了架子，曾经爱过的人没了，她的心也一下子空了，跳舞似乎也失去了意义。

在家以泪洗面的日子里，她竟念起前夫的好来。她忽然觉得，一直以来对前夫的怨恨实际上伤害了自己。生命太脆弱了，活得快乐健康比什么都重要。假如时光倒流，她不会再怨恨，她想祝福前夫，希望他健康地活着，快乐地活着，活着就好。

她忽然明白过来了，当自己无力对别人说"不"的时候，可以对自己说"不"。前夫的去世，让她彻底想通了，她必须重新调整自己的心态，从每一天的每一刻里，找回自己。握住大自然赐予的每一缕阳光，握住从容闲适的每一次心情。她继续跳舞，这次不为别人，没有目的，只为自己。

几个月后，她又重新出现在舞台上，出现在社区公园里。当她身心愉快地投入舞池，过去的怨恨和烦恼抛在了脑后，只有单纯的生命之乐。多好啊，重新活过来的白老太终于找到了真正的快乐，将浅层次的快乐转化为满足感和持久的幸福感，这对她有限的生命来说，是一件益处多多的事情。对她而言，幸福是在不幸之中的解脱。

闻听她的故事，让人不由得对"快乐"一词细细琢磨。

人生无论处在何种境遇里，如果少一分抱怨和偏执，放下该放下的，多一些改变和努力，或许会发现，原来有一些东西是生命中不该忽视的，有一些体验让自己豁然开朗。只有身临其中，才可体会其中滋味，才会感受自由的心与天地造化相融的平静，从灵魂深处产生对生命的爱。也只有懂得了生命，才懂得如何去爱，也只有爱自己，才拥有被尊重的高贵。

是啊，哪怕岁月带走玫瑰，哪怕岁月磨蚀了青春，敛去了荣华，只要把快乐留下来，把爱珍藏，生命才如一粒种子，包孕着无限张力，点点滴滴，补充着自己，在人生每一个年龄段，去体验未知，让生命坚实而饱满地走过，生活才变得有滋有味，绽放属于自己的精彩。

（原载 2009 年第 3 期《青岛文学》）

老 李

老李脾气犟，认准的理咬住不放。老李不会随大流，说句当下流行语就是不会转变思想，紧随潮流。他搞不懂的事太多，男人没去按摩房烫过脚踩过背，那是没见过世面；当官不为自己捞点外快，那削尖脑袋挤进队伍里干啥？老李听了这些理论哈哈大笑。

老李身材魁梧，相貌堂堂，他当过兵，做过警察，擒拿格斗毫不含糊，他常常拿出自己和警犬的一张合影，脸上露出兴奋的表情。那年他转业到了地方，在城北干乡党委副书记，分管工业。别看老李沉默寡言表情严肃，可他心肠软软的，见不得人哭鼻子抹眼泪，村民一到眼前哭，他就陪着人家稀里哗啦掉眼泪。同事笑他女人心肠，说他干不成大事业。无毒不丈夫这句谚语的确与他不搭边。

老李帮助村民解决了很多实际困难，从不收受礼品。那个年代，很多村民日子过得苦，有位妇女扛着一袋花生，一路打听着来到县城，找到老李的家，进门就哭诉自己的困难，说丈夫残疾，公婆长期卧床生病，求老李让儿子进乡办工厂做工。老李二话没说当场答应了，但这礼坚决不收。妇女放下花生就跑，老李夫妻俩抬起花生一起追出去，一个跑，两个追，那场景怪滑稽的。就这样，老李和村里的老百姓关系搞得好，如果哪家和乡政府顶上了，所有人磨破嘴皮做工作无效，怎么办？找老李。不管大事小事，和村民疏通关系他有一套，也不能说他有多大工作能力，只是村民愿意听他意见而已。那一拨领导班子，看老李有群众威信，再说也实干，对他很不错。

可是，两年后，乡政府领导班子开始孤立老李了。事情起因都是房子惹的祸。那天，领导班子聚在一起商讨大事，他们看好城东边一块地，打算给在座的干部们谋福利盖房子。这是好事，大家喜不自禁举起双手赞同。不料，老李张开厚嘴唇开口说话了："我不想盖，也不赞成你们盖。"听听，这声音多刺耳，这不明想坏了大家的好事嘛，自己不要好事，还不让大家要，这让大家怎么也想不通，老李开始惹人讨厌了。

老李这个脱离队伍的人，日子不好过了，他被晾起来，坐上了冷板凳，领导班子没人给他好脸色看，有时候党委开会故意把他甩出去。稀里糊涂穿上了小鞋，老李气坏了。火气闷在心里，又说不出来，憋得他右腮帮子鼓起了个很大的包。终于有一天，那拨人再也忍无可忍了，他们恨老李恨得牙咯嘣嘣响。因为关于房子的事，上边派人来了，专门调查此事。据说有人到纪委举报了，纪委的人走了后，听说他们每人写了份检查。此事也就不了了之。

不久，老李被调走了，他来到城东一个乡镇。可过了一段时间，令老李百思不解的事发生了，他的老上级忽然主动登门拜访，说要和他喝一盅，叙叙旧。席间，这位曾百般整治过他的人，道出了今儿变脸的实情。原来，他终于得知，当年举报他们涉嫌公款盖房的，是党办的一位小青年。老李愕然。那天他喝得满脸通红，是洗去了告发者嫌疑而释然呢，还是为老上级向他示好而高兴？不得而知。而深谙世情世道，看上去一脸深沉，玩权术耍滑头，驾驭官场规则游刃有余的老上级，那一刻，心里是咋想的呢？不得而知。

要说老李这人原则性如何如何强，如何如何有反腐倡廉精神，也太拔高他了。其实他就是一个性格耿直，做人厚道的男人，因本性使然，羞于随大流浑水摸鱼罢了。这不，几句好话又哄得他忘了前嫌，他高兴得像个孩子似的，又像老黄牛一样甩开膀子干开了。

按现在的说法，老李是吃了不懂变通，不识事务，不懂自我保护的亏，但这没办法，一个人骨子里的东西改不了，他就是他，做事原则性太强，不阿谀奉承，不阳奉阴违，永远体恤弱势群体。

认识他的人，与他打过交道的人，都愿意和他深交，都说老李是好人，可是好人不长寿。那是星期一的中午，老李在工作岗位上突然栽倒，就这样永远地走了。他没留下什么，甚至没留下一句话。二十多年过去了，那些曾与他共事的人，早已不记得他了吧？那些曾哭着给他送行的老百姓肯定也忘了他。时间不舍昼夜滚滚向前，不会因一个人的走或留，而改变节奏，活着的人们正在各自奔忙。

可是，老李的亲人们，一直把他深深地装在心里，永远怀念着他，敬仰着他，记着他的一言一行、他的音容笑貌，对他的早逝难以释怀，心疼不已。

良民和刁民

王厂长退休了。在职时因事务缠身，他没顾过家，没参加过孩子的家长会，没陪妻子逛过商场，甚至没到超市买过菜，更别说一大早，提着大小塑料袋，和街道大爷大妈一样，跑到早市上买菜了。

现在不同了，时间有的是，再说也该帮妻子做做家务了。这天，他和妻子去逛早市。早市设在一个大院里，是个汽车维修厂，为了方便周边居民买菜，政府和工厂协调好，早上5点到8点为早市开放时间。这里居民多，每天人挤人，早市有卖海鲜的，有卖肉卖菜的，还有现磨麦子现榨豆汁的，还有现做小米饼子和芝麻酱的，品种齐全。

王厂长跟在妻子后面，看看这个，瞧瞧那个，有些眼花缭乱了。

"王厂长，你是王厂长吧?!"逛到一个鱼摊前，鱼贩子突然惊叫起来，他脱下手上的橡胶手套，想和王厂长握手，又缩了回来，赶紧用一块湿布擦了擦手，显得很激动。

"咦，你是?"王厂长怎么也想不起，眼前这个卖鱼的是怎么认识的。

"我叫徐思亮，是咱化工厂的职工。王厂长，我认得你，当然你不会认得我了，哈哈。"鱼贩弯腰抓起两条大鱼，塞进一个黑色塑料袋子里，递过去，"多少年见不着你了，王厂长，你别嫌弃，拿去吃吧。"

121

"别别，你给过过称吧。"王厂长笑了，怎会在早市上遇到他的职工呢。

"孙哥——张姐——快过来，快过来，看看谁来了！"徐思亮向右边的摊位高声喊着。这一声招呼不要紧，海鲜摊位上卖鱼卖虾的，都抬起头来向这边看，"是王厂长！"卖鱼的放下了称，卖虾的也顾不得和买主讨价还价了，纷纷跑了过来。早市上的人都愣住，这是什么情况？

王厂长被鱼贩们团团围住，他惊了。

"王厂长，是你啊，这是第一次来吧？以前我怎么从没见着你，我们都挺想你的。对了，听说当年你为了给我们多发点钱，费老事了，还和孙胖子吵起来了。"

"王厂长，说真的，当时听说要下岗，我天天哭，快愁死了，我们是双职工，孩子刚上初中。没想到，你没亏待我们，这不有了启动资金，做点小买卖，这几年挣了不少哦。"这个叫张姐的鱼贩子，说完还挤了挤眼，一副挺得意的样子。

"王厂长，俺这些都是徐思亮带起来的，跟他学着卖海货，还有好几个呢，王小虎、刘强今天没来，他们老提起你呢。其实现在我们不缺钱了，只是不愿意闲着，再说了，来这里还能见见老同事，说说笑笑的，挺好的。"

王厂长终于明白了。原来，他所在的化工厂，十六年前，因迁址外省造成大量职工下岗。为此事，他焦头烂额过，当时职工没有下岗失业的思想准备，干得还挺欢的，有的都在厂里待了二十年。为了给职工争取利益，他拿出过很多方案，市内分流、跟着外迁、办早退、下岗。他为下岗职工交了基数最高的保险，还给他们一笔安置费，每月定期往他们卡里打保底工资。

早市上，这些曾经的下岗职工，围着他七嘴八舌。王厂长边听他们说，边点头微笑。他没怎么说话，待了有10多分钟，他感觉心里翻江倒海的，有点崩不住了。不多聊了，别耽误他们做买卖，他和妻子准备离开。

王厂长一下子被职工死死拽住，有拿来虾和蛏子的，有拿来螃蟹和鲍鱼的，有捧来蛤蜊和海螺的，硬往他们手里塞，"王厂长，嫂子，尝尝我的，还有我的"。他们都是诚心诚意送给王厂长，不要不行。

王厂长和妻子提着这些海货回了家，他没跟妻子进厨房，而是一个人跑到阳台上，他竟然失了声地哭了。妻子忙跑过去看："老王，你这是咋啦，应该高兴才是，职工还记得你，说明你这个厂长当得不赖嘛。"

王厂长叹了口气："唉，这些年，他们多不容易，还这么乐观，太容易满足了，我心里真是难受死了。"

王厂长退休后，时常想起他在任期内，碰到的那次下岗潮，是那么让他记忆犹新百感交集。他以为，职工会怨恨他，可是今天……真是不曾想到的啊。

"你的这些工人，真好。"王厂长妻子说了好几遍，"嗯，是的。"王厂长也这么认为，他说他愧对职工，没想到他们心里却充满了对他的感激。

而朱厂长和王厂长是同一年退休的，可他的遭遇就完全不同了，他的职工，在他眼里就是些刁民。

朱厂长原来也在一家化工企业当副厂长，后来调到商业单位干一把手，职工都叫他朱经理。他调来时，这家商场还没开业，因为楼盘是个烂尾，建了好几年竣不了工，朱经理想出好办法，凡是从各个单位调过来的，和新招来的员工，都要集资，每人贡献五千元，三年后还。那时候，这不是个小数目。就这样七凑八凑，大楼总算建起来了。为节省开支，清理建筑垃圾，清扫商场的卫生，都由职工来干。"只有把这里当家，才是好职工，我们要有主人翁的奉献精神，等以后商场发展起来，你们这些创业者就是功臣，企业不会亏待元老的。"朱经理给职工描述美好愿景，很会调动职工积极性。

因这家商场是当地第一家有自选超市和自动扶梯的商场，开业那天，顾客人山人海挤爆了，当天各个楼层断货，库存告急，收银员点钱到手软。随后商场的经济效益也是节节高，每天顾客盈门。效益越好，职工越忙越累，年底，职工盼着发点奖金。朱经理说："咱要细水长流，要有远见，把钱用在刀刃上，不能老想着发奖金。"第二年，他兴建了二期工程，三年后，三期工程拔地而起，成为当地商界快速发展和创收的神话，朱经理因此成了市里的红人。

没想到，仅红火了五年，商场的危机来了，两家外地大型商场前后强势进驻，商场硬件设施的老大地位，一去不复返。而软件的竞争力，此时显现为零，营业额锐减，举步维艰，工资发不下来了。职工怨声载道，一致要求把集资款还给职工。

"看看咱们职工这觉悟，在企业最艰难的时候，首先想到自己的利益。"朱经理在部门经理会上，狠狠批评职工，"把集资款改成股份，不同意入股的视为临时工，不愿意就走人。"朱经理很生气，他感到了"内忧外患"，人气被其他商家拉走，自己又没招数应对，职工在这节骨眼上想釜底抽薪。

"咱的这些职工，就是一群羊，整天圈在这里等着要吃的，哪天没吃的，就嗷嗷叫。"有个部门经理也是对职工相当不满。他眼里的员工，既无能又不懂感恩，就是瘫在床上的失能儿，需要人来养，喂一口，吃一口，哪天不喂了，就饿死了。好像员工从没付出过劳动，一直被企业养着似的。提起这些累赘，朱经理直摇头。"分批下岗吧，减轻企业负担。"

商场开始动员职工自动离职，职工一拨拨离开了，最后，有些还想留守到底的员工，也不得不离开了，因为商场关门了。

　　下岗职工开始找朱经理索要他们的集资款，朱经理一时拿不出来，钱都在"细水长流"里流走了。职工不管这些，他们围堵在朱经理办公室里，吵着闹着要钱，话说得特别尖酸狠毒，有个男职工，甚至上门威胁朱经理，惊动了110。朱经理从来没受过这样的气，他心力交瘁，人一下子瘦得脱了型。

　　"这些刁民，没一点素质。"朱经理感到头疼，职工对他连最起码的尊重也没有了，想当年，都是毕恭毕敬的，现在倒好，朱经理算是见识了。

　　朱经理以局长的身份退了休，赋闲在家时，经常出门溜达，偶尔，他会迎面碰到他的职工，职工把头一扭，假装没看见他，他也把头一扭，心里厌恶地说了句："刁民。"

父母不要充当反面教材

大凡有一定生活阅历的父母，都自以为积累了不少经验，都想把那点经验之谈，有意无意说给孩子听，不管是学习上的还是生活上的。他们以个人经验，教诲孩子，希望他们好好把握自己，勿走歧路。

我也不例外，和许多家长一样，望女成凤。总想以自己的经验教训，在学习上好好引导女儿，不让她重蹈我的覆辙。

女儿特别贪玩，有点人来疯，只要小伙伴在楼下一声招呼，她就不管不顾往门外冲，任谁也挡不住，太活泼好动了。为了让她收敛一下玩心，养成合理安排课余时间的好习惯，我拿自己当了反面教材，一有机会就抖落自己的不是，告诫她不要步我后尘，免得长大后追悔莫及，用切身体会对她谆谆善诱。

我讲起自己的经历痛心疾首，添油加醋，女儿倒也听得津津有味。我说那时的我，胸无丁点志向，上课不听老师讲，下课不写作业，整天琢磨着怎么玩，为了逃出教室玩个痛快，我想方设法加入了体育队，给自己变着花样去玩找到理直气壮的理由。我经常参加各种体育比赛，集训时，甚至一周不上课，也不补课。平日训练占用大量时间，日积月累耽误了不少功课，可我毫不心疼，还偷着乐呢。早读时同学们在教室里学习，我在操场上踢球玩得正欢，待要上课时，才不情愿姗姗步入教室。大冬天的，头上冒着热气，像开了锅，棉衣湿漉漉的。老师讲课时，我的倦意来袭，因早练起得早，又累又困，生龙活虎的样子不见了，人发蔫，开始打瞌睡了，迷迷糊糊的，一天又一天，大好时光就这样浪费掉了。

在女儿面前，我作为生动的反面典型教材，不厌其烦进行自我批评，目的只有一个，希望她千万别学我，要坚守学生的本分，在这最好学习时光里，别把旺盛的精力用歪了地方。

那天我在饭桌旁旧话重提，没想到女儿一反常态，脑袋好像一下子开了窍，忽然悟到了什么，"叭"的一声把筷子放下，声色俱厉地对我说："妈妈！难道上学的时候，老师没给你讲'少壮不努力，老大徒伤悲'?!"

咦?! 啊呵，我一愣，没想到这个三年级小学生竟训斥起老妈了，她这一反问倒把我给噎住了。支吾了半天，我才讪讪地说："我……当时，还没老大不是，哪知道啥叫伤悲呢。可是……现在是有点晚了哈。""后悔了? 是不是?"女儿拿白眼剜我一眼，一脸的不屑和恨铁不成钢，"我每天完成作业呀，也不逃课呀。"她眼神里分明在说，还有脸说我呢，看看你自己吧，要多糟糕有多糟糕。我比你强多了，没以比赛为借口跑出去游山玩水。她当时一脸鄙视的样子，让我哭笑不得。

一片苦口婆心换来的却是如此后果，我不仅没能鼓动起她好学上进的热情，反而助长了她自满情绪，更有意思的是，此后每当我刚要开口说教，她立马指手画脚批评开我了。

家长失去了威信，在孩子眼中是一个不争气的妈妈，唉声叹气的追悔者。每当我坐在案前，或看书学习，或为参加考试挑灯夜读时，她就拍着我的肩膀挖苦道："看看，当年不学习，现在多苦。等我长大了，才不会像你这样呢，我要像豆豆她妈妈那样，晚上坐在沙发上，嗑着瓜子看电视。"我这个反面教材造成的后果，不仅破坏了自身的说服力，而且让孩子还曲解了学习目的。

　　咦？看这事搞的。意识到反面教材大错特错了，我赶紧收起那套说教，开始用心搜集古今中外名人故事，用榜样的力量激励她，以历史记载下来的励志故事，以"一分耕耘一分收获"、"梅花香自苦寒来，宝剑锋从磨砺出"等等这样的警句激发她。果不其然，她仰起小脸美慕地听着，看到了自己的差距。我不失时机又以身边的人和事引导她："你看你孔惠阿姨吧，人家三年级就能读《资治通鉴》、《源氏物语》了，该玩的时候玩，学习的时候像学的，现在回忆当初她特别自豪。"女儿转身从书橱上取出但丁的大厚书《神曲》："正好我也三年级了，现在就看吧。"我"嗤"笑出声："我没要求你看中世纪的书啊，再说你也不懂。我的意思是你从玩的时间里，每天拿出一小时或者半小时，趁现在功课不紧多读点书嘛。"借此机会，我给她讲了读书的种种益处，读书不仅有助于掌握知识，开阔视野，还能养成阅读的好习惯。我说我如今看书，不是补课，过去荒废了的再也追不回来了，现在看书是现在的充实，是不再荒废自己的光阴。读书很有乐趣，你没看出来吗？我和她打趣道："你若不读书，怎么能体会我的乐趣呢？"

　　女儿似乎听懂了我的话。从此，愿意和我聊天，更重要的是愿意阅读了，她的这一点点变化，我看在眼里，喜在心上，她如能坚持下去，那该多好啊。

（原载 2001 年第 10 期《少年儿童研究》）

吃也疯狂

《舌尖上的中国》这部美食纪录片火了，勾起小时候妈妈的味道和味蕾中的故乡。粒粒皆辛苦的不易，带给我们超越美食的情感和思考，片子给人的感觉很温馨，在情感上引起了共鸣，当然美味也相当诱人，"食在中国"这话一点不假。

我在这里要说的"吃"，是吃疯了的那种。时下，生意兴隆的酒店都有拿手特色菜，端上餐桌的名吃，色香味俱佳不说，单是那神来之笔的菜名，就很"文化"地动了一番脑筋，让人看一眼就满口生津。从南方到北方，从星级酒楼到私人会所，从菜谱的追新猎奇，到菜系的色味调配，从烹饪技艺的精工细作，到吃法的别开生面，不断发展进步着的饮食，不仅打开了食客的胃口，而且大大满足了国人的虚荣心，"泱泱饮食大国"的美誉可谓不枉虚名。难怪走出国门的同胞，不理解有些西方人，口袋里有钱怎么就不会吃呢，在感叹他们吃食太简单的同时，庆幸自己的口福。

于是，在我们这个饮食名闻天下的国度里，就餐时间到酒店铺张铺张顺理成章。大江南北的食客吃火了餐饮业，吃出了餐饮文化，也吃出了故事。有钱要吃，没钱赊账也要吃，某个靠国家拨款救济的贫困县，公务人员竟靠打白条吃倒三家酒店，终于吃出了腐败。好几年前，据说一县委书记为狠刹公款吃喝风，开展了一次禁酒活动，由纪委等部门监督负责，逮住违纪人员，立即电台报纸公开曝光，并进行罚款降职处分。那段日子，酒店里忽然增加了一个将点好的菜打包送往指定地点的业务，也是忙得不亦乐乎。听说纪委的门外一到下班时间，竟有不服气的人偷偷跟踪，说是也想逮住他们的小辫子。禁酒令使习惯了开发票就餐的人，夜生活离不开到酒店开吃的人，着实急出了许多笑话。这次禁酒活动后来不了了之。开禁之后的食客，从单位里鱼贯而出直奔酒店，这一严肃开场、喜剧收尾的禁酒活动，成了当地老百姓的一大谈资。

到大酒店里与客户洽谈业务，或宴请朋友，或者猛吃海喝为了安抚馋嘴，这些理由都说得过去，可以理解。可现在有人走进饭店却不是为了果腹，肚子里早已不缺油荤，进门点大虾成了一大傻，吃什么都味同嚼蜡，一桌子动辄几千元的菜肴没动几筷子就撤席。这厌食症可不好办了，守着山珍海味怀念吃什么都蜜香甘甜的饥馑年代，也解决不了问题。面对喜欢待在酒店里过夜生活的食客，商家自有办法。

一系列创新菜单隆重出场，菜名之新奇、吃法之刺激、价格之昂贵、作派之别致，满足了食客想要的那种新鲜、占有、尊贵和炫耀心态。吃猫、吃穿山甲、吃果子狸、吃猴、吃人乳，每一道菜有每一道菜的烹饪方式和吃法。如吃猫时，让猫在一根钢丝上来回走，类似体操队员表演，不同的是它下面不是红地毯，而是一锅正沸腾着的汤料，这一锅准备夺它性命、翻卷着热浪的汤料，不断升温，钢丝越来越滑，浑身颤抖大汗淋漓的猫，精疲力竭掉入意料中的滚滚热汤中，没挣扎几下就毙命了，厨师立马进入第二道工序，开膛破肚，一番调料烹饪之后端上餐桌的猫，似乎还留有落入沸水时的哀号，食客一齐动箸愉快地细细品尝。

最令人刺激，最让食客骄奢狂欢的盛宴，要数活吃猴脑了。供餐的猴子手脚牢牢固定在特制的桌下，被打开的头顶暴露出脑浆，这开胃健脑养心活血的猴脑，与其他大大小小各色菜盘拼成了一套大餐，食客每一次动勺取饮猴脑，都引来一声凄厉的悲声。莫不是它被凌迟的痛，被活吃的绝望，忽然引发了高级动物们的兽性，还是什么的？要不这道"菜"怎么能吃下去？听说有个商人，宴请重要大客户，特意点了这道补脑子的"菜"。席间，这位大客户被眼前的残酷场面惊呆了，他离席时，对同行的人说，此人内心狠毒，不可交。

据说还有一道"活鼠"菜，大餐盘里放着一堆剥了皮的活老鼠，客人每人一只，用筷子沾一下糖醋，然后放入嘴里猛咬，在活鼠"吱吱"的叫声里生吞下去。

而最有意思的是，某餐饮馆，吃腻了动物，开始在人身上打主意，他们招募哺乳期妇女，让她们提供乳汁，然后用这些人乳烹饪人乳鲍鱼、人乳肚花、乳香藕片和人乳鱼头火锅等等，这诸多"绝色"菜肴组成的"全乳宴"，成了当地饮食业的一大猛料。

这真是，商家疯狂，食客也疯狂。

平平淡淡亦是真

有人说，婚姻是爱情的坟墓。两情相悦的青年男女，一经迈进婚姻的门槛，感情再热烈，也会随着时间的流逝而归于平淡。甚至，被打打闹闹的琐事，推向死亡。

也有人说，婚姻是爱情的沉淀，就像枝叶落尽，"繁华"褪去，露出了朴素的底子，更显真情。

其实，婚姻更像一座高层建筑，怎样营造它，要看男女主人公的匠心。美满婚姻需要爱情这一坚实的地基铺垫。平等、尊重、理解、体恤，这些"钢筋水泥"共同构筑的婚姻大厦才牢固、和谐，经受得住风雨的考验。

日久天长的婚姻生活，看上去不免平淡无奇。花前月下的信誓旦旦，相拥相伴时的喁喁私语，似乎都被忙碌的日子磨钝了性情，心情也变得落寞起来，人们开始不满现状，甚至想逃离围城。

可不管怎么说，婚姻始终是需要责任的，也需要用智慧去经营，去慢慢体会，细细咀嚼细水长流的烟火滋味。

有位妻子，对丈夫的木讷极为不满。于是，她争取到一个机会，到外地学习，想用隔山隔水的距离，营造一种心情，让不善言辞的丈夫，在信件里吐露思念之情。但是，很遗憾，美好的愿望落了空，失望之余，她故意拖延学习时间，不回家。终于有一天，盼来信使，跑去一看，是一张汇款单，只见留言栏上写着："在外学习，生活上不要太节约。"她反复看着这行字，深深感受到了丈夫细腻的柔情。

她急不可耐地踏上归程。火车一进站，便看见丈夫在人群中挤来挤去。一下车，丈夫快步走过来，接去行李。迎着风，他们并肩往家走。丈夫忽然拉过她的手，紧紧握着，然后揣进自己的风衣口袋里。这一时刻，妻子觉得内心的渴望得到了舒展，那一瞬间，温暖有了天长日久的味道，她一下子读懂了丈夫深掩内心的爱意。

这种婚姻中的男女主人公，虽然没有赤裸裸的爱慕表白，却有着隽永踏实的内容，散落在生活的每个细节中，丰富着幸福的容量。

走进围城的男男女女，谁不渴望爱与被爱。在施与和索取的过程中，面对平淡的婚姻，要想得到真正的家庭幸福，只有懂得宽容，学会用心发现对方"闪光点"的人，才能以平和宽松的心态，从日常的生活中，提炼出相濡以沫的情怀。比如婚前把眼睛放大，用"牛眼"看对方的不足，因为牛的眼像放大镜，把人看成一座山，所以，小小的牛娃都能制服它。婚前，多发现对方的缺点，判断这些被自己放大了的缺点，是否是自己所能容忍的。而结婚后呢，要把眼睛缩小，用鹅眼看对方的缺点，因为鹅眼看东西会变小，高大的人，在鹅的眼里，如一粒豆，所以鹅敢去啄人。婚后宽容看待对方的缺点，这样的相处，不失为明智之举，也容易使家庭和睦。

婚姻是一座坚实的城堡，是"执子之手，与子偕老"的约定，是平平淡淡的日常，是一鼎一镬小火慢熬出的幸福。透过嘘寒问暖，透过争争吵吵，透过所有寻常日子里的风雨，细读婚姻，这个可以让人卸去疲惫，身心得以放松的港湾，是饮食男女们安歇的栖息地，是他们渴望爱与被爱的"家"。

（原载 1998 年第 3 期《家庭生活指南》卷首语）

内心的能量

一个普通的中学教师，连续四年，31 次进京上访，换来了牢狱之灾。她是一个偏执狂？受过什么刺激，脑子出了什么问题？都不是。那么她为何冒着被打击报复的风险，费尽心力，花掉路费，有着屡次被当地政府部门和学校强行劝回，甚至被判刑一年的教训，还要坚持继续进京反映问题呢？

41 岁的陈文艳是河北遵化市第二中学的化学老师，同时也是当地教育系统的"名人"。她因多年死磕其所在学校"教育腐败"，2014 年被法院以"敲诈勒索罪"判处有期徒刑一年。遵化市人民法院一审认定，陈文艳上访期间向接访人员索要 16900 元现金，构成敲诈勒索。

而 2015 年 8 月 26 日，该院又做出重审判决：被告人陈文艳无罪，9 月 4 日，河北中级法院重审，判决其无罪释放，她重返三尺讲台。

一个普通的老师，因忍受不了良心的拷问，想通过一人之力，改变不良校园环境，她以为自己有能力去解决这个问题，她这么去做了，可是她付出了常人难以想象的代价。

四年来，她利用假期上访，两个儿子疏于照顾，其中小儿子在学校从床上摔下来跌坏了腰，家里也顾不上打理，老公也跟着受拖累，要承受外界的指指点点，还要承担全部家务劳动。上访期间，她多次被行政拘留，曾因向刑拘的警察索要训戒书被打坏腰椎，她坐上轮椅继续上访，当地政府多次想用钱来截住她的上访路，堵住她的嘴，却都被她退回了。后来有一次硬塞给她四五千元，说是车费，她收下了。正因如此，法院以"敲诈勒索罪"判处有期徒刑一年，把她和吸毒者、偷盗者一起关在一个牢房里。

是什么力量，让她坚持做这样的自己？我们大多数人，已经习惯了各行各业的腐败现象，见怪不怪，没有哪个人，想到要站出来去举报，除非是个人私怨，比如现在有种说法是"小三"成反腐主力军。又有多少人信奉"枪打出头鸟"的古训，缩着脖子随波逐流，得过且过，明哲保身，谁愿意去招惹不必要的麻烦呢？又有哪个人，是为了匡扶不正之风，为腐败的环境拍案而起，眼里揉不进沙子，冒着被非议，被殴打，甚至人身安全受到威胁，也要站出来呢？

陈文艳太让人敬佩了，这需要多大的勇气。我想，是未泯的良知和强大的内心能量，让她这么做。她看不惯一些家境困难的学生，每月掏钱买辅导材料，看不惯评职称不凭本事，而是得找关系的坏风气。善良、公正、伸张个人权利，这些东西给了她力量，她相信，有理走到天下都不怕，她一定会赢。尽管这期间她退缩过、哭过、迷茫过，受过委屈，但是，她都挺了过来。

回到教师队伍之后，陈文艳发现自己回不到从前，别人看她的眼光变了，自己的心态也发生了变化。但是，当她看到中考体育分数作弊现象没了；评职称从原来的疯狂走关系，到现在的不敢乱来，变得谨慎了；原来到学校里兜售教辅的已不能进校园了。总之，她的这起"上访事件"过后，在当地，特别是所在的学校，腐败环境大有改观。这是她用31次上访和一年的牢狱之灾换来的，她感到些许安慰。

陈文艳老师是见怪不怪人群中的一个另类，她在没有良好秩序的大环境里，逆流而上，用自己的力量，阻止了不正之风的持续蔓延，净化了校园风气。她不是谋一己私利，不是泄个人私愤，而是为学生，为老师争取公平公正的权利。

只有内心足够光明的人，内心能量足够强大的人，才有这样的行动。我们做不了这样的人，至少不要嘲讽和曲解她，要为她的敢于发声击掌，为她沉重的付出鸣不平。

闲言碎语说人际交往

一米阳光是我的笔友，人很有灵气，喜欢舞文弄墨，画得一手上好水粉画。网络里，我们信来信往，有一搭没一搭交往五六年了。她对我无话不谈，她说人际交往中她容不得虚情假意，不能接受势利眼，对自私鬼格外讨厌。她的朋友更换频繁，因为交往时间一长，对方的弱点、缺陷就会暴露出来，一旦让她感觉不舒服，就会逃离。这些年，她更愿意在虚拟网络里结识笔友，从文字里读对方，雾里看花，距离产生了美，让她恍惚感到中意的朋友还有。

尽管一米阳光待人严苛，我还是蛮喜欢她的小犀利，话里话外含着刀锋，句句有杀伤力，挺有趣的。这不，春节刚过，我又收到她的一封邮件，这次她痛贬了一顿发小。这位发小，是励志型女子，她们曾经很谈得来，发小谈恋爱受挫啦，缠上麻烦事啦，反正只要一处在逆境中，都会找她倾诉。后来发小出国了，发展得很好。一米阳光说春节期间发小回国探亲，她登门去拜访，没想到发小对她很冷淡，更让她坐不住的是，发小不断接电话，有个电话通了20多分钟。"想当年，她出国时，尽管我钱袋羞涩，还是拿出一半月工资为她饯行，还赠上红包。她处境最艰难时是我甘愿听她倒苦水，为她出主意，甘愿当她负面情绪发泄的垃圾桶。现在倒好，全忘了。"看完一米阳光满是牢骚的信件时，是元宵节的晚上，礼花鞭炮声阵阵传来，五彩缤纷的烟花在夜空中绽放。

　　我忽然想到人生的五彩斑斓，各色人等上演着属于自己的戏。我也想到了一篇文章，说的是"需求是人际关系的刚性指标"，作者认为人际关系是复杂的，人与人交往的各种关系，基于各种欲望，无非是相互有需求而已，有物质的、有精神的、有心理的、有生理的，为人处事，官场商场，职场情场，概莫能外。有需求自然有关系，一旦需求没有了，关系留都留不住。如果一个人把这种人际关系看透了，不会因人际关系违背心愿而郁闷痛苦，会轻松坦然看待之，心态自然就会变好。

　　说实话，当初我看到这些文字时，不以为然，甚至鄙视这种所谓的指标，因为它的坚硬毁坏了我简单脑袋里存留的那些温软物事，冲击着我的价值观，与人交往为何要先想到需要？人不可以太世俗，更不可以忘记别人曾给予自己的温暖。当年的困惑，如今再看，联想到身边的诸多见闻，忽然发现尽管我们不愿接受，但这种人际关系的确存在着。就拿一米阳光来说，她的发小已不是原来的发小，她在国外拥有产业，朋友圈子都是些事业成功人士，或是有趣达人。她的眼界打开了，人生的格局放大了，她的兴趣点已不再局限在家长里短和小情小感，一米阳光所感兴趣的事，在人家看来已索然，发小在一米阳光身上的需求点消失了，她们各个方面都不在一个层面上了，无意和无话可说的人维持关系，疏离是自然的事。从这一点上去分析不难理解。

　　可对一米阳光来说很残酷。我劝她看开点，抱怨是和自己过不去。想要结识有质量的朋友，自己是否也提升一下才行？换句话说，要想拓展人脉，是不是多给自己创造点"用处"？有"价值"关系自然就来，来了也别怕被人利用，还要懂得付出心力，懒得维持关系，懒得付出，也会让人脉圈子越来越小。如果你一没有眼界，二心智里没啥营养，甚至个性也无趣，人家凭什么愿意跟你玩呢？

　　说到此，我也感到非常纠结，难道交友真得要这样"五味杂陈"？交友的困扰，很多人体会深刻，尤其是名人。西班牙著名画家毕加索晚年非常孤独，他很苦恼，在他看来，身边没有真正朋友，甚至一个能说说话的人也没有，尽管周围不乏亲朋好友，但他们是冲着他的画来的，都想得到他的画从而一夜暴富。为妥善保护画作，90 岁高龄时毕加索请来了一个安装工，给自己的门窗安装防盗网。安装工盖内克憨厚、坦率，没有什么文化，看不懂毕加索的画，在他眼里那些画一文不值，他只是觉得老人很慈祥，就像自己的祖父，他很愿意陪他聊天。盖内克给了毕加索豁然开朗的美好，他终于找到了倾诉的对象。其间，尽管盖内克不爱他的画，但毕加索还是陆续送给他许多画。93 岁高龄的毕加索无疾而终时，他的画作价格也扶摇直上，成为当今世界上最昂贵的画作之一。2010 年，年愈古稀的安装工盖内克将收藏在阁楼里的画拿了出来，一共 271 幅画，全部捐给了法国文物部门，价值 1 亿多欧元。他对记者说："毕加索曾对我说，'你才是我真正的朋友'。是朋友，我就不能占有，只能保管。"在天堂的毕加索，一定为他晚年结交的这位朋友而欣慰吧，大师没有走眼，他的画作得到了朋友妥善保管。

　　其实我们每人内心里，对待真正的朋友，都有衡量标准。各类朋友一大堆，放在心灵深处，最喜欢的朋友，定是做人有底线有情有德的那位，讲真话，真性情，不媚上欺下，不当面一套背后一套，考虑个人利益同时也为别人着想，让人想起来就温暖，交往起来轻松放心的那种。我有位交往时间很长的好友，也可以算是发小了。我们平日联系不多，但关键时刻，总是第一个想到对方。每年回老家过春节，大年初一下午 1 点到晚上 10 点，是我坐在她家错层地板上，盘腿喝茶的时间。我们性情相近，互相欣赏，多年来，发现彼此都牵挂对方，真心希望对方过得好，生活里都需要对方，都能给对方带来精神上的温暖。从发小家老楼客厅的沙发，到新家韩式地板上，我们盘腿而坐，一路走过来，不觉又一个十年。今年，发小把小方桌下面的地板，又添置了一张红艳艳的厚垫子，我背靠着暖气，坐在地热木板上，享受着和发小聊天的乐趣。发小说话慢条斯理："年前好几天，我就盼着今天的下午茶了，这成了过年的重要节目，缺了这个，年就不完整啦。"哈哈哈，原来被喜欢的友人需要，被喜欢的友人重视，在心理上是这样愉悦啊。发小的画家老公和他们聪明懂事的儿子，似乎也受了感染，满脸欢笑。在这样的氛围里，我和发小无所顾忌地享受这段时光。

按说我不该在一米阳光面前，晒我友情里的小幸福，这不厚道，但我忍不住晒了。我想说的是，如果发小哪天不跟我玩了，我不会责怪她喜新厌旧，不会断定她变势利眼了，更不会说她坏话，而是遗憾我们缘分尽了，我们太了解对方的品性，如果我没能量给她带去喜悦，只能黯然离场，我会认为这是很正常的事。而眼下我要做好自己，经营好这份彼此很在乎的深厚友情，让它日久弥醇。爱因斯坦说，世间最好的东西，莫过于有几个头脑和心地都很正直的朋友。说的极是啊。

狂妄"自恋"是伤害

很多时候，我们在电视上，看少男少女们各种各样的PK，节目结束后，胜者激动万分，在掌声中一脸自豪；败者尽管出局，不无遗憾，甚至眼中有泪光，却忘不了振臂高喊一声："我是最棒的！"

这不由得让人诧异，他们真的自以为最优秀吗？那一刻，失败者的自恋，是出于精神制胜的聊以自慰，气势上反败为胜力压对手呢，还是真的不能认知自己，盲目自傲？

现在，好多青少年自我评价过高：明明不会的东西老说会，明明办不到的事却总说没问题，明明自己在某方面很弱，却总说自己最强，明明形象一般，却总自我夸赞，明明表现欠佳，却固执地认为自己最出彩。如果问他们心中最崇拜谁，你会听到一个意料不到的答案：我自己！似乎百花丛中，最光艳的那一朵非己莫属。

这狂妄之举，看起来很自信，可它真有底气托举充满豪气的自己？在生活中，真的能正确引航，使自己的脚步迈得开阔又踏实？种种事实表明，狂妄的"自恋"者，往往很受伤。表面的强势，因无内力支撑，是虚弱的，是经不起时间检验和挫折锤打的。假如成习惯，并自行沉积成性格中的一部分，那么，对自我成长有百害无一利。

自恋一词初见于欧美文学作品中，来自一个凄美的古希腊神话。美少年那西斯在水中看到了自己的倒影，从此便爱上了自己，每天茶饭不思，憔悴而死，变成了一朵花，后人称之为水仙花。当然，这只是神话故事，说的是过度迷恋自己，自我陶醉，成了病态。

我们撇开不当真的故意"自负"不提，单说过度"自恋"，这种现象已在青少年群体中普遍存在，而且有蔓延之势。注重自我意识，展现自己的风采，这无可厚非，理应受到鼓励，但关健是要有认知自我和客观评价他人的能力。

自恋与自信，是两码事，切不可模糊了界限。如今，赏识教育被望子成龙的家长们追棒，也在家教中被发挥到极致。有些家长，没真正吃透自信的含义，就对孩子着手自信气质的培养，孩子无论事情做的有多糟糕，总能听到家长的赞扬声，"你是最棒的"也成了家长的口头禅。赞美过了度，也不以为意，手段失当，也不纠正，孩子存在的缺陷和不足也不指出，一门心思，只管伸出大拇指，鼓励出孩子的自信来。过犹不及，这就造成好多青少年的狂妄自大，自以为是，谁也不放在眼里，谁也不服谁，听不得别人的意见，无法接受批评，个人字典里早把"输"这个词抹掉了，参加任何大赛，要赢，即便是真的输给对手，也认为自己是最好的。

按理说，放大自己的优点，看小缺点，对克服自卑心理，建立自信心有一定帮助。适度的自恋，其实每人或多或少都有，接受不完美的自己，爱自己，是一件好事。但要头脑清醒，要知道，有一种自信不是来自真正实力，而是来自精神上的激励，在"我能行"的大胆鼓励下，接受挑战，勉励自己去勇敢尝试，不被困难吓倒，接受并不断完善自我，向着心中的目标迈进。这是多么积极的人生态度，这种精神上的激励是风帆，是走向成功的基石，是助人抵达彼岸的双翼。

是的，真正健康的自信，是非常有魅力的，一个人有了足够的自信，才可达成目标，才活得洒脱。但自信的基础，一定是对自身判断能力的自信。只有对自己充分认知了，只有成熟了的心智，才不会混淆这一声"我是最棒的"，是来自真正的实力，还是自我鼓励，才能认识自己的弱点，发现别人的长处，承认别人，才能看到自己的差距，知己知彼，让自己的信心，散发出馨香和力量。

狂妄的"自恋"者，无法和别人建立良好的人际关系，沉浸在不切实际的幻想中，自我拔高，凡事凭主观臆想，做不到"赢得霸气，输得大气"。

这种欺骗性的"自负"情绪，有自吹自擂嫌疑，会将自己一次次推向孤立，受伤是避免不了的。所以说，偏执的自恋者，往往把自己搞得很狼狈。

（原载 2008 年 10 月 16 日《青岛晚报》、2009 年第 2 期《意林文汇》转载）

女儿的收藏

每至岁暮，我总要买几张贺卡送人。走近出售贺卡的大小专柜，发现购买者多是些少男少女。如我这般年龄的女人，寥寥无几了。而一年一度，我赶热闹似的挤在人群中选购贺卡，真的有些"时光流走了，我依然在这里"的不合时宜。忽然发现新年赠友人一份"温馨祝福"，成了少男少女们的专利，而我不尴不尬的，再沉迷这种岁末诗话般的小情调，的确是有点不搭调了。

尽管如此，每至岁末，我还是要买一摞卡片回家的。晚上在灯下一张一张铺展开，分门别类，斟酌词句写上几行新年祝词。没想到，我伏案展开不同造型的贺卡，在上面写写画画的样子，被女儿喜欢上了。我伏案"制造"贺卡的样子在她看来是再美妙不过的事了，也不知她联想的画面里有什么鲜活的东西令她怦然心动，反正她特别在意我的贺卡。记得她上小学三学级时，竟趁我不备抢过一张贺卡就跑，我软硬兼施才从她手中夺回来。她一边抹眼泪一边要求我送她一张，而且一定要寄到学校去。在她的哭闹声中，我只好接下这份差事，选购一张小巧的、有着卡通图案的贺卡，并信手涂鸦上几句诸如小宝贝、小天使、妈妈非常爱你之类的酸句子打发了事。让人忍俊不禁的是，贺卡发出去后，女儿竟天天跑到学校传达室查看，看近在咫尺的空中飞鸿是否如期抵达。这跑来跑去的盼望，着实被她夸张得过于隆重。

卡片终于收到了，她在同学的围观中打开，声情并茂地诵读贺卡上的祝词，惹得小孩子们啧啧地好一阵羡慕。当她眉飞色舞地向我描述当时的情景和骄傲时，我被小孩子的乐趣逗笑了。

就这样，年年给远方的朋友寄贺卡时，必定要捎带上给女儿的一张。因为，接近岁末，她就开始提醒我了。我原以为这是小孩子的把戏，纯粹是好玩心理作怪，对她这种夸张的表现不以为意，总觉得她是在小朋友面前"刷"存在感。直到有一天，我发现了她的"珍藏"，才另眼相看。

那年搬家，除了一些大的物件，小东西都扔掉了。当我整理搬运过来的家什时，忽然发现一个盒子，深红的颜色，硬硬的外壳。这多余的盒子是谁拿过来的？正纳闷，女儿跑过来，不迭声地连连说："别动，我的宝贝！"我打开一看，是各种造型的打火机，里面还躺着一个粉色餐巾。一层一层剥开，几张旧了模样的贺卡露了出来，我翻开看了看，发现我寄给她的新年贺卡一张不少，而且完好无损。她炫耀着一一打开，开始读着上面的祝词，还评说一下，比如这张词写的好，那张词写得没心没肺。要知道，她向来是玩什么都扔掉什么的女孩，没想到收藏这些用上了心思。卡片上的那些诗意满满的句子，我听起来有些陌生，可觉察不到当时敷衍的痕迹了，此刻呈现出来的，是一个母爱泛滥的女人，藏在美丽的诗句后边，温情又浪漫，字里行间透出浓浓爱意。我终于明白了，原来孩子们需要父母爱的表达，她需要一种外在的形式传递，我终于明白了女儿执意走到哪里带到哪里的因由了。

当浮躁的年华走远，当流年的尘烟散尽，在我们一路奔走的疲惫里，定然有些东西会让人怦然心动，让平淡的日子凸现出来，比如这张卡片，一定有温柔在此驻足过，有宠爱存留过。而一年一度送给远方友人的贺卡，在风物流转里，也被对方加入了收藏吧？那些看似轻淡的问候，是不是也给伊增添了一份美丽心情？

（原载《青岛晚报》）

默哀 为逝者默哀

2008 年 5 月 12 日 14 时 28 分，天空回荡起警笛、汽车、火车、舰船、防空警报的哀鸣声，泣泪的呜咽，汇成悲伤的哀曲，行人驻足，低头致哀，大地哀痛，山河动容，为震灾中遇难的同胞默默送行。

所有人都屏声静气，所有的悲伤落入静默，为亡灵祈祷，祈祷他们安宁，为灾民祈祷，祈愿他们渡过难关。这疼痛噬骨的三分钟啊，每一秒都悲恸难抑。

灾难发生后，国人的心，被巨大的悲伤击中，恨不能在震灾第一时间里，奔赴现场，排除一切困难，在地壳无数次的震动中，在肆虐的大雨里，在不断翻滚的泥石中，急行，急行，争分夺秒，与死神赛跑，在最短时间内来到震区，从残垣断壁间，从断裂的楼宇废墟里，搜寻受难者。一想到，那些深埋在废墟里的鲜活的生命，生死未卜，千万个生灵正在等待急救，就叫人心急如焚，坐卧不安。

时间走一天，心越发揪得紧。电视、网络、报纸上那些震灾的画面，一次次让人哽咽，一次次让人禁不住泪流满面。无法用语言形容的疼痛，如被利刃剐割。第二天、第三天……祈求时间啊慢些走，慢些再慢些走，在心里啊默默祈祷着，为生还者欣喜，为伤亡数字的递增惊心。

不忍睹的画面一次次出现在电视屏幕上！当我看到逝者失去生命体征的身体，躺在天正落泪的湿地上，躺在父母的绝望里，躺在孩子的无助里；当我看到现场救援者悲伤痛惜的哽咽，哽咽里的大恸；看到与死神奋战的军人跪地而泣，"让我再救一个，我还能再救一个"；看到电视主持人强忍而终于没能忍住的悲伤；看到白发老人茫然的眼神，看到孩子无声地抽泣，心就阵阵痉挛，疼痛。

走路、休息和工作时，那些画面会跑进脑海里，反复播放，心反复被扎痛。眼睛被泪水浸泡着，感叹自己的渺小与无力。

逝者，灾难来得太突兀，地壳咆哮之前，生活多么安宁，读书、工作、耕种、唱歌、跳舞，可是，就那么几秒钟，一切不复存在，天灾之魔撕碎了你们的生之渴望，掠走八万多鲜活的生命。一瞬间，惨烈的破坏，使生命不能继续，相爱的人阴阳两隔。多少人的意愿没来得及实现，多少人的梦想还没来得及绽放。疼爱你们的父母，正蓬勃着的希望碎了，依恋你们的孩子，再也找不到亲情温暖的怀抱。这人类的大不幸啊，苍天垂泪，大地无语。

逝者，我知道，你们多么热爱生活，那些孩子，那些小小娇艳的花朵，正在阳光下快乐成长；那些健康幸福的人们，正在享受天伦，享受生命。而今，所有美好的未来都被这场意外覆盖了，眼睁睁地看着你们离世而去，被死神强行带走，怎不叫亲人疼痛。

逝者，我知道，在通往天国的路上，你们牵挂父母兄弟和未成年的孩子。他们还有未经的路要走，只要有帮扶的手在援助，你们的骨肉就不会绝望。天崩地裂摧毁了我们的家园和身躯，可坚韧的精神还在。大难有大爱，沧海横流，方显人间真情，那一幕幕感人的捐款行动就是明证，就是慈悲。满目疮痍的县城，夷为平地的村镇，不久的将来，相信会在废墟上重建家园。

　　逝者，今天，所有同胞在为你们送行和悼念。在这举国悲痛的三分钟，在这黑色的日子里，我噙着悲伤和心疼的泪水，为死难的同胞深深默哀，祈愿你们在天国安息，祈愿活着的人们平平安安。

（原载 2008 年 5 月 20 日《青岛晚报》，选入《凝望汶川》一书）

养在内心里的山水

　　一杯红酒配上一部电影，让自己在微醉里消融；在半夜回家时，不开灯，点上一支蜡烛，打开一张旧唱片，让音乐在房间各个角落，优雅地流转；温一壶茶，举烛，让目光在房间里散步，这样的气氛，最适宜打开沈从文的《湘行书简》。相信爱，相信未来，让自己的内心永远驻着一个小孩，驻着美和善，在坚硬的现实生活背后，挽留住稀有的抒情，在粗糙的日子里感受精致的心境。

灵魂在场的文化和情感传递

——读张佐香散文集《鲜花照亮了我的房间》

两束百合，开得正盛，花蕊是淡淡的鹅黄，正散发出馥郁的香气，崂山绿茶在杯中片片舒展，整整一个下午，我徜徉在张佐香的文字世界里，被她传递过来的文化灵光和温暖的爱久久浸润。

张佐香的散文集《鲜花照亮了我的房间》，一半篇什写的是古今中外的文化名人，有先哲、文坛巨匠、顶级学者、音乐家、书画大师；一半篇什写的是村庄田埂上、菜园里、湖岸边、林荫中，听到的、看到的、感受到的自然之物。作者穿越时空以历史观照现实，用明澈富有质感的文字，理性又不乏诗意的笔触，完成了她的思想记录。这不是传记，也不是故事，更不是写景状物的田园美文，而是一颗智慧心灵对万事万物的体悟和精神世界的探寻。

那些历史文化人物，仅凭借灿若星辰的名字，就让人生出极大的阅读兴趣。而作者带着仰赏的心，把自己置身某一景，某一物，某个典籍中，打开储备好的神思和真性情，以超拔的见识和悲悯的情怀，一一叩访他们。这是一次深入文化和情感核心的体验，灵性和智性交织，心灵与心灵碰撞。作者用充满张力的语言，抒写她与先贤智者的相遇，全景式的大写意笔法，诗意画卷般展现出了他们的艺术追求和精彩的精神内核。

淋漓泼染中，那些用才情和灵魂滋养出来的成果，璀璨着无与伦比的精神价值。

如《高山仰止》一文，写的是历史学家、国学大师陈寅恪。他出身名门，幼时即能背诵经史子集，有过目不忘之功力。他13岁开始留学日本，后游学德国、法国、美国等国的著名学府。36岁时与梁启超、王国维一同被聘为研究院的导师，并称"清华三巨头"。他在目盲困境中，凭记忆写下了80万字的《柳如是别传》。他的价值和魅力，一半在于"合中西新旧各种学问"，一半在于"独立之精神，自由之思想"。他的博学卓识和学术精神得到师生们的敬仰。"文革"期间，陈寅恪受到迫害，当患病的他被拉出去批斗时，学生刘节主动替他挨斗，遍体鳞伤的刘节说："能代表老师挨批斗，感到很光荣！"抗战时期，才高学广又恃才自傲的"狷介"之人刘文典，日机空袭警报响起，刘文典拒绝学生保护自己，大声叫嚷："保存国粹要紧！保存国粹要紧！"

文学乃至世界上的一切艺术，修炼到最后比的都是灵魂的高度。张佐香深知这点，她在表现人物时总是深入文化的内核和灵魂的深处，带着独特的思考穿行审视。在《为斯大林祈祷的女钢琴家》一文中，钢琴家尤金娜在斯大林暴政时期，目睹科学界、军界、艺术界数以百万计的精英人物被戕害时，收到了热心听众斯大林馈赠的两万卢布，她拒绝沽名钓誉获得权位、荣誉和金钱，过上奢华生活的机会，却给斯大林写了封看似态度温和，实则进行严厉控诉的信："谢谢你的帮助，我将日夜为你祈祷，求主原谅你在人民和国家面前犯下的大罪。"在爱与恨、正义和邪恶面前，一个有灵魂高度的真正艺术家，勇敢地表达了对人类苦难的悲悯和承担。张佐香形容这谴责的声音，像阳光一样温煦绚烂，它燃亮了处于灾难绝境中的受难者的心灵。

更让人感慨的是文学泰斗列夫·托尔斯泰。他在弥留之时，大声号哭，他并非为自己哭泣，而是想到了众生。他说："大地上千百万的生灵在受苦，你们为何都在这里只照顾一个列夫·托尔斯泰？"一生追求博爱、人道和自由，信奉"当一切人都实现幸福的时候，尘世才能有幸福存在"的伟大的托翁那高贵的灵魂跃然纸上。这种博爱精神，至今仍然温暖着世界上一切受苦受难者的心，警醒着麻木不仁的人们。张佐香认为这是灵魂的奇迹，"列夫·托尔斯泰走上了圣徒的祭坛，那些为整个人类背负十字架的圣徒永远是极少数。但圣徒的存在，足以使世人感受到神性的伟大，看到人类免于沉沦的希望。圣徒为人性抹上了一丝温暖的彤辉"。

在散文集《鲜花照亮了我的房间》中，张佐香不仅和古今中外文化名人交流，也和花草树木鸟鱼虫对话，但她始终不忘带着自己的灵魂。在对自然万物的顶礼膜拜中，她发现了美；在对人的生命的尊重中，她变得高贵。田园里的一草一木，乡村的点滴记忆，从她心里流过的处处是爱的痕迹。如《睡莲睡莲》中："我与睡莲相遇，我停在它的面前，默默地与它交换灵魂。我的心园里绽开了睡莲的花朵，睡莲的花朵里安放了我的心灵。"读着这些篇什，我如沐浴在朗月清风中，顿觉心旷神怡，又似漫步在鲜花遍地的旷野里，顿觉天高地阔。这一刻，感觉和大自然融为了一体，体味到了生命的喜悦。

人类的精神瑰宝，自然之物的生命况味，在张佐香的笔下都变得灵动而传神，洋溢着丰富的人文精神。真挚、智慧、悲悯的灵魂如墨汁渍洇在宣纸上，游动出美丽的图案；如养在心里的山水，永不枯竭，永远绽放人性的光辉。

（原载 2016 年 5 月 19 日《青岛日报》，有删节）

养在内心里的山水

在迎合别人期望，过分追逐物质的生活中，一路奔跑的你，是否正被各种负累搞得身心疲惫？人未老，心先衰，没有了爱和浪漫情怀，丧失了感受幸福的能力，带着焦虑和迷茫，还有莫名的恐慌，活得压抑、拧巴、无趣？如果是，那不妨看一看《我是一条只有七秒记忆的鱼》这部书。

这是一本和读者分享生活智慧的小书，八个章节，每章围绕一个话题，引导读者找回自己，爱己所爱，思我所思，将枯燥繁琐的日子过出诗意来。

作者没有刻板说教，没有上课式的指指点点。读者如被一个阅世深刻，又不失真性情，深谙烟火味道，又崇尚灵魂自由的女子牵着手，一路走走停停，以她特有的唯美腔调，开启了感觉世界心灵与感官的窗口，拆掉了心的围墙，把揽入眼中的所有美好，一点一滴渗融进内心的山水里，快乐地徜徉。

这是一本让读者安静下来，好好和自己谈一谈的小书，读来如饮一杯清茶，有种很熨帖的放松感。现如今大人和孩子都在忙碌，大家见面的问候语通常是"最近忙什么"。人际交往中，使用频率最高的词汇非"忙"莫属了。忙中又衍生出了"买房了吗"、"升职了吗"、"考上了吗"、"涨工资了吗"，甚至有个企业规定员工晨会上互问"你拖后腿了吗"。这些见面问候语，就是当下人的生存状况和焦躁不安的心态。大家追着赶着向前奔，在商海里搏击，在官场上升迁，在学业里求胜，在职场里明争暗斗，在成功学里厚着脸皮嘶喊。快节奏的生活，瞬息万变的海量信息，激烈的竞争，眼花缭乱的物质诱惑，人的内心不平静了，拥有再多也不平衡了，即便是真的取得了成功，已是身心俱惫，幸福感变得迟钝。如此这般才不停地追问："你幸福吗？"

《我是一条只有七秒记忆的鱼》教大家如何放松下来。生活中，去旅游是放下眼前事务，让自己放松一下的方式。然而，当我们因经济条件、时间等种种原因，迟迟无法成行，旅游只能待在永无定期的规划中时，作者让自己足不出门去旅行，说这是一次华丽的灵魂之旅，借鉴的是1790年意大利萨米耶军官，在他被关押的寓所里，灵魂展开四十二天美妙的旅行，并记录下旅行感受。作者在自己的房间里，也让想象力展开翅膀，到达任意可以飞临的地方，想象中看见了什么就是什么，青山绿水，松涛溪流，鸟语花香，在大饱眼福的同时，体验与自己独处的美妙，在与自己的耳语中，了解自己，接纳并喜欢上自己，这是与自己在调侃、辩论、诉说、和解中的一次次心路历程，让思维在云端穿梭，感受轻风拂面，描摹彩虹，呼吸细雨，把这些忙碌时感受不到的美好，一一体验。

依靠阅读和听音乐的方式旅行，享受梦幻一般的沉浸状态。

一杯红酒配上一部电影，让自己在微醉里消融；在半夜回家时，不开灯，点上一支蜡烛，打开一张旧唱片，让音乐在房间各个角落，优雅地流转；温一壶茶，举烛，让目光在房间里散步，这样的气氛，最适宜打开沈从文的《湘行书简》。相信爱，相信未来，让自己的内心永远驻着一个小孩，驻着美和善，让童心散发出来的欢快，清扫所有的烦恼。这一刻，作者在自己刻意营造的诗意栖居里，在坚硬的现实生活背后，挽留住稀有的抒情，在粗糙的日子里感受精致的心境。这是一种诗意的情怀，读者会不知不觉被作者带进了诗意美的感受中。

人只有放松下来，才能静下心，沉淀下来让感官变得敏锐，愿意思考和咂摸生活的千滋百味，试着去了解内心深处的渴望，聆听内心的声音，放大生活中的美好体验，淡化不如意的人和事。

作者告诉读者，一定要有项爱好让自己沉醉，无论是音乐，还是刺绣，是漫画，还是跳舞，是收藏，还是舞文弄墨。有趣味的生活其实很简单，一个紫砂壶、一支竖笛、一方宣纸、一本书、一盆花……置身其中，用心爱着它，你会感觉满足和惬意，会收获一份安宁和喜乐，庸常琐碎的日子会变得充满情趣。这些内心里滋养的青山绿水，就永不会枯竭。

在《我只想画一道彩虹给你》篇什中，作者讲述遇到一位从小没有画画天赋，画作常常不及格的女子，她因为喜欢，一直在涂鸦，画作看上去很丑，却因为画语里有主人公的真情，有她描绘出的阳光意境，所以非常可爱。在作者看来，简单的幸福，就是在色彩间找到专属自己的心情颜色。其实我们所有人都是画家，只要你喜欢画，喜欢丹青的幽雅意趣，喜欢这样被陶醉，生命就会被色彩渲染着，被大自然深深地爱着。

作者引导读者在多彩的世界里，在个人力量无法改变的现实境遇中，试着丰富自己，试着增加自身能量，营造出内心的青山绿水。

那些芳香时日

在老城区街道散步的时刻，是我傍晚最惬意的时光。

那年我举家迁居青岛，暂住在德县路。这是一座 1901 年落成的德式建筑，市政府东迁前曾在此办公，我们借住时，一楼仍留有几间办公室。

这座三层高外加地下室的洋楼，建在一个小高坡上。米黄色墙体，白色边沿，白色门窗，依坡修建的围墙，矮矮的，用手即可扶上墙头。围墙一半石砌，一半混凝土，也是米黄色，白色边沿，与楼互为搭调。这座历经百年风雨的古建筑，高高矗立在那里。邻院的古槐，长长枝叶伸展过来，掩映在窗外、围墙边，有的枝叶直抵楼顶。每次下班回家，透过古槐茂密的枝叶，抬头望上去，整座楼优雅而静谧，有股神秘贵气浸染其中，很难想象它和烟火味有何关联，在这不该有柴米油盐的地方，我有幸居住了 4 年。

第一次推开嵌有 1901 字样的那扇门时，一种古雅和沧桑感，扑面而来，只见：楼梯是乳白色的，红漆木地板，超厚实的墙壁，宽大窗台，圆顶木窗，楼内潮湿的空气，高高的屋顶，我忽然闻到旧时光的味道，满满的，散落各处。轻轻走进去，恍惚间，百年前这幢私宅主人还在，衣帽间挂衣架上，似乎还留有他们的手印；客厅里，达官贵人的笑声，隐约传来；木制楼梯台阶上，民国时期政客的皮靴，正一阶一阶踏过去……这座有百年历史的古建筑，给了我遐想空间。走上 2 楼阳台，窗外的古槐枝繁叶茂地闯入眼帘，满眼是绿。

刚搬进来不久，有个老乡到青考试来借宿。那晚，我们扯东扯西聊到半夜，她特别兴奋，说这幢楼有 20 世纪 30 年代旧上海的味道。是啊，这氛围，适合叙旧，适合在彻夜不眠中，翻开一段历史，走进那个动荡的时代，看家国破碎，看一个世纪的沧桑流转。

我喜欢上了这座有故事的小楼，也喜欢在傍晚时分，外出散步。晚餐过后，我会选择不同的路线走一走，通常是安徽路、曲阜路、广西路、太平路，或者江苏路、大学路、观海一路、鱼山路，还有周边一些没名字的小巷。

地势上下起伏，随处可见造型美观的古建筑，法国梧桐粗粗壮壮护卫在路两边，没有修剪过的枝叶，恣意旁逸斜出，在空中互相交错织成绿色凉棚。曲径通幽的深巷里，有掩映在绿树中的宅院，墙头探出各色花卉，香气阵阵扑鼻。远远望去，重重叠叠的红色屋顶，跃动在高高低低的翠绿之中，海风吹来，真的让人深深沉醉了。

我是植物盲，散步时忙着补课，这是什么花，真香啊？我伸手扶住翻过墙头的花蕊凑上去嗅。这是什么树？那是什么植物？花的芬芳和心的愉悦，那一刻浓郁着，泛滥着，仿佛我所有感觉器官，都被打开了，通体舒泰。

我特别喜欢绕过胶澳总督府大楼旧址，在雪松林散发出的清香里，向左拐走上沂水路。这条路曾经是百年前的使馆街，驻着美国领事馆、英国领事馆，还有王公贵族的别墅。如今这些建筑有的成了私人住宅，有的成了政府办公楼。

漫步在这样的小路上，左边人行道石垒的高墙外，有垂挂下来的爬山虎，不远处的基督教堂，传来阵阵钟声，不觉到了龙口路，向东一路下坡，左侧是信号山半山坡上的迎宾馆，视线越过绿树遮蔽的高墙，可见这座欧洲皇家风范的古堡式建筑米红色筒瓦、蓝色鱼鳞瓦、绿色牛舌瓦铺设的楼顶。华丽地在它的脚下穿行，心情陡然间有山有水，与俗世的热闹暂且隔开，将尘世的虚华和浮躁暂且搁置，此刻的宁静和安祥，是如此丰饶，如此美。

散步的那些时日，内心跃动着欢喜，灵魂时时发出美丽的赞叹。以至于我搬离德县路后，每隔一段时间，都要回去看看，在曾经走过的那些大小街道上溜达溜达，漫无目的，边走边欣赏，入眼的景致处处走心。想起每天早晨被窗外一群喜鹊吵醒的日子，想起夜色下踩着落叶，穿过的那些街巷，那些蜿蜒曲折的记忆，都在这里，我嗅到了熟悉的芳香，内心不由生起一股乡愁。

按说仅居住了4年时间，就怀起乡愁一般的情愫，对生养我的故乡似乎有些不公平。可这种感觉还是真切发生了，魂牵梦萦。记得有个诗人说他回乡下老家时，在列车上，看着窗外呼呼而过的高粱地，恨不能从窗户上跳出去，跪在地上，掬起一抔故乡土嗅一嗅。我当即惊讶不已，太夸张了吧，我怎么从未有过这种感觉呢？故乡对我来说，是亲情所在地，是血缘之亲的牵挂，是对故友的想念。每次回老家，看到的是小城建设的速度，老街旧巷已改得面貌全非，少时记忆里的画面早已不存在，精神居所被拆迁了，我找不到落脚处。

是的，乡愁是可以这样的，不因时间长短而生发，允许有人对第一次见面的陌生地，产生梦中似曾住过的情感来。那是眼前的景象，呼应了内心渴望，骤然涌起的感觉，唤起真实的乡愁吧。如此这般合情合理，我对住过4年的德县路生发的乡愁，不再困惑了。

那天将我收藏的芳香物事说与友人听，一下触动了她的感慨。她给我讲述了她的一次经历。说"文革"时期，在迎宾馆里参加的那次"地下音乐会"，惊险而美妙，她说至今没弄

161

明白，是谁冒着被揭发被审查的风险，打开了那扇红色大门，组织起那次音乐会，让一拨喜欢音乐的人，偷偷享受了一场艺术盛宴。那夜，她和几个小女孩，像鼹鼠般悄悄溜进迎宾馆，欢快地走过花园，穿过长廊，进入一间空荡荡的大厅。大家席地而坐，围成一个圆圈，乐队站在中间，几把小提琴，几把吉它，几件管弦乐器，两位男女歌手，一管她从未见过的西洋乐器萨克斯。

当萨克斯吹响时，一首首柔美动听的乐曲溢满整个大厅：《莫斯科郊外的晚上》、《含苞欲放的花》、《西波涅》、《风流寡妇》、《桑塔露琪亚》、《宝贝》、《三套车》、《啤酒桶波尔卡》。她屏住呼吸，用心地听着，看着，震撼着，沉醉着。饥渴的心被优美乐符浸润，脸上不觉滑下泪水。音乐会结束时，她像是还待在梦境里，那一刻，她闻到了奇异的草香和花香，在迎宾馆院落里弥漫。多少年过去了，每年夏天，她都要拿出点时间，到迎宾馆走一走，哼一哼那些歌曲，在阳光下，晒一晒曾体验过的美妙，迎宾馆成了她被美震撼过的见证地。

愿生命里的这些收藏，这些芳香物事，多些再多些，让平淡的日子，泛出属于自己的光亮和音响。

（选入《美丽青岛》一书）

小人物的精神漂泊

——读刘震云的长篇小说《一句顶一万句》

关于孤独，常常看到这样解读：孤独是一种圆融的状态，当一个人孤独的时候，思想是自由的，任何环境里都能让自己宁静，并可以宽纳一切。

经验告诉我们，这种孤独专属智者和精英，比如与孤独结伴的梭罗，拿着一把斧子，来到无人居住的瓦尔登湖山林里，独居两年。一生简单而馥郁，孤独而芬芳，他留给世人的文字超凡入圣，梭罗分明是在享受孤独，沉浸在孤独中收获思想成果。这种孤独，即便是被动承受，即便有过茫然、苦闷和危机，甚至痛苦，但最终会在深刻而丰富的精神活动中，把这些负面情绪，幻化出一些诗意来。比如作家张贤亮就有这种倾向，他把动荡人生遭遇里的苦难，深刻剖析之后，外化成诗意的精神气质，激愤和悲怆地流动在他的哲思妙语里，折射出人性的光明和晦暗。思想者往往通过与先哲贤人的神交，通过和自己内心的交锋，来消除孤单寂寞。

而最近我在刘震云的长篇小说《一句顶一万句》里，看到的却是小人物的孤独。他们不是智者和精英，他们来自社会最底层，有卖豆腐的、剃头的、杀猪的、贩驴的、喊丧的、染布的、开馒头铺的。他们面对的孤独，是实实在在的生存困境，需要求人帮助时，没有靠得上的，甚至精神上也得不到安慰。每个人在讨生活的过程中，都在寻找，寻找一个人，一个说上话的、给予帮扶的朋友；寻找一句话，一句可以暖心，可以知心，可以化解各种矛盾和纠结，可以激发情欲的话。找到这个人，找到这句话就等于找到出路了。他们都在试图摆脱痛苦和孤独，以各种方式努力尝试着。

作者通过主人公的遭遇，意在揭示市井百姓的内心苦痛，这个苦痛，就是关于隐痛、不安、焦虑和无处诉说的孤独。

整部小说推动故事进展的线索，围绕着找一个人找一句话展开。而寻找的过程曲折而漫长，琐碎而执着，每个人在寻找的途中，同时在与生存困境搏斗，与拧巴的事和理搏斗，与事儿背后拧巴的人搏斗，与变化了的自己搏斗，与不可预测的未知搏斗，由此而生出的创痛和辛酸，沉重地呈现在读者面前。小人物那种无依无援，那种深切的孤独，那种无边无际的苦和累，读来格外让人沉重。

小说分上下两部，前半部写主人公杨百顺颠沛流离的生活。他在孤独无助的漂泊中，因失去唯一能说得上话的养女，而走出了延津踏上寻找之路；小说的后半部写杨百顺养女的儿子牛爱国，同样为了摆脱困境，寻找说得上话的朋友，返向延津，一个出故乡，一个回故乡，两代人在百年轮回中，命运惊人相似。

小说的主线是写杨百顺和牛爱国的命运，而围绕主线的副线有多条，出场人物众多，作者以洋洋30多万言，叙说了两代人之间，以及与之发生联系的各色人物之间，枝枝蔓蔓生出来的故事。

开篇，出场人物并非主人公杨百顺，而是他爹老杨。中风瘫痪在床的老杨，从前是家中的顶梁柱，后来落到生活不能自理的境况。痛苦、失落、无助，一肚子苦水窝在心里，无人诉说。让他难受的是，没有朋友来看望他。原以为赶大车的老马是知心朋友，其实不是，人家从来就没有瞧得起他。而唯一前来探询的，是他不曾待见的老段，老段其实是来报仇的，他幸灾乐祸，说话连讽带刺，揶揄老杨从没把自己当朋友，最后说了句，"你活了一辈子，没活出个朋友来"。一下戳到老杨的痛处，气得老杨大骂老段不是个东西。

小说开头用这么多篇幅说老杨和老马、老段的事，看似绕过主人公杨百顺，半天没到正题，实则已拉开了主题。市井百姓灵与肉的痛苦，千百年来从根子上就有，他们都在试图努力摆脱这种生存境遇。老杨如此，老杨的儿子也是，周围的众生也是，由此开始了作者对中国人孤独命运的剖示。

主人公杨百顺，跟着父亲磨豆腐，因父亲不让他进"延津新学"上学，与父亲产生矛盾，并愤而离家出走，从此开始了漂泊生活。在朝不保夕的生存艰难里，他改过两次名字，为了让传教的老詹为自己找事做，信过主，改名叫杨摩西，再后来为了"嫁"给吴香香，叫过吴摩西。潦草而坚忍地活下去，对他来说不是问题，而让他活不下去，绝望之极提刀去杀人的是老婆吴香香的背叛，吴香香和银饰铺掌柜老高私奔了。当他在人来人往的火车站，终于找到了老婆和老高的踪迹时，正看到他们相亲相爱，滔滔不绝说着话的一幕。他顿时意识到，背叛不是问题，夫妻没有话才是个问题，错不在私通，是自己不该和吴香香没话说还要硬走在一起。

杨百顺终于悟到了事情的核心，他迈过了妻子背叛这个坎没去杀人。在他的命运里，有数不清的坎，从做豆腐起，到杀猪，到染布，到信主，到破竹子，到沿街挑水，到去县政府种菜，到娶寡妇吴香香，到老婆和老高出事，每一步都遇到了坎，但他都迈过去了，而养女巧玲丢了这个坎，他再也迈不过去了，这是所有痛苦里最纠结的痛，这种精神上的孤单无依，是他真正的痛苦。找不到养女，他整个人无所适从，以致找不到自己了，当在离开延津的火车上，有人问他叫什么名字时，他一时愣住，竟随口说了句"罗长礼"。罗长礼是喊丧的，是杨百顺在这个世界上最崇拜的人，可他们不曾说过一句话。小说上半部的结尾，杨百顺走出延津去寻找养女，却顶着罗长礼的名字，这很耐人寻味。读者感受到的是，杨百顺内心依然渴望靠近能"过心"的人，依然渴望能给予自己精神寄托的人。

小说下半部，说牛爱国遇上烦心事，世上有三个人指得上：冯文修、杜青海、陈奎一。他的所谓指望是自己想不开，拿不定主意的事，可以找他们商量，或者坐下来，说说心里的忧愁，卸下一点包袱，让心里轻松一些。

书中作者用很多篇幅叙述了牛爱国与这三个人的交往。冯文修是牛爱国的同班同学，儿时要好。十九岁时，牛爱国要去当兵，两人还到照相馆照了张相，说过"不管你到天南海北，咱俩好一辈子"的话。牛爱国复员后，开始几年，两人遇到烦心事，还找对方诉说，排解。但五年后的冯文修，清澈的眼睛浑浊了，醉酒后更是判若两人。后来因为10斤猪肉闹掰了，冯文修把牛爱国醉后的话，都当成一把把刀子，扎向牛爱国。

杜青海是牛爱国的战友，两人当兵时曾谈得来。牛爱国在部队遇到烦心事，想不清楚的事，拿不定主意的事，都去找杜青海，两人在戈壁滩上，或开汽车，或坐在河边，杜青海一件件把事情剥肉剔骨，帮牛爱国码放清楚。可是当两人都娶妻生子后，当牛爱国遇到妻子庞丽娜和照相馆小蒋好上后，牛爱国想杀人，或者是离婚，杜青海给出的主意是错误的，害得牛爱国吃了苦头，从此对他也失去了信赖。

陈奎一是牛爱国修高速公路时认识的。他是工地的伙夫，因为两人都不爱说话，竟好在一起。隔三差五要聚一聚，共同吃一盘凉拌猪心猪耳朵。不过牛爱国和陈奎一在一起，只能东一葫芦西一瓢地闲扯，真遇到事，不能指望他。可是，在牛爱国走投无路，到处找人而不得，一次次失望之后，最后想到了陈奎一。但当他费尽周折找到他时，发现这位在澡堂里帮人搓澡的朋友，自己的家事都没打理明白，根本顾不上他。

寻寻觅觅，与不同的人说不同的话，试图表达内心的矛盾与无助。牛爱国焦头烂额地奔走在路上，表面上是寻找跟人跑了的妻子庞丽娜，实际上他并没有找，而是寻找能说上话的人，渴望倾诉他的苦闷和忧愁，理一理过成一锅粥的生活难题，可是愿望最终落了空。他的孤独是心里压着太多的话，没法吐出来。按说小说到此，牛爱国应该死心回家了，可是没有，他还要找，这次是为了母亲去寻找。曹青娥临终时，想说的话，已说不出来了。牛爱国在她的屋子里翻出一封信，让曹青娥去延津一趟，说杨百顺的孙子想见见她，并告诉她爷爷临终时想对她说的一句话。牛爱国为知道这是一句什么话，开始了他的寻找。可是，这句话即便是找到了，对方已听不到了。活着的人，找一句贴心的话都这样难，死去的人，即便是找到了又有何用呢，都是徒劳，但牛爱国依然在找。

就这样，一代又一代，相似的人生境遇，相似的生存困境，纠结的矛盾心理，寻找慰藉心灵的人而终不得，是他们的孤独所在和共同的命运。如作者所言："人在干东的时候，都在想西。""容易把一件事说成两件事。"当说话成了唯一的沟通渠道，语言是无法直达核心的，有可能衍生出许多误解，或者南辕北辙的理解方式，那孤独和寻找便永远如影随形，不得解脱。无论是县长，还是理发师、屠夫、染坊工、传教士，概莫能外。

但是，每个人都不放弃，仍在执拗地寻找。小说结尾，牛爱国的姐夫打电话对他说如果找不到就回家吧，牛爱国说了句："不，得找。"

小说叙事无拘无束，既家长里短又海阔天空，既简易明白又错综复杂，其言说的方式，朴实里透着冷峻和机智，洗练中富于张力，语言节制又意味深长。正如小说中形容的，把"话"描述成有形的物，说一件事时，骨头是骨头，肉是肉，码放得整整齐齐。小说有力道，有代入感，的确给人阅读快感，是拿起来放不下的一部好作品。

（原载 2014 年第 18 期《青海湖》下半月刊）

美学丛林深处诗意的行者

——花鸟画家赵建钧的艺术旅迹

河岸边，一只翠鸟飞离枝头，晨露浸染的远山，隐约传来一声鸟鸣。这是画家赵建钧先生的画作《秋日》描绘下的景象。盏盏菊花，清秀淡雅，鸟儿扇动的羽翼，与花之风韵相互映衬，动中有静，静中有动，幽美空灵的画面一入眼，即刻让人置身诗意弥漫的秋韵之中，恍若微风正徐徐拂来，鸟鸣轻轻入耳，使人想起王维的"寒山转苍翠，秋水日潺湲。倚杖柴门外，临风听暮蝉……"的诗句来，生动的画面，那么自然，那么唯美地将人带入诗意之境。

有人说，赵建钧的花鸟画，有田园诗人的人文气；也有人说，他的画作营构的意境，隐含着禅意，如他沉静、安和、内敛的性格；还有人说，他的画不论画幅大小，也不论色调的冷暖，色彩如何变幻，都能营造出养心舒意，化境为象的整体氛围。故近几年，赵建钧的创作，尤其是花鸟画，频获大奖，多次入选有影响的全国画展。

想来，赵建钧是幸运的，他的绘画天赋一显露出来，就被人发现了，那人就是他的美术老师。那年刚入学，他把崭新的一年级课本，爱惜地包上书皮，并用腊笔随意涂鸦上花草、燕子、柳枝。美术老师拿起书："是你画的吗？"赵建钧点点头。老师看看画，又看看他，眼睛一亮："真是个小画家！你当美

169

术课代表吧。"赵建钧第一次听人叫他小画家。也就在那时，画家梦悄悄在心里萌芽了，他把每月 1 元零花钱积攒下来，用来买图画书，买宣纸，那时书店有柜台，他个子矮小，要踮起脚尖，服务员特准他进入柜台选书。他煞有介事地读《绘画入门》，模仿《哪吒闹海》画哪吒，找来《三打白骨精》画孙悟空，照着课本画工农兵小将，临睡前他定要勾上几笔，要搂着新买的图画书入梦。

与同龄孩子不一样了，他的世界变得斑斓起来。赵建钧渴望得到更多画书，盼着零花钱。他家附近有个工艺品厂，专做玻璃画。赵建钧放学后就跟在画师身后，看得入迷，老画师从未见过这样的孩子，那么专注的眼神，那么沉静的样子。一天，赵建钧忍不住在玻璃上绘了张画，画师惊呆了，他画得很逼真很生动，这孩子在偷师学艺啊。他试着把一些小稿，让他描画，结果出人意料地有模有样，画师奖励给他 3 本图书。赵建钧如获至宝，一路跑回家，灯下临摹到半夜。

那时的赵建钧，求知欲超出了年龄，他借来一套大学美术教材研读，不认识的字查字典。他对绘画的痴迷，父亲看在眼里，从 13 岁开始，每到暑期赵建钧就独自走出家门，去观摩画展，去参加各种绘画班学习，父亲有意培养他。那段时间的拜师学艺，使赵建钧从对绘画的懵懂喜爱，到被艺术氛围深深吸引。他像海绵吸水，如饥似渴消化着绘画艺术的甘露和养分。为了画好一个开关，他曾在冬夜里，在台灯下，不停地练习，画到凌晨才睡。

也就是那段时间，赵建钧接触到了中国画绘画技巧，在传统基础上如何革新，在肌理性的视觉效果上，如何寻求突破。他经常主动去接触风格迥异的画家，听他们指导，读他们推荐的好书，临摹好画。学着学着，他可以和他们互相切磋碰撞了，从主旨创意，到入手构图，到超前的绘画语言，赵建钧掌握了有价值的东西，在思想上有了清晰的绘画意识。

在形式上他大胆尝试，在感性中求创新。积累、沉淀、感怀、思考，赵建钧从众多一流画家身上，认识到山水花鸟画，并不是简单的描摹大自然风光，而是画家精神的诉求与流露，是画家人生态度的表达，是画家人生追求的体现。他意识到只有精神世界的深邃丰满，笔下才能呈现画作内在的神韵和超凡意境。因悟性高，他对画的立意、构图、笔墨技法的理念，短短几年内达到了相当的认识高度和深度。

2005 年，这个时期的赵建钧，作品越来越笔意醇厚，开始引起画界关注，他创作的《暖春》、《阳春图》、《秋韵》等画作入选全国画展。赵建钧的艺术生命，不可遏制地绽放开来。他对水墨意境的营造，对绘画主旨的捕捉和深挖，让他走向了更高境界。

一个晚秋的凌晨，天空灰暗，一丝丝似睡未睡似醒未醒的亮光，从东方天际下透露出来，大地静谧，一只早起的鸟儿无声地飞过。晨起散步的赵建钧吸了一口新鲜空气，他喜欢这样的时刻，昼夜交递，万籁俱寂中酝酿着生机，清新自然中散发生生不息的味道。走着走着，无意间，他看见街角处有株花影，靠近，蹲下身来，一股浓郁的香气，沁入了心脾，是茉莉花！微光朦胧中，他端详着那花茎、花瓣、花蕊，那么柔软而淡定，那么寂寞又芬芳，茉莉花的神韵，一下子慑住了他。他忘了时间，忘了自己，心绪和这株茉莉花瞬间融合在了一起，有什么东西在心里涌动。

这株茉莉花再也忘不掉，它的芳香在萦绕，它的美丽挥之不去。赵建钧回到画室，铺开宣纸，拿起了笔。亦工亦写的《朝露》，在赵建钧的画笔下诞生了。这幅画作，茉莉花是以树的形象呈现的，构图奇逸，形态刚健又柔和，神韵古拙又清纯，真实与虚幻相互交织。赵建钧把生命的花朵，带进了想象的世界，让想象的世界绽放出生命的花朵。花的美态和活力，给人强烈的冲击。这幅画，在中国美术家协会举办的全国性画展中，获得了最高奖。赵建钧以脱俗静气的双眼，发现了物象中弱小的生命之美，而最富创意的是，他把茉莉的精神力量具象化，并加以铺张扬厉的渲染。

学无止境。36岁时，赵建钧又来到北京，他走进中国艺术研究院中国画画院，开始了为期2年的学习生活。每天早晨5点钟，教室里总是最先出现他的身影，读书、习画、完成导师的作业。有人说，你的画已很成熟了，不必如此辛苦嘛。赵建钧却给出这样一席话："因为喜欢，所以投入，因为最好的作品，总在下一幅，所以不满足。"学无止境在他身上体现了，他被导师推荐为班长。赵建钧对知识和绘画艺术的渴求，恍若又回到了少年时代，然而又不同于以往，他不再囫囵吞枣、全盘吸收，他带着自己的认识和经验，来审视、筛选和消化，辨别哪些东西可保留，哪些应补充，哪些对自己的风格有冲撞，需要审慎对待。学习中，他曾一度急于糅进新东西，急于打破原来的模式，以求不断创新，当他要割舍自己的东西时，又举棋不定，他出现了迷惑。而每当此时，导师的一句话，会洞开他的迷惑，帮他解困。就这样，他在自我碰撞中，在与同学的交流中，在导师的引领下，吸收养分，梳理所掌握的知识，验证自己的作品。求学中，他最大的收获是思维空间变得开阔了，对绘画艺术，从理论到创作实践，更系统更清晰。

中央美院博士生导师郭怡琮先生，是赵建钧非常敬重的导师之一，每当他来授课，总有许多感触。70岁的郭导治学严谨，他以过来人的经验跟学生们强调，一个好的花鸟画家，先得是一个植物学家，要找到中国画的命根所在，只有多读书，多临摩经典画作，才能成就最好的自己。要成为书画大师，画到最后不是在技巧上下功夫，而是在画自己的修为。这些观照内心，加强内功的指引，让赵建钧大为受益。

赵建钧的作品，其笔墨境象，让人想起何绍基《飞云揽胜图》诗中所描写景象："万里归来雪后天，江山回首但风烟。淋漓染墨才踰尺，夭矫飞云满大千。势讶潜虬嘘洞口，梦随栖鹤上松巅。屐痕记我曾游处，奇境翩然落眼前。"以这样的诗意来欣赏赵建钧的画，再贴切不过了。

崇尚自然，追求意境的清隽娴雅，捕捉主旨的深远，是赵建钧鲜明的艺术特色。他对自然景物深挚的眷恋，营构出了物我两忘天人合一的幽情雅韵。他是一个理想主义者，他对自己的画作要求越来越高，越来越觉得自己还不够好。他常说，绘画是小技，修为才是大道，胸怀要不断地放大格局，只有胸中有大气象，才能装得下大才情。画家赵建钧正以诗意的眼睛看世界，以宽厚的胸怀接纳世界，他还在寻觅，还在修为，还在灵魂的山水里，继续着他艺术之旅的跋涉。

盐滩上的诗人

在胶州湾畔，在一个远离市区的盐滩上，活跃着一位文学青年，他就是"盐滩诗人"姜焕发。"盐滩诗人"这个称谓的由来，缘自他写了大量关于盐滩、关于盐业工人生活的诗。

盐，这个生活的必需品，一直以来，我们在享用它的时候，很少有人了解这些洁白晶体背后，制作者们付出了怎样的汗水，很少有人关注盐滩上盐工们的生存境况。在这片被人遗忘的角落里，诗人姜焕发用他带着咸腥味的笔，用他二十多年盐业生活的经历，向我们解读沧桑的盐业史，述说他对盐的亲近，展现盐工们劳动过程中的情绪和对未来生活的梦想。他当过盐工，体会过盐工的酸甜苦辣。他说，每当结束了一天的劳作，静静地躺在床上，听着从远海吹来的无羁的海风，听着盐工们的鼾声，总想为盐滩上这些朴实的生命写点什么。于是，就有了《大海，我的歌》这部诗集的问世。

《大海，我的歌》是他多年来，在散文诗这块园地里辛勤耕耘的收获。以盐滩为背景抒发情感是这部诗集的主题。这些从盐碱地里走出来的文字，渗透着劳动之后的汗渍，有着被海浪敲打出的坚硬骨骼。他的诗句朴实而富有张力，诗行释放的激情里，每个脚印的起落处，都印有生命走过的痕迹，他笔下的盐业工人朴实、勤劳、快乐。他用诗在寻找阳光的窗口，用诗意创造生之趣味。

一曲曲心音，像舞蹈着的乐章，在诉说着盐工艰苦的劳作，在抗拒着青春孤寂的忧伤，在诉说着对生活的热爱，诗歌构思精巧又充满生活气息，每一首都渗透着他对这片盐滩的情感。

一路吟咏，心灵的释放原来可以这样以一种美丽的姿态，在异常艰苦的生存环境里，去芜存菁，擦拭艰辛背后的痛苦和孤寂，留下阳光的那一面。容他歌唱，容他无数次地梦想，容他在自足的感觉里获取安宁、坚实和平凡人物的诗意存在感。

姜焕发的诗作篇篇充溢着生命激情，有一股雄性的力量，被希望和梦想点燃，被乐观向上的情绪贯穿。多年粗砺的盐滩生活，形成了他诗中强悍的豪放气质，生存的艰难锻造了他对生命的深层感悟。在他的笔下，苦乐相依，悲喜交集，爱与苦同存，青春的激情和荒凉单调共处，他沉浸在一种以苦为乐的特殊体验里，以拥抱艰辛，感谢生活对他的锤炼。即便是忧伤的主题，他也要把它们改造得开阔而舒展。这种化苦为乐的精神因素，汹涌在诗行间，如海潮般滚动着。

在他流泻出的诗情中，色彩的运用，意象的构建，无论是怎样的场景和文字，留给阅读者的，总有一种壮美的气势扑面而来。他的抒写风格，渲染着乐观的情绪，内在节奏，犹如鼓乐里撷取的音符，带着涛声和号角的旋律。诗歌从形式到内容，从情感到语言，浑然一体，自然流淌着他的审美情趣和他的真情实感。他拒绝故弄玄虚，拒绝颓废消极，拒绝逃避现实。在他的诗里始终洋溢着一种认真生活的态度，一种负重前行的忘我精神，一种对美好生活的执着追求。

他的那些带有使命感的诗作，不是空洞的言说，而是源自对生活的思考，从劳动着的细节里汲取养分，在敲击心灵时捕获感动。他在《大海，我的歌》这首诗里这样抒发情怀："我接受了这片土地上一次最庄严的馈赠／一双盐滩靴／踏遍属于我的每一寸土地／每一季节／磨穿了多少风风雨雨／广袤的盐滩／延绵着我的痛苦与渴望/我哭了，又笑了/那哭声和笑声里却诞生了一首海的歌/海/终于将我稚嫩的肩胛锻造成一双奋飞的翅膀/终于，我的生命溶入了海的呼吸。"

正如作者所言，盐滩已揉进他的生命里，成为难以割舍的缘了。因了这份生命经历，这纯粹的情感流露，才有了简洁质朴的述说，沉甸甸的，带着盐的份量，才使他或激昂或舒缓的吟咏，具有真情和实在的美感。二十年来，劳动的汗水是写在盐滩上的朴素话语，显得弥足珍贵。这是作者心路历程的见证。只有懂得了生命才有对生命深深挚爱，只有懂得了感恩和赞美，才对哺育自己成长的土地如此依恋。

背对大海，面朝盐滩。诗人在自己的精神家园里劳作，不停地行走，捡拾《盐滩的春天》，捡拾《盐滩沧桑》和《出海的日子》，收集，提炼，升华，凝为思考的露珠，浇灌着他的精神家园，这些所思所想，连同盐碱地里的海蓬草，一起生长着，一起和他走过那段青春岁月。

姜焕发的诗歌从生活中来，到生活中去，以盐滩为根基，以美好的愿望为依托。他在《鸥之恋》里写道："背负着海的嘱托/背负着一个永恒的信念/你苦守海滩/看潮起潮落/听波涛澎湃/每天，你总坚毅地衔起朝阳/让大海谱出辉煌的晨曲/黄昏/你又从帆尖上挑落最后一丝晚霞/孤独的夜里/你又守望着船儿/走进渔人们的梦乡。"作者自喻为一只眷恋着海滩的海鸥，蓝色的梦想装点着一生的行程，在狂风暴雨，在孤独寂寞里，唱着海之歌。从劳动的每一天里打捞着诗行，以一种劳碌着实在着的情感，阐释着他对生活的理解，他的诗行穿梭在现实生活里，一个个劳动者的形象跃然纸上。他们真实，他们是快乐的劳动者。

读罢这部诗集，我们仿佛看到了诗人站在广袤盐滩上，带我们走近盐工群体，歌颂劳动者朴素的美丽。这是他献给盐滩

的一份礼物,是记录一段人生足迹和对生活的诗意感悟。生命
履历又翻开崭新一页,相信姜焕发在今后的创作中,会写出更
多脍炙人口的诗篇。

(原载 2005 年第 2 期《青岛文学》)

活着的姿态

　　五十四年花开无果，她和寂寞共寝，与孤独厮守，爱得凄美而决绝。"泪眼问花花不语，乱红飞过秋千去"，茫茫人海，在最不该相遇的时候，相爱了。沧海桑田，白云苍狗间，时光走远了，而爱，还留在那里，以最凛然最动容的姿态，诠释着成全之美，爱到心碎。如今，人无言，天亦落泪。

活着的姿态

2014 年 7 月，一个名为"ALS 冰桶挑战"游戏在美国风靡，并迅速蔓延。参与者在网上发布被冰水浇遍全身的视频，然后点名要求其他人来参加。活动规定，被邀请者要在 24 小时之内接受挑战，要么就选择为对抗肌萎缩侧索硬化症协会捐出 100 美元。该活动旨在让更多人知道被称为"渐冻人"的罕见疾病，同时达到募捐的目的。

"给我来桶冰水，我也要挑战。"王甲用眼睛在电脑上说。呼吸机的马达在工作着，他戴着氧气面罩，全身僵硬，唯一能动的眼珠望向母亲。此刻，他与这恶疾已对抗了 7 年。

突患绝症被坚冰禁锢住的鲜活生命

王甲出生在吉林省白城市，他喜欢文学，痴迷音乐和书法。10 岁加入中国青少年书法协会，15 岁作品入选《跨世纪中国艺坛奇才》。在东北师范大学视觉艺术学院读书时，曾经挥舞着拖把，蘸着墨汁，在 8 米白绢上写大大的"爱"字，献给非典时期的白衣天使，被同学誉为书法王子。他酷爱运动，崇拜阿伦·艾弗森，是校园小有名气的"篮球三剑客"。每次外出，他健硕帅气的外形总能吸引眼球。

在同学眼里，他是上帝宠爱的人，大学一毕业，就从 2000 多名竞聘者中脱颖而出，被中国印刷总公司录用。那一年，北京卫生局贴满大街小巷的"预防流感，接种疫苗"的温情招贴，那是他的得意之作，他主持设计的中国印刷博物馆数字馆，得到盛赞。在这个被众多设计师向往的平台上，他如鱼得水，创作出许多经典作品。一年后，被破格晋升为设计部负责人。

可是，天妒英才，2007 年 7 月，灾难突然降临了。他发现手没力气，攥不紧拳头。到了 10 月底，说话开始"呜噜呜噜"含糊不清。医生初步怀疑是"神经元症"。这是世界罕见的绝症，患者的肌肉会逐渐萎缩，最后丧失各种功能，直到呼吸衰竭。

"一定是医生误诊！"他不相信。然而，12 月 11 日，在北京大学第三医院，他确诊患上了"肌萎缩侧索硬化症"，俗称"渐冻人症"。他才 24 岁，刚刚参加完总公司举办的运动会，并以百米 10 秒 37 的成绩获得冠军。

眼泪虽在眼眶中，可骨子里的倔强占了上风，他照样去上班，去健身。他走得歪歪扭扭，别人蹭一下，都会打个趔趄，到站一个刹车，就会摔倒，每次重新爬起来，他故意把脚步迈得更有力。

可是，病魔没因他的不服输被吓退，病情没因各种苦药、火灸、拔筋的治疗停止恶化。他从跛蹐走路到坐上了轮椅，公司的一纸解聘书也递到面前，他沉默了。一个年轻鲜活的生命，从天堂坠入了地狱。

一场心灵地震带来的破冰之旅

2008 年 5 月 12 日的汶川大地震，给王甲带来强烈震撼，面对无数死难同胞，他泪流满面，暂时忘记了自己的痛。他从捉襟见肘的钱袋里拿出 200 元捐给灾区，用不听使唤的手，情不自禁写下"中国人的脊梁"几个毛笔字。他用了许多"大词"来诉说感受，比如祖国、民族、同胞，以前他不喜欢用，可现在他不认为它们空洞，而是包含血肉，最能传达人在危难困境中需要的一种力量。他一口气又创作了两幅呼吁同胞振作的海报，被《现代商业银行》杂志发现并采用。

作品得到认可，原来自己还有价值，王甲把这3000元稿费捐给了灾区。他重新拾起了信心，投入到心爱的设计中。每天，父母推他到电脑桌旁，把他唯一能动的那只手指放在鼠标上，一幅幅设计作品诞生了。

王甲应博友清净之莲的邀请，为《天天》杂志创刊号设计的封面，大气唯美，静谧中蕴含万物萌发的画面，特别吻合刊物风格。一直和他在网上交流的清净之莲，想象不出这富有创意的设计，这跳脱灵动充满智慧的文字，出自一位身患绝症的青年之手。她亲自从大连飞到北京探望王甲，并写下了一篇《融化渐冻的心》。博文很快传播开来，感动了无数网友，汇款单从四面八方涌来，有人登门看望，还有人专程前去想从他身上汲取生活的力量。

王甲的心灵再次受到震撼，他开始广泛接触社会和人群，参加公益活动，与病友交流，给同样患渐冻人症的科学家霍金写信，霍金来信鼓励他将目光放到残疾不可阻挡的事业之上，并且坚定地将它做下去。这给了王甲莫大鼓舞。

2011年8月21日，王甲在慈善晚会上拍卖两幅设计作品《渐冻的心炙热的灵魂》、《国魂》，将30万善款全部捐给儿童星光基金。他用一首诗《燃冰》来表达情怀，感恩所有给予他温暖的人。在虹妈的帮助下，他在宋庆龄基金会成立了渐冻人基金，以帮助这个群体。

2012年7月，他的第一部书《人生没有假如——一个"渐冻人"的悟与行》，由化学工业出版社出版发行。他用一根手指敲出的二十万字，是生命的奇迹。李连杰、周杰伦、周涛等百位文艺界体育界人士被他的精神所感动，以各种方式给予支持和鼓励。

王甲在肉身的禁锢中，挣扎着伸出一根手指，探索生命的色彩。仿佛匍匐在千仞之上，在翻越一座座高山时，留下了顽强而有质地的生命足迹。他被评为"身边的雷锋·最美北京人"，他是"2012 年度平凡的良心"和"2012 年度北京榜样"，他被《人物》杂志评为"2014 年 30 大人物"。

2015 年 4 月，王甲的传纪《不可阻挡用眼睛书写生命》由北京大学出版社出版发行，中国宋庆龄基金会主席胡启立先生亲自作序，称他是一个真正的钢铁战士，用生命发射的光芒，鼓舞了所有的人。6 月 27 日上午，中国宋庆龄基金会在北京宋庆龄故居举行了王甲新书新闻发布会。

残酷的命运只给王甲留下了一双眼珠，他用它寻找生命的出口，让残缺的生命，一直飞翔，永不妥协。

人生在最黑暗时要努力成为发光体

与王甲面对面采访，能深切感受到他的阳光和坚毅，他眼神里透出一股劲，有着不动声色的穿透力。借助眼控仪，王甲用眼睛回答了笔者的问题。

笔者：作为一名出色的设计师，你认为设计的最高境界是什么？

王甲：成为艺术品是设计的最高境界。设计就是把一个很平凡的事物，用设计理念把它转变成另一个概念，思维和实际的东西做到相互融合，至繁归于至简，才能准确传达出要表达的东西。

生病后，我对设计理念有更深的理解。第一届北京 ALS 国际学术研讨会上，我设计了一幅海报，把"冰"与"火"两种元素放了一起，几块冰燃着火焰，冰在融化，那是渐冻人冰封住的体内，潜藏着炙热的对生活的爱，对温暖的渴望。这个设计语言里有我灵魂深处文字难以名状的激情和哀伤。当设计有了情感投入，才有灵魂，有灵魂的东西是活的，让人过目不忘。

笔者：你在书里最想告诉读者什么？

王甲：生命是脆弱的，也是坚强的。对生命多一份尊重和理解，让自己在繁杂世界里，学会感知幸福。无论你身处什么境遇，都不要绝望，学会奉献，懂得去爱。

人生在最黑暗的时候，要努力成为发光体，帮助自己度过无助艰难的时刻。越是黑暗的就越接近光明，如果你找不到任何希望，就把自己变成那不可阻挡的光源。

对于渐冻人来说，我的肉身现在成了摆设，灵魂是否丰富和强大，决定我的生命质量。我在梳理内心，寻找答案，文字给了我力量和滋养，我期待读者同样能从中得到。

笔者：你有过绝望时刻吗？是怎样度过去的？

王甲：我曾梦想成为一流设计师。从大栅栏到东四十条，上班大约40分钟路程，我骑着自行车，挂着耳机听张韶涵的《隐形的翅膀》。我拼命工作，希望有一天成为父母的骄傲，让他们过上幸福生活。当一切成为泡影，我的天空塌了下来，看不到亮光和任何希望，如同人走在刀尖上，每一分钟都是痛苦的煎熬，心里特别绝望。

当我为汶川大地震设计的公益海报被《现代商业银行》杂志采用，我重新振作起来，开始设计、写诗、出书、做公益。忽然发现，原来每向前走一步，都别有洞天，我的存在有了价值，我终于找到了出口，走出黑暗，并写下了属于自己的传奇。

笔者：活出一种姿态，对你来说意味着什么？

王甲：医生说我最多能活2年，可我已坚持了8年。从最初的惧怕死亡，到不甘心，到现在的坦然面对。活着，有价值的活着，对我而言，是生命巨痛里的一种抚慰，是感恩父母大爱的告白，是心中依然有梦的真实呈现。我是一条"腐朽的糟糠之船"，风浪仍在击打着我，可我从未停止前行，努力开辟一条条新的航道，到达可能到达的地方，不放弃追梦，不停止思想。

（原载 2016 年第 1 期《中国青年》）

绝版美人

高颜值女子，总让人津津乐道，从古到今莫不如此。在人类历史和文化生活中，女性美是永恒的话题。中国古典诗词歌赋里，神话、民间故事里，毫不吝啬称赞女性的美。

不同年代，对美女的甄别标准不尽相同，汉代以前，对女性的审美只注重面部形象，五官精致是衡量美女的标准。魏晋时期，注重衣着和头饰，魏文帝喜欢打扮华丽并将头发挽成蝉翼形的妃子，引来女子争相效仿。唐朝以胖为美，女子可袒胸露臂，崇尚宽额头、圆圆脸、肤白体胖的女子，身材肥腴的杨玉环成了倾国倾城的最美女人。西汉汉成帝宠爱舞技绝妙的赵飞燕，细腰是美女的标准，身姿窈窕轻盈的赵飞燕，成了绝代佳人。

东西方对美女的诠释也迥然有别，米兰拉德尼宫展出的"极致之美"摄影展，就揭示了女性的各种美，以及美的价值和变迁。展览展出了过去75年来由17位摄影师所拍摄的近100幅作品，从75年来人们的审美变迁中，从形态各异的美女中，可以窥视民众审美的演变。

美的东西总是给人带来舒服的视觉享受。王尔德曾说："唯有美才是时间不能翦灭的。哲理消失了，宗教信念不再存在，但美的生命常在。它是老少皆宜的恩物，是世上每个人的食量，甚至是永恒的财富。"

有关美女的标准仁者见仁，智者见智。天生丽质是一种美，气质脱俗是一种美，性情洒脱也是一种美。如今，大街小巷，随处可见漂亮女孩，人造的美女更是比比皆是。大凡长得不丑，都会被人称作美女，"美女"几乎成了女人的称谓了。而旧日称得上美女可了不得，除在外貌上肯定滋养过众人眼球，有绝色出众之处外，还得在街坊里口口相传，故事里出故事，才能在众人的演绎里美名远扬，含金量很高。

我也喜欢看美女，乐意听有关美女的故事，特别是那种在街坊里流传许久，有故事，经多种版本演绎过的美女。

十五年前，我还真有耳福亲自听一位长者讲过，此长辈嗜好搜寻小城美人故事，自称半仙。

一日，朋友闲聚，酒至小醉，半仙开口道，有一位美人，美得嫁不出去了，因为全城的男人，没一个有资格娶她，根本配不上。我们的好奇心被他一席话吊足胃口，齐刷刷凝神侧目，屏住呼吸，恨不得他用说快板书一样的巧舌，将美人活脱脱栩栩如生出来。见众人兴趣盎然，半仙打开了话匣子。

他说，那日我与一位画家专程去拜见美人，因路途较远，当我们赶到时，太阳已落西山。见到美人的刹那，我与画家不知所措，手脚不知搁哪儿才合适，眼神不知落在哪里妥当，呆呆地立着，如一幅版画，当美人请坐时才反应过来。一向坐无姿立无相的画家，此时双脚并拢，腰板挺直，端庄落座，我俩好像商量好似的，不约而同两肩低垂，双手平伸，右手放在右腿上，左手放在左腿上，中规中矩坐在美人面前。整个屋子里的空气温而静，弥漫着朝圣般的气息，间或的几句说话声如踩着棉絮般软软的、细细碎碎的，不甚清晰，或许根本就不在意到底说了些什么。坐了半个多小时，我和画家起身告辞，美人送出门。

这时天色已完全黑下来，送我们走了几步，美人忽然止步了。我俩驻足，一起回头看，这时一弯月亮正皎洁在夜空中，美人送客留步的位置是那样恰到好处，如再向前多迈一步，就显得有些热情过度，如再向后退一步，就显得有些怠慢，夜幕下，看上去她整个人与月亮在一起，是那样只可欣赏不可攀得。我俩一边向前慢慢挪动脚步，一边回头用眼睛写意着美人和月亮的交相辉映，可谓一步三回头。

当晚是赶不回去了，我和画家就近找了家旅馆住下。看时间不晚，走进一家电影室，室内正在放映一部喜剧片。看到半场，我耳边传来啜泣声，继而是呜咽声，寻声望去，竟是画家在哭泣。室内看电影的人全都循声看过来，一个大男人家的，呜呜地哭，旁若无人。大家就不明白了，电影情节实在令人捧腹，他为何伤心？我问画家，画家擦着眼泪，一字一顿地说："她太美了，我失去了想象力，这阵心里难受，有好多话，想说又说不出来。"原来画家压根没心思看电影，正满脑子过映着美人呢。看他"端着"汹涌泪水如坐针毡，我只好带他离场。

到了旅馆，我俩各自打了一盆热水，坐在床边将脚泡进去，画家依然埋头不语。沉默了好一会儿，我说，真是不枉此行啊，你今天终于见到了，美人名不虚传是不？我的话音还未落，只听"嘭"一声，画家从床边突然窜起，一脚踩翻洗脚盆，飞溅着水浪，指着我的鼻子大声喊叫："她是我姐姐！我姐姐！今后不允许你再放肆叫她美人！"我向后仰着脖子，大张着嘴巴，惊呆了。

半仙说到此，我们一齐发出惊讶声，这美人经他一描述，真是生动传神啊，惊叹之余，听故事的这一班人也想去拜见拜见美人。

半仙迷雾着一双醉眼，吐出一口烟圈，慢条斯理地说，她在城东天河镇，现年52岁，五月初已嫁为人妻到大城市落户去了。啊?！我们再一次同声惊呼：好一个半仙！好一个绝版美人!

原来,这位美人是半仙暗恋了二十年的梦中情人。要有多少臆想的成分,才能如此描述心中的美人呢?我们不禁哑然失笑。

好马配好鞍,难道描述美人也得有半仙的功力才能相得益彰?我自惭形秽,每每遇见美人,怎么也搜不出好词来形容。就说前天,我在八大关,巧遇一现代版都市美人。只见她越走越近,那衣着,那步态,那形体,那神韵,那随风飘动的长发,此时没有音乐,而我分明感觉到了一种节奏,此时没有颂诗,而我分明读到了一种华采,我找不到好词来形容,正着急,她已与我一步之遥,我瞬间被一种逼人的气韵扼住,窒息在她陶瓷般润泽的肤色里,呼吸戛然暂停,我终于亲自体验了一把什么叫"致命"的美丽。

(原载 2009 年 3 月 12 日《北海晚报》,有删节)

"剩男"最爱"半淑女"

古代，淑女是待在《诗经》里的"君子好逑"；眼下，淑女是嘴巴笑成月牙，走路风摆杨柳的林志玲，是回眸一笑百媚生的董洁。有人说，现代社会是一个崇尚个性的时代，喜欢淑女的人似乎越来越少，比如超女比赛，胜出者多半是中性的假小子，校园里正流行野蛮女友。尽管这现象让许多学究们大跌眼镜，相当费解，但实际情况的确如此。"半淑女"的出现，着实迎合了一拨饮食男人的胃口。"半淑女"关键字眼在这"半"上，大龄熟男们处在怀旧和潮流的夹缝中。温柔、娴静、雅致的淑然之气令他们无法抗拒，那是他们收藏在相册里的旧梦，奔放、风情、时尚的现代气息，对他们又有着销魂蚀骨的致命吸引，而朴实、家常、温暖的烟火味道更是他们依赖的油盐酱醋。"半淑女"的外在形象、内在性情和生活化状态，结合起来就是挡不住的诱惑，就是他们的最爱。

"半淑女"，外表文静略显羞涩，内心却热情奔放的女人，有着良好教养和传统意义上的道德约束。她们大多经济独立，爱好广泛，低调做人，高调追求幸福生活。看上去养眼舒心，恍然回到在河之洲。如同触嘴可及的满汉全席，享用时色香味俱全，上得厅堂，下得厨房，介于淑女和俗女之间，各种职场应付起来游刃有余，媚惑和风情隐约在居家烟火里，适合的场地，总会流露出媚惑和风骚。

我们办公室里就上演过一出真人版"剩男"和"半淑女"

191

的恋爱故事。

1

那天，刘姐悄悄跟我耳语，说猎头公司为单位挖来几位营销骨干，其中有位型男，人事部已决定分给市场三部，说我们部男丁不旺，业绩欠佳，团队里少了异性混搭造成的疲软现象，领导是看在眼里的。我说去你的，要是衰男掺和进来，那业绩岂不滑铁卢了？

刘姐是出了名的内部消息主播，人事部有什么大小新闻，没等公布，早已走漏了风声，她的大嘴巴功不可没。

我关心的是这位型男是不是王老五，我们市场三部是公司的美女集中营，目前还有3款单女，正处在热火朝天海选男友时段。

刘姐笑得一脸花褶子："我跟你说，此型男30岁，叫李斌，人长得没的说，绝对貌似潘安，单身王老五，还没来得及'婚'过去。现在有好戏了，看来你们办公室的美女们要上演争夺战。"

"看你说的，要是抢手货早就婚了不是？哪会人到30还落单？如今可是剩女时代，优质剩男稀缺得很，除非他择友条件苛刻到变态，或者……"李斌还没出场，我俩就卯足了劲发挥想象力。

没想到几天后，当李斌风度翩翩出现在办公室时，所有人都呆了。他微笑着和每个人打招呼，举手投足绝对阅足世面的样子，典型的熟男形象。说实话，他长得的确很有型，办公室的3款美女，瞬间像遭遇了化学反应，面部表情不约而同地起了变化，像张爱玲见到胡兰成，心底里开出花来了。戴黎弯着一对桃花眼走过去，笑嘻嘻地说："看你长着一副名星脸，来我们公司大材小用了啊，如果演电影没准粉丝一大堆。"不愧是职场上的"白骨精",第一次见,戴黎竟热络得像遇到老朋友般调侃起来,说得李斌呵呵笑:"那你不就成了星探了?"这小子还挺幽默。

戴黎是我们办公室的电眼美女,不仅打扮入时,而且工作能力过人,据说还是酒桌上的不倒女,有"酒仙"之美誉,靠喝酒拼下来的业绩曾被我们演绎成佳话。

这阵儿,所有人都笑出了声。穆小娅笑得最响,她是单位有名的辣女,口齿伶俐,热情开朗,做事雷厉风行,喜欢标新立异,极受小年青们的追棒,有小强人之称。

坐在窗边的徐添,抱着一杯绿茶笑吟吟地看着新人李斌,她总是这样,热闹场合里永远的配角,八卦新闻里,有关她的消息多半是"跑龙套"级别,24 岁了,眼神不经意间竟有一丝羞涩。在这个张扬色彩的时代,她的妆容淡如清水,和穆小娅的热辣裤装相比,她那袅袅婷婷的长裙,有点在水一方的味道,穿衣打扮,总是缺那么点现代另类女孩的劲爆,不过偶尔也爱听听八卦的她,还称不上琼瑶笔下的绝对淑女,一言以蔽之,是徘徊于俗与淑之间的那种。

这下好了,业绩长期处于低迷状态的市场三部,因为李斌的加盟,着实带来一股新鲜刺激。大家像吃了大麻,没来由地精神抖擞起来。每周例会上,以往总找各种理由缺席的戴黎,双眼修饰得格外用心,长睫毛如两把小刷子,时不时地扫向李斌,穆小娅的火爆脾气不见了,说话慢条斯理的,一向温声软语的徐添,音调忽然就清脆起来。

2

李斌的个人魅力的确不容小觑,不仅业务能力超强,而且为人处事很有分寸,眼睛总是若有所思状,好像洞悉了一切,却又藏而不露,的确令"熟女"们着迷。我们团队的成员精神状态出奇地好，成功策划了一个又一个营销活动，业绩一路飙升。3月份，集团推出新产品展销会，市场三部为展销会预热筹划的露天晚会被公司采纳。

那天，市场三部的人出尽了风头，戴黎过关斩将被选为晚会主持，她一亮相，惊艳四座，简直和专业主持有一拼。更绝的是穆小娅，没想到她还有演讲才能，将我们的新产品声情并茂地包装成了国际一流，将公司"创新责任"的理念解读得像一首史诗。这场面把我感染得一塌糊涂，手掌都拍痛了。

令人做梦也想不到的是徐添，她竟然获了设计大赛二等奖。之前我们面向社会公开征集新产品推介会标志设计大赛，收到近千份作品。当设计部刘部长揭开密封的获奖名单，读到徐添的名字时，我的嘴巴张成O形，她也会平面设计？也能创意出精美的logo来？这不是她的专业啊。我们让她交代啥时候学的这玩艺儿，她笑着说："闲着没事自学的，我在设计网站上经常投标的，还中过好几回呢，玩玩罢了，挺有趣的。"真没想到，平日默默无闻的徐添，关键时刻，也会表现一把。

3

因新产品推介会的大获成功，市场三部成了明星团队，这段时间单位的八卦新闻头条几乎全被我们包揽。"李斌和穆小娅闪恋了，昨晚有人看见他们在'海边人'酒吧里暧昧。"刘姐一大早就跑过来和我耳语。

"终于锁定目标了！这个李斌免疫力强大，经得住美女的包围战，这么长时间了，没整出点故事来，我都着急了。"我脱口而出。

"不对啊，我怎么觉得李斌迷上的是戴黎！"我说，"这可是眼见为实的。"

刘姐伸长脖子屏气凝神，听我娓娓道出事情的经过。我说那天徐添过生日，请办公室所有同事到她家里聚聚，下班时间一到，"贵宾"们欣然去赴家宴。待我们提着礼物敲门时，客厅里传来《卡农》的钢琴曲，那浪漫清新的调子，与我们兴致勃勃的莽撞样有些犯冲，大家就揶揄徐添，是不是故意想格调得我们无颜进门。

宴会上，主角徐添成了厨师，端上来的小菜个个色香味俱全，真看不出，这个看上去不食人间烟火的主儿，厨艺了得。那天晚上，戴黎反客为主了，整个晚上像一颗最闪亮的星星，你不想捧她都难。这款美女不仅能喝酒，思维也跳跃，加上妙语连珠，我们都喜欢死她了。万万没想到，这传说中的酒仙破天荒酩酊大醉，她迷雾着醉眼竟然倒在了李斌怀里，呓语着让他送。我们都笑得前仰后合，借着酒力把他们推搡到楼下。后来，听小道消息称，李斌打车把戴黎送回家时，她已是软泥一摊，是李斌把她生生一步一步背上楼的。想想看，孤男寡女的，你有情我有意，不闪恋是没有道理的。

我和刘姐说到兴奋处击掌打赌，李斌和谁拖拍，到底哪一个版本靠谱呢？

正说着，李斌推门进来。刘姐笑着揶揄道："我可逮着你了，昨晚和谁在一起？"

李斌嘿嘿一笑："刘姐哪只眼偷窥的啊？没有的事。"

我向前探了探身子："那你到底喜欢啥样子的嘛，我帮你物色物色？"

"没要求，看着顺眼，有感觉就好。"看来李斌是不会说实话的，"这样吧，明晚咱单位举办庆功会，你爱上哪位就请哪位跳舞，满足一下我们好奇者的偷窥欲，怎样？"我提议。

李斌笑着点了点头。

集团的庆功会如期进行，碰杯声响成一片，大家在乐曲声中举筷海吃畅饮。舞池里开始有人起舞，1 对、2 对、3 对……气氛顿时要多浪漫有多浪漫。快三、慢四、华尔兹……一支舞曲结束，另一曲又响起来。而李斌竟然坐着不动。这可把我和刘姐急坏了，眼巴巴地盯着他。

一支拉丁舞响起来，突然李斌站起来了，他径直走向徐添，啊?! 徐添欣然起身，众目睽睽之下，他们旋入舞池。这样一个热情四射的舞种，这样文静内敛的姑娘，我惊呆了！别说，她的一招一式相当到位，眼神里还骤然迸发出了一丝丝狂野，配合着推拉扭转的动作。我知道了，这就是传说中的"闷骚"女人。

一曲完毕，李斌拿过话筒："感谢公司给了我这样好的发展平台，感谢市场三部全体同人对我的厚爱和支持，感谢上帝赐我迟来的爱情。"说完，他和徐添相视一笑，牵手走下舞池。

第二年，我们参加了李斌和徐添的婚礼。

婚礼上，许多女孩向徐添请教，怎样俘获李斌的，她笑而不答。"半淑女"总是随身携带一套明暗结合得恰到好处的"魅功"，让人感觉内敛时是邻家学妹，偶露风情时是一只火狐狸，不露痕迹地摄人魂魄。

我与徐添共事多年，她的确是一个有脑子懂生活，关键时候能把握住幸福的女孩。面对心仪的"熟男"，她知道怎样揣摩对方的心思，懂得什么时机下暗示好感，当"熟男"对她兴趣盎然时，她立马把握住，让熟男倾心地爱上自己，两情相悦时，收获一场完美的爱情。

（原载 2009 年 9 月 1 日《今日女报》）

月亮的暗示

相传古代齐国丑女无盐，幼时曾虔诚拜月，长大后以超群品德和才情入宫，但未被宠幸。某年八月十五，齐王在月光下见到她，觉得她很美，就立她为王后。中秋拜月也由此而来。故少女拜月有祈求自己"貌似嫦娥，面如皓月"一说。

其实所有妙龄女子，在灯影月光下，无一例外都会陡增几分姿色的，被月光濯洗的心境也格外澄澈妙曼。所以，恋人间月下传情达意，共舞浪漫之事，很大成分是因了月亮的"撮合"吧？

这"撮合"而来的故事里，有数不胜数的"月亮代表我的心"，写入经典，传为美谈，有着源源不尽的诗情画意。"月下老"也成了约定俗成的红娘，牵线搭桥，成人之美，乐此不疲。当然，月下同样也会生发匪夷所思的事情。不过，那些事情因了月亮的参与，变得极其暧昧，或许还会让人丧失判断力。即便有人此刻图谋不轨，也会缠绕上一层"情丝"渲染过的面纱，散发脉脉含情的味道，让人难辨真伪，甚至愿意专挑"好"字展开遐想，如果不能，就干脆以"都是月亮惹的祸"来释怀。

日本作家天藤湘子的自传《流氓的月亮》，书名着实吸引眼球。这本在日本引起轰动，畅销欧洲，眼下正走红的小说，其题目颠覆了以前的阅读习惯。一向被喻为柔情万种的月亮，成了流氓，作者离经叛道的小说名字，太新鲜了，有着疯狂的创意，暗合着作者不羁而传奇的人生经历。

说起流氓月亮，忽然就想起生活中的一则故事。这是很多年前的事了。有位同学遭遇情感困惑，若即若离的男友令她苦恼不已，她写信向我诉苦，讲述他们曾经的早恋。高考前一天晚上，他俩偷偷溜出校门，说出了一直埋在心底的秘密。18岁的年龄，情窦初开，互诉衷肠带给他们的欢喜，如一场飓风，把暗流涌动的一池春水，掀起了浪花，两人瞬间被激情淹没了。原来互相表达爱慕，是那样美，那样酣畅，让人忘了时间，忘了自己，甚至全然不管不顾了。就这样，他们在黑漆漆的夜色中，在校园高墙外，一圈又一圈走了整整一夜，直到东方发白，才猛然想起马上要高考了。

一夜未眠走进考场，他们双双高考失利，她落榜了，他勉强上了中专。不过，高考惨败的痛苦，很快被初恋的甜蜜冲淡了。那段时间，他们每天互通信件，在纸上耕种着希冀，规划着未来。可是好景不长，他提出了分手，理由是家人不同意。正处在热恋中的她，无法接受，想极力挽留。他态度明朗，劝她正视现实。后来，他们中断联系，再后来，听说他有了女友。渐渐地，她也从情感受挫的沼泽地里走了出来。事情似乎已经过去了，可是有一天，他突然出现了。她看见他时，他正两手插进裤兜，微笑着站单位门口，他说来办点事，顺便来看看她。

作为曾经的初恋对象，她陪老同学到处走了走，避开感情不谈，说其他，天南海北，扯东拉西，眼见着时间不早了，她提醒他末班车要到了，他说不急，最终真的没赶上返回的车。那就只好住下了。她带他到镇上菜馆吃了饭，出来时，已是满天星斗，一弯上弦月冒了出来，皎洁的月亮，高高挂在天际，很是抢眼。路边的草地有些潮湿，乡野的晚风清新又凉爽，四周静得令人心慌。此时此刻，他们不再说话，好像也找不到适当的话题。悄无声息里，夜色像极了一张厚厚棉布，密不透风地压下来，越来越重，越来越低，压抑着夜行人的呼吸，那一刻，所有酝酿许久的话语都说不出来了。曲折的小路上，只有两人的脚步声，急促而又欢快，沙沙前行。

十里路，到家时已近夜深。她的母亲见借宿的客人远道而来，忙做夜宵。等他们吃完，倦意已袭来。她为他整理好床铺，转身随手关灯，嘱咐他好好休息。

一抬头，月亮正悬在窗外，温润的光线款款而入，斜斜地映上窗楣，轻柔地流泻，她绯红而细嫩的面颊，在月影下那么柔和生动。突然，她感到身子一斜，被他一把拉进怀里，紧紧抱住，耳边传来他沾着月色的低语："陪我，留下来，好不好？"一瞬间，她的大脑不着一字，空白处只听见心在怦怦直跳。停滞了几秒，她回过神来，最终抵挡住了眼前的诱惑，跌跌撞撞回到母亲屋里了。这一夜她没睡好，兴奋，激动，丢失了的爱情又回来了？她在翻来覆去的难眠中思量着，过影着刚才的一幕。

第二天，她早早过去叫醒他，发现他的脸已冷若冰霜，与昨夜的热烈判若两人。好长一段时间里，她实在是太困惑了，人依然像在睡梦中，总想搞明白，那个晚上他的心思，总也忘不掉那一刻，还有夜的燃烧，还有暧昧的月亮，那情那景，到底是为什么呢？她来信让我出答案，记得当时我用很诗意的口气说："可能是月亮的暗示吧。"想想看，说出这样的话，实在是太不负责任，可那个什么都纯美的天真年纪，以我当时的理解方式，这是唯一的答案了。我在回信中自以为是地说道："要怪只能怪月亮吧，是它惹的祸。"

其实，没法追究他对她到底爱不爱，就单独说一说那晚的纯粹吧，纯粹得只剩下两个人的世界，现实中的诸多障碍，牵绊，俗世的一切都隐退了，理性的束缚也化为乌有，冲动被放逐，那一刻只为身体的欲望留有空隙。等天大亮，一觉醒来，月亮没有了，激情的潮水也消退得了无踪影，俗世里林林总总又立马包抄过来，将很现实的东西重新摆上桌面，横亘在他们之间，拉开距离，他又冷静下来。不是吗？

然而，给人以暗示的月亮多无辜啊，它那么纯净，它有意设置的氛围一点也不阴暗，纯净到什么也不去想，只想美好之感觉，只看彼此的笑靥。

如今想来，我对同学那场看似游戏般的旧事，给出的答案，实在是牵强得好笑。可是，细细想来，多少时刻里，我们的生活中，又有多少人，不也是在为自私和冲动，为不当的行为披上华服，挖空心思找来说辞，在开脱和推诿责任时，不也在动用如簧巧舌，动用大道理，动用哲学心理学，动用存在即合理，甚至动用人性和高尚这样的词汇，为经不起探究的操行寻觅理由，为不能正面示人的各种欲望涂上诗意美的外衣呢？

（原载2007年第10期《山东文学》增刊）

周老师其人其事

梭罗说："我到瓦尔登湖，去的目的并不是去节俭地生活，也不是去挥霍，而是去经营一些私事，为的是在那儿尽量少些麻烦，免得我因为缺乏常识，事业又小，又不懂生意经，做出傻事甚至凄惨的事情来。"

初识周老师，是通过他的应聘简历。那时我们公司要创办一所民营学校，正面向全国招聘教师。周老师寄来的一沓厚厚材料，在众多应聘者中很显眼。从材料中得知，他不仅有着高级教师职称，而且是教学骨干。这样有资历的教师当然受欢迎，公司立即向他发出邀请，在学校还没正式开学之时，让他提前到校，参与学校的筹备及招生工作，并委任他为教务处主任。

与周老师面对面接触，是在学校招生办公室里。他整个人看上去极清瘦，脸色泛黄，高高的个子，微微耸着肩，不太舒展，像是怕冷的样子。他有些讷言，可举手投足之间，读书人气质仍若隐若现，流露出为人师受人敬重的神态。

不想，还没等到九月一日正式开学，周老师就被学校委婉辞退了。据说，学校担心他无法胜任岗位，因为他多年前就已离开讲台，对现行基础教育已非常陌生了。尽管未被学校聘用，但他继续借住在教师宿舍里。一天，他走进我的办公室，说要回趟乡下老家，他已把学校办公室的电话号码给了外地的一位同学，让我帮他留意接一下随时可能打来的电话。说完显出难为情的样子。

那时已是深秋，当我向周老师传话，说接到他同学的电话，过几天同学要来看他时，电话那头传来他和羊叫掺杂在一起的声音。这羊叫的声音像一个走丢又饿极了的孩子在咩咩地哭。

周老师回来后送我一袋花生以示答谢。那天我们聊了不少。原来，周老师曾是一位乡村民办教师，恢复高考第二年考入大学。谈起大学生活他很得意，说他的第一篇小说就是被学校广播站连播的。他考试时总喜欢以超出常规和讲义范围的见解答题，曾引起师生热议，成了当时校园里小有名气的才子。毕业时学校让他留在大学任教，中文系主任一家也看好了他，并有意把女儿嫁给他。可是，周老师没有答应，那时他一心想回家，家里还有父亲和两个妹妹，他是家里的顶梁柱。说起家里的穷，周老师说上大学时他只有一条裤子，脏了洗一洗，第二天再穿。有一次他洗了衣服，搭在床头的铁丝上晾着，第二天伸手扯衣服时，不小心倒栽下来，整个人连同晾衣服的铁丝和钉子一起从二层床上扑下来，那钉子把他的上唇划开了一道血口子，那是"穷"字第一次留在他脸上的印记。

毕业后，周老师如愿分配到老家一所中学任教。他开始写小说，短篇小说《孤峰》在《青年文学家》杂志发表后一发不可收，全国多家文学月刊相继刊登他的作品。那是八十年代中期，文学狂热时代，他受到众多女子青睐。也是在那个时候，他与岛城一位工程师相识并结婚，第二年调往青岛，在一所中学任教。任教期间，他教学出色，辅导的学生作文常常见报，他的文章也在各大媒体发表，引来语文组老师的羡慕。有位老师平时也喜欢舞文弄墨，可投出去的稿子总是石沉大海，为评职称，周老师发表文章时，他要求也署上自己的名字，周老师从不计较。那时他在学校不仅受到校长器重，也深得老师们的尊敬。

尽管工作很顺利，可是由于没有婚房，夫妻依然各自住在单身宿舍里。面对高干家庭长大的妻子，周老师一直很自卑。穷日子也给两人生活造成很多不愉快。后来妻子考上托福去了美国，他们的婚姻就此结束。周老师又和一位企业女工开始了第二次婚姻。

遭遇家庭变故，周老师认为，这都是穷造成的，于是，想富裕起来的念头越来越强烈地纠缠着他。那个时期，下海潮的冲击波一浪高过一浪，巨大的诱惑使周老师寝食难安。终于，1993 年，周老师毅然辞去公职，开始了自己的致富之路。他回到老家将院子四周建了兔舍，办起了家庭养殖场，由于经济条件和技术跟不上，他养的一千只兔子成批死亡，他用尼龙袋子装着偷偷埋在自家田地里。他又建了塑料大棚，种植食用菌。尽管他精心管理，但菌丝还是没长满，加上种种原因，最后不得不全部报废。十年间，他先后搞过养殖、种植、贩卖过耕牛等，但都没有如他期待的那样发财致富，不但没赚到钱，反倒使他的第二次婚姻宣告失败。孑然一身的他为解决一日三餐，想到再执教鞭拾起老本行。这不，来民办学校应聘岗位了。可是，没有如愿。

日子一天天过去，校园里还会看见周老师进进出出的。偶尔周老师会拿来他的新作给我看。每次阅读我都吃惊不小。那轻松、调侃、逍遥自在的文字与眼前潦倒的他一点不相干。我相当纳闷，曾经问他，看你写的，帐中进来一群蚊子叮咬，你竟洋洋洒洒二千字，演绎成蚊姐蚊妹在亲近你，在给你跳舞，还喜滋滋的蛮高兴，是真实的感受吗？他一笑，又赶紧抿上嘴，生怕露出牙齿，眼神间或闪现四十四岁男人不该有的一丝羞怯，他说是，我疑惑了。那段时间，他常请我将他的稿子投到《中国教育报》、《现代教育导报》、《教师之家》、《师道》等报刊。结果，那些随笔《扁豆·吊瓜》、《被笑的牙齿》、《吃茶》等很快就变成了铅字。那几张百八十元的稿酬着实应了他的急。靠这些偶尔收到的微薄稿酬度日显然不行。我发现要吃午饭时，他总是避开食堂。我问他怎不吃饭，他边走边嘟囔说宿舍里有花生和炒面。我直言问周老师，是不是没钱吃饭了，他点头。我说我这里有啊。他说，上次借你的钱没还哪好意思再开口。阳光洒在他清瘦清瘦的脸上，皮肤干躁，如一块焦渴缺水的田地，如果一滴水落在上面立马会渗进去似的。

我建议周老师利用笔杆子赚钱，比如给企业写写广告什么的。周老师说言之有理。他跑到某个记者站搞到一个记者证，居然事情还没做先交了一百元钱。他开始四处跑，一周后，他说有六家企业和乡镇答应了，这样算下来，一笔可观的收入可到手，没想到这么容易。可是，随后这些广告再也没了下文。

2005年夏天，我突然接到周老师的电话，声音很响亮，说他正在栈桥看海，让我赶紧过去。我远远就看见周老师站在那里，精神蛮好，见了我咧开嘴笑了。我一看，他镶了牙，前门原来早已掉的几颗牙齿全补上了。他从兜里掏出几张百元钞票，一下送我眼前，说还你钱。他说自己已被市里一所民办高中聘用，校长看了他的简历，相当重视，安排他教高三，管吃住。说完他自信地笑了，露出亮闪闪的烤瓷假牙。

仅仅过了一个月，周老师被学校辞退了。他说有些学生直接问他是不是没送过高三毕业班，许多家长电话打到校长室，他就主动请辞，不好意思待在那里了。

一天下午，我正在办公室打盹。周老师穿着一身泛着红光的西服，手里提着一兜教学软件进来。我说，咦，穿得这样时髦，红衣服啊。他说，三十元钱买的。我奇怪哪里还有三十元的西服，他说他的衣服都不会超过百元。他坐在沙发上谈他近期经历。他说，最近他到学校推销教学软件，没想到，有几个教务主任是他的学生，他们都认出了他，被学生们叫出名字的时候，他想跑，真想找个地缝钻进去。说这些时他将目光投向窗外，好长时间没说话。

还有一件事让周老师哭笑不得。他从一个小广告上得知有一种防火枪用途不少，于是，按广告提供的联系电话打过去。一个小伙子很快来到他的租住屋，拿出样品给他演示。周老师拿着防火枪舞弄，突然，"嗵"一声巨响，他只感觉天旋地转，眼前一片白茫茫，啥也看不见了，双腿筛了糠似的不听使唤，人也晃晃悠悠，他摸索着跟跟跄跄奔出屋。全身已被白色粉末漂成了白人，只有两只惊恐状的眼珠子是黑色的，两个白人呆立在那里，半天才回过神来。原来，周老师扳动了防火枪开关，一下子把麻醉粉打出去了，幸亏没有正面击中要害，要不会休克的。那响声引来了邻居纷纷跑来围观。爆破般的响声，震得屋要塌了似的，的确太吓人了。听他讲到这里，我忍不住哈哈大笑起来。笑过之后，联想到周老师狼狈不堪的样子，心中忽生人生的悲剧感。眼前这位曾经的教师，一个不合时宜无法认知自我的老实人，自从大学毕业踏上社会这个大舞台，自从辞职下海一门心思做开了发财梦，就找不到适合自己演绎的角色了。

这几年一路折腾下来，别说致富，连财富的影子都没瞧见，没有家庭，没有积蓄，甚至连吃饭都成了亟待解决的棘手问题。

去年，周老师又谋到一家中学生作文辅导学校。起初校长看他穿着上个世纪困难时期的衣着，没把他放在眼里，后来，让他答了一份试卷，满分。又听他讲了一堂课，相当满意，就聘用了他。周老师租了间小房子，打算在此长久工作下去。

没想到，前几天，周老师又来单位找我。他的神色游移，一脸凝重，走路飘飘的，无处落脚的样子。他说这家辅导班出了些事，校长与家长没沟通好，辅导班解散了，这月的工资也没发。

周老师从我这里走出去的时候，脚步很轻，一点声音也没有，不知又去了哪里，似乎他的路越走越艰难了。也不知一直逆风而行的周老师，何时走出困境，何时过上安稳的居家生活。

（原载 2007 年 4 月 17 日《青岛日报》）

疯妻念你40年

1988年3月25日，山东胶州市对台办公室桌子上，放着一封信。据邮递员讲，收信人已不在人世……

1

这封发自台湾花莲市，投往胶州寺门首的特快专递，引起了有关领导重视。经研究决定，先将信打开，工作人员开始传阅此信。

宗仁堂弟：

你好吗？40多年了，我们没有晤面，今天，我提笔写信，百感交集。

好多话要讲，一时又无从说起。

自我走后，我的一家老小还好吗？我妻是否已改嫁？孩子们怎么样？如果他们已不在人世，是什么时候去世的？

现在政策允许回家探亲，但我没有勇气和家人联系。其实，我知道，那个靠我一人养活的一家老小，在我撇下他们之后，会是什么结果，我一直不敢想这些。可是，这些年来，家中的老母、妻子、六个孩子，又怎能让我把心放下啊。

今天，终于提笔写信求你帮忙，接到信后，请立即把家中的真实情况转告我。

堂兄　李健吾

一连串的问号，40 年的牵挂，在场的工作人员，无不心情沉重。信里的字字句句，让人感慨万千。

一定要为这位台胞找到亲人。

2

4 月中旬，查访小组来到杨家庙。这是一条紧傍护城河的老街，处在城乡结合部，共有 200 多户人家。送信人叩开一家普通院门，这是一户 40 年前从城里寺门首迁移过来的老住户，土地改革时期，因区域规化，由居民划为农户。

开门的是一位面貌温和的 50 岁男子。送信人问清住户姓名后，取出一封信："这是一封台湾来信，我们经过调查，认为信中要找的人就是您。"

"什么？台湾来信？"中年人一脸惊讶。

"您有位失踪的父亲，叫李健吾，对吧？您先看看信，还有一张照片。"

"不，我父亲早在 40 多年前就在海上遇难了，他叫李宗堂，不是李健吾。"

男子边说边拆信，当他打开信，一眼看见照片时，不禁心头一惊。长眉、深目、方脸，他从这位近 70 岁老人的照片中，依稀可见父亲当年离家时的模样。

"您父亲到台湾很有可能改名了。"送信人提醒道。

拿着这封信，中年男人愣在那里，他简直不敢相信这是真的，"死去"多年的父亲，从天而降。他看了一遍又一遍，双手颤抖着，不住地点头："是我父亲，是我父亲。"

一时间，李健吾的三个儿子、儿媳、亲朋好友，老的少的，迅速得知了这个喜讯。整个杨家庙街的左邻右舍，奔走相告，人们都在纷纷议论着，唰叹着。

此时，只有一个人不知道，她就是李健吾的结发妻子王玉梅。这一时刻，她正躺在炕上，似睡非睡，像是想心事，又像什么也不想。儿子跑到母亲房间里，刚要开口说话，喉头一下被什么塞住了。好一会儿，才控制住情绪，哽咽着说："娘，我爹还活着！"王玉梅一骨碌从炕上坐起来，嘴里咕噜咕噜一阵念叨，像没听见儿子说什么似的，眼睛直愣愣地望着窗外。

是啊，她不会听懂，她是一个精神病人。这一时刻，儿子多么希望母亲能从沉睡中醒过来，和儿子一起高兴，一起享受失踪亲人"死而复生"的惊天大喜。

3

时间回到 1950 年冬天，临近年关，闯外的人都陆续回家了。王玉梅来到火车站，这是她第七次来到这里了。入口处人来人往，她穿梭在行色匆匆的人流中，寻找着丈夫。当最后一班车的乘客消失在茫茫夜幕下，她彻底失望了。时值隆冬，寒气扑过来，她打了个冷战："宗堂不会出事的，一定不会。"玉梅一遍一遍安慰着自己。她拖着疲惫的双腿走回家时，孩子们都睡了，婆婆在灯下，见她进来，眼巴巴地看着她。玉梅接过婆婆手里的针线，低下头，小声嘟囔了句："娘，放心吧，宗堂会回来的。"婆婆望着睡了一铺的六个孩子，叹了一口气："宗堂扔下我们不管了，要回也早该回了，算算走了也有三个年头了。"婆婆这一说，玉梅再也控制不住悲伤，扑在婆婆肩头，嘤嘤地哭起来。

自从丈夫离家后，养家糊口的重担一下落在玉梅肩上，她又当爹又当娘，白天在庄稼地里滚爬，像男人一样拼力气，晚上点灯熬油，给孩子们缝洗浆补。农闲时，也不敢松口气，因怀里抱着膝下绕着的六个孩子，个个张着嘴等着要吃的。她早出晚归到沟边垄间薅草，积攒下来卖给牛奶场，换点零钱。多少次，夜深人静的时候，她哭湿了枕头。不懂事的孩子，哪里知道，貌似坚强的母亲，心里忍受着多大的痛苦。那个不知下落的人，去了哪里呢？

婆婆替儿媳擦去眼泪，他回不回来日子还要过下去啊。

命运有时候像魔鬼，专爱造访经不起折腾的人家。春节刚过，灾难突然降临了。那天，玉梅正在做饭，只听"砰"一声巨响，有人喊："不好了，不好了，有人炸伤了"。她跑出去一看，脑袋"嗡"一声，一下瘫软在地上。只见大儿子鲜血淋漓，躺在地上不省人事。原来，他捡到一枚炮弹，好奇地拨弄来拨弄去，炮弹突然响了，当场炸出了肠子。玉梅抱着血肉模糊的儿子，跌跌撞撞跑向医院。然而，孩子没能抢救过来，眼睁睁地看着含辛茹苦拉扯大的儿子，离她而去，她的眼眶干干的，流不出一滴泪。

生活再苦再累，她能挺住。而儿子的意外死亡，对她却是致命打击。她难以承受精神上的折磨，人忽然憔悴不堪。从此以后，她和婆婆对孩子们格外小心，生怕一个闪失，再发生不测。

然而，一年之后，生活还是残酷地将她再一次推向悬崖。小儿子小女儿双双染上肺病，对一个贫困家庭来说，等于收到死亡通知。王玉梅不敢相信这是真的，紧紧搂住孩子，生怕病魔夺走她的骨肉。她开始四处寻医问药，到处借钱，求亲告友，想尽一切办法挽救孩子。她没日没夜地干活，勒紧肚皮，每天只吃一顿饭，省下点钱救孩子。可是不管她怎么努力，怎么祈求天神，孩子还是病情越来越重，奄奄一息，最后，相继在她的怀中闭上眼睛。

王玉梅躺在炕上，不吃不喝，她觉得自己耗尽了所有力气，再也撑不下去了。这是 1952 年夏天，空气潮湿闷热，婆婆踮着小脚，把一碗汤端过来："玉梅，你千万别这样，你垮了，我们怎么办?"老人两眼闪着泪花。

"娘，宗堂不回来帮帮我，我真的撑不住了，他什么时候回来呀，谁能告诉我啊。"提起至今杳无音讯的丈夫，玉梅更伤心了。此时，她多么思念丈夫，多么需要丈夫拉她一把渡过难关。

接连死了三个孩子，玉梅变得少言寡语。邻居们非常同情这一家人的不幸遭遇，过来安慰她，劝她要想开。一天，邻居拉她去看露天电影，"去散散心也好。"婆婆也跟着催促她走出去解闷，王玉梅极不情愿地带着孩子去了。瑞华中学操场上黑压压坐满了人，电影《白毛女》已经开演了。正是新中国成立初期，故事中的情节，深深吸引了在场的每一个人。随着电影情节的推进，喜儿的不幸遭遇牵动着现场观众的心，王玉梅情绪激动，全神贯注地盯着电影屏幕，整个人也不受控制地走进了剧情。一时间，丈夫和故事中的人物打成一片，丈夫的形象和大春的形象重叠在一起。她一会儿掩面抽泣，一会儿咪咪地笑。刹那间，本来就濒临绝望的神经，错乱了，崩溃了。还没等电影散场，她挤出人群，一边跑一边喊："大春回来了，大春回来了。"孩子们跟在母亲身后，恐慌地哭喊着："妈妈，妈妈。"可她听不见，疯狂地跑着。

从此，杨家庙街，多了一个疯疯癫癫的女人，笑哈哈地数落着《白毛女》剧中的人物名字。

一群嗷嗷待哺的孩子，一个精神失常的母亲，这个没有男人的家，该怎样维持下去呢？

王玉梅的婆婆，这个苦命的小脚女人，面对接踵而来的灾难，把泪咽进肚里，独自撑起了这个瘫痪的家庭。那时，媳妇虽然精神不正常，但身体还健康，年轻有力气。她就带她出去拾草挖野菜。晚上，一家人围在一起糊火柴盒赚点小钱，勉强维持生计。20世纪60年代初，灾荒饥饿蔓延全国，这个风雨飘摇的贫穷之家更是苦不堪言。这位年老体弱被饥饿围困的老人，很快支持不住了。临终前，呼唤着失踪的儿子，断断续续地对孙子们说："好好待母亲。"孩子们扑在奶奶身上，痛哭失声，这一家人的依靠，一个没过上好日子的老妇人，就这样，睁着眼，带着满腹心事，撒手人寰。

苦水里泡大的孩子，磕磕绊绊地活下来了。成长的痛苦经历，使他们不得不独自面对生活。父亲的形象，在他们心里，渐渐模糊。儿子参加工作后，申请入党时，单位到青岛调查他父亲的情况，才得知此人早在20多年前在一艘沉船上遇难了。从此以后，儿子们不再盼望父亲回来。

4

海岛台湾，花莲市一座布置简单的民宅里，一位老人坐卧不安，他就是李健吾。从发出寻亲信的那天起，他时时刻刻，盼着回音。

熬过等信的日子，对李健吾来说，又像经历了一次劫难。两个月后，他决定不再想这件事。他忽然感到，从此之后，大喜大悲都不会再在生命中出现了。他走进"荣誉之家"养老院，日子在枯燥、平静中，日复一日地重复着。

一个阳光灿烂的早晨，李健吾像往常一样，早早起床，准备吃早餐。万万没料到，在他彻底放弃希望的时候，一封来自祖国大陆的信，飞到手里。

这是儿子李景进写来的。他捧着这封信，读着一字一句，恍若整整走了40年。信中的字字句句，在他眼里都变成了一座座高山，一片片海水，他艰难地跋涉着，读着读着老泪纵横。老母已去世，妻子一直没改嫁，六个儿女幸存下三个儿子，都已成家立业。

妻子儿子仿佛一下来到他面前，多年来形单影只的他再也不孤单了。这真是做梦都不敢奢望的啊！李健吾一迭声地叹息着，此时此刻，他觉得欠他们的太多太多。

他立即写了两封信。一封给儿子，一封给妻子。

他向儿子们简单讲述着他的遭遇。为生计所迫，他只身到青岛打工，因局势混乱，炮火不断，失业了。一连几个星期找不到工作。朋友劝他当兵，到军营里去找饭吃。兵荒马乱的1947年，入伍不到一年的他，改了名字，跟随国民党军队，乘船逃往台湾。当时，大儿子才9岁，小女儿还在襁褓中，他没来得及告诉家人就匆匆离开了。他想，去个一年半载就会回来，没想到，海峡两岸整整阻隔了40年。他1951年转业，在台湾举目无亲，连份工作也找不到，只好卖体力，打短工，干一天活维持一天生计。虽说生活艰难，心里却有盼头，说不定哪天能回家，和家人团聚。这一等，又过了20年，多少人死了心，纷纷在台湾另立门户。有人劝他安个家吧，享受天伦之乐。可他一想到老家有妻室，就打消了再建家庭的想法。后来，日子渐渐好过了，不像初来乍到时的窘迫。最后，他在一家工程公司干上管理工作，直到退休。

李健吾向儿子们说这些时，像在讲述别人的故事，显得非常平静。

提笔给妻子写信时，他抖着笔，不知说什么好，泪水不觉吧嗒吧嗒掉下来，稿纸湿了一片："这些年来，没有你，就没有这个家，你有功啊。你侍奉老母，为她尽孝送终，把孩子们拉扯大，让他们吃饱穿暖，还让他们上学读书。这一切，对没有帮手的你来说，多么不容易。我对不起你。今天，命运安排我们重逢，很快，我就办好手续回家看你。"

李健吾不知道，他的妻子已是精神病人，儿子们善意地向他隐瞒了母亲的病情。

5

1990 年早春，海岛台湾已是鸟语花香，春光明媚，而祖国大陆北方的气温，乍暖还寒。波音飞机安全在青岛流亭机场降落。如果不是工作人员介绍，李健吾没法相信，眼前这三个中年汉子，就是他的儿子。他步履蹒跚着奔过去，从小失去父爱的儿子们欢天喜地地跑过来，父子终于相见，终于拥抱在一起了。多少年来的辛酸和悲苦，化作无声的哽咽，从他们的内心深处，汹涌而沉重地流出来……

这一时刻，李健吾的儿媳、孙子、孙女、亲朋好友都聚在一起，正在焦急地等待着他的归来。唯独李健吾的妻子，还像往常一样愣怔着。任由儿媳摆布，给她梳头，给她洗澡，换上新衣服。她说着笑着，沉浸在自己的世界里，不知道等待一生的相见就在眼前了。

一个半小时后，李家院子里顿时热闹开了。

"来了，来了！"一家人慌忙跑出去。只见一位精神矍铄的老人，从车上走下来。他被众人簇拥着，一进屋，老人两眼四处寻找，孩子们知道他想找谁，忙把他领进特意为他布置好的房间。这时候，最想见的那个人，怎么还不出来呢？他按捺不住了："你母亲呢？"他回头问儿子。屋里一下子静了，没人回答。儿子们个个面有难色，无法开口。是啊，该怎样向父亲交代呢？

李健吾扭头跨出门槛，向东屋走去，最东边那间屋子炕上，他一眼看见一位老妇人，穿戴整洁面壁而坐。是她吗？头发已花白了，背也驼了。她怎么不见我？还在生我的气？他轻轻脱掉鞋子，屏住呼吸，紧紧盯着她的背，向她身边靠过去。这时，跟进来的儿孙们也屏住呼吸，紧张地看着两位老人。屋里静得出奇，空气仿佛凝固了。这真是一个让人激动又让人沮丧的时刻。

"娘，我爹回来了！你回头看看。"儿子忍不住喊母亲。

"娘，是我爹，他还活着！回家了！"儿子哭泣着扯母亲的衣角。

她终于缓缓转过身来，抬眼看着他："不是你爹，不是。这人这么老了，你爹俊着呢！"说完笑了。嘴里又开始唠叨开了："大春怎么还不回来，大春哪去了呢？"

李健吾猛然间全明白了，眼泪"哗"地冲出眼眶，他哭了："都是我害了你，是我把你杀了啊！天啊，怎么会是这样啊？是我害了你啊。"他语无伦次，难以承受这个意想不到的打击。

历经磨难的老人，巨大的痛疼再一次把他的心撕碎了。

"我是宗堂，我回来了，你看着我。"任由他怎么呼唤，妻子毫无反应，对他不理不睬。看不见的病魔，击碎了一对夫妻40年的团圆之梦。一屋子里的人开始呜呜咽咽地哭起来。

他把一枚戒指戴在妻子手上，抹着不断涌出来的眼泪说："这是特意给你买的，不知你喜欢不喜欢。你17岁就嫁给我，没享过一天福，如今，日子好过了，你又……"他再也说不下去了，一肚子的话又咽下。

李健吾瞪大眼睛，一眨不眨地看着妻子，想不到，40年后的相见，竟是这种场面，相逢不相识，她不知道我回来了，多么残酷的遗憾啊。

这是一场噩梦。李健吾扶着门框，艰难地走到院子里。天上正飘着几片浮云，他仿佛听见岁月的车轮，在耳边，轰轰碾过，不可阻挡。人一下子变得脆弱又轻微，被一种不可知的力量挟持着，在尘世的风雨中跌撞前行，在滚爬扑打里任凭命运的摆弄。活着就是幸福，这是谁说的，可是对妻子来说，是幸福还是苦痛？唉，是谁锁住了她的肉身，让她的精神四处漂泊，无家可归呢？李健吾在院子里站了很久很久。他断然决定，就是倾家荡产，也要为妻子治好病。

6

他开始东奔西跑，四处求医，带着妻子走进各大精神病医院。当医生问明情况后，都摇头叹息："30 多年的病史，已经不可能治愈了。给她吃好喝好，尽了心算了吧。"李健吾被一次又一次的凉水泼回来。可是，他不甘心啊，他觉得妻子能好。或许有一天，奇迹会出现，她一下醒过来。他决定回祖国大陆定居，尽管 40 多年了，他已适应了海岛的气候和生活，可是，那里没有他的家，找不到归宿感。他的心被祖国大陆北方这座小城系着，这里有他的妻，他的儿孙，他的故乡。虽然生活不富裕，可是，一种家的依靠，一种亲情的依恋，让他有了叶落归根的踏实感。

1995 年，他终于回来定居了。他永远忘不了那一天，当他提着行李，从车上下来，妻子突然迎着他走过去，扯着他的胳膊说："他爹，你回来了？回来就好，回来就好。"妻子在那一刹那，神志突然清醒过来，闻听此话，李健吾大吃一惊，手里的东西"啪"地撒落一地。

然而，只是瞬间的工夫，妻子又恢复了原来的样子，神思游移起来，独自说说笑笑不再和他搭话了。虽然这只是一闪即逝的清醒，李健吾也感到万分欣慰。冥冥之中，在她的意识里，在她渴盼团圆的祈祷声中，一定知道丈夫涉过万水千山，回家了吧。

（原载 1997 年第 11 期《婚姻与家庭》）

进退两难　我们该如何尽孝

一个初秋的傍晚，陈小宇如约来到"香榭里"咖啡屋。她穿一身乳白色套裙，脱下警服的她，看上去干练又靓丽。见面前，我们通过两次电话，听到我的采访意图，她欣然答应了。落座之后，我递过去一杯已煮好的咖啡，陈小宇抚弄着杯子，轻轻啜饮了一口，娓娓向我讲述她的故事。

有一次，我和同事经过八天奋战，终于破获西城区高档轿车内财物失盗系列案件。这个案件局里很重视，出动12名干警组成专案组，在高档小区、酒楼设伏布控，在公共场所排查，当晚8点半将正在作案的犯罪嫌疑人张元抓获。在拘留所审讯时，张元哭得一塌糊涂，这个身材瘦小，眼神弱弱的，看上去很内向很老实的小子，想不到胆子如此大。

"求求你们，千万别告诉我妈，她有心脏病，怕惊。"他红肿着泪眼恳切地望着我。或许他认为我是女警，会动恻隐之心。

"你还知道心疼父母？早知有今日，为何要犯法？"我厉声呵斥住他。

"做汽车维修工时，我一看到开高档车的人就羡慕妒嫉恨，父母穷了一辈子，没过上一天好日子，我想发财，想让他们享福，可我又没本事挣大钱，就偷了。"

"你这是害了自己也害了父母。什么叫孝？让父母不为自

217

己担心才是孝。孝敬父母并不只有物质，常回家看看，对父母多陪伴，知冷知热用心照顾，比给他们一笔钱更暖心。知道吗？你这偷盗的理由听起来真是荒唐。"我一口气说了他一通。

那天晚上，我一改倒头便睡的习惯，辗转反侧睡不着了。我在想张元的无知行为，忽然就想起自己的父母。

我出生在山东鲁西南一个贫困山区，当初父母决定供我考大学，全村人都想不通。其实父母并不是多有远见，只是那年我考了全县第一名，县第一中学的老师专程送来了奖学金，希望我报考一中，并承诺3年后会送我考上名牌大学。可当时的家境很惨，母亲体弱多病，父亲两年前外出打工时因摔伤了脊椎，干不了重活，走路还得拄拐杖。因为这，小我8岁的弟弟不得不辍学和母亲一起承担起了这个家。高中阶段，我是在拼搏与内心煎熬中度过的。说实话我很自私，只顾奔自己的前程。记得高二下学期，弟弟挎着篮子来学校给我送包子。他步行了30里路，见到我时鼻涕流到下巴上了，人冻得瑟瑟发抖，穿着件破棉袄像个小叫化子，我的眼泪哗地流下来。发誓长大后一定报答父母，让弟弟过上好日子。我终于考上了一所重点大学，命运从此改变了。

我成了一名女刑警，到省城工作了10年，在那里结婚生子，有了属于自己的事业。我和老公工作都很忙，我们把孩子送到寄宿学校，一周只回家一次。这些年我无暇顾及远在老家的父母，很少回家，春节有任务时也回不去，一忙起来，甚至电话都很少打。忽然发现，除了每月给父母寄点赡养费，逢年过节给弟弟买点礼物外，我并未兑现自己的承诺。对待父母，我心怀愧疚，古语道"能养只是五成孝"，而连"养"都做不到的我，孝更是无从谈起了。回想我跟张元振振有词说的话，真是极大的讽刺，自己没做到的还教训别人。

我再也睡不着了，从床上爬起来抓起电话，电话那边传来母亲的咳嗽声。

"妈，怎么啦？哪里不舒服？"听到她苍老的咳嗽声，我揪紧了心。

"感冒了。这次很厉害，一个月了还没好利索，又不是什么大病，你不用担心。"母亲边咳边安慰我。

"爸爸的哮喘好点了吗？冬天少外出。对了，他的眼睛怎样了？让弟弟带他到医院去看看吧。"

"你爸这个哮喘老毛病了，就这样了，没事，人老了，眼都会老花的，也不是什么病，不用看，有我照顾着呢，你放心吧，你工作忙，别挂念家里，我们都很好。"母亲总是这样，说得我心里很不好受。

我决定让弟弟带父母来住段时间。他们也到省城好几次，不过待不住，两三天就走了，说住不惯城里的楼房。这次我要劝他们多住些日子，尽一尽孝心。

一个月后，父母和弟弟终于来了，可老天不作美，赶上一场瓢泼大雨，第二天父亲就发起了高烧，还犯了哮喘病。我请假带他去医院，刚挂上吊瓶，接到科里电话："有一个吸毒女子在家自残，扬言要引爆煤气罐，赶紧过去处理。"

"好的，我马上到。"接到命令，我立即给老公打电话，没想到，他正在上课。我只好扔下父亲，急匆匆赶往现场。那段时间真巧了，事儿特别多，我每天很晚才回来，老公在学校教物理，是高三毕业班的班主任，也是忙得不可开交。

父母来住的第四天，我下班回家，发现他们走了，桌子上留了一张纸条："我们在这里给你们添乱，又帮不上忙，还是早点回去吧。"

本想好好陪陪父母，做好吃的孝敬一下老人，结果还是落了空。

我知道，父母一直觉得对不住弟弟，我又何尝不是。和老公商量了一下，我们决定送他去学烹饪。弟弟悟性很高，一学就会，也很能吃苦。学成后，我拿出积蓄在美食城帮他租了一个店面，开了家餐馆。3个月后餐馆开始上人气了，他能养活自己，了却了我一大心事。我打算将来退了休，有了大把时间，就把父母接过来好好尽孝。

突然有一天，我正在开会，接到弟弟带着哭腔的电话："姐，妈晕过去了，二叔来电话说正在医院抢救。爸不让我告诉你，我得赶紧回去了，餐馆先关门吧。"我听后头"嗡"的一声，一下子蒙了，局里得知我的情况，派车送我回家。路上，我恨不得车子飞起来，我不敢想，也不能接受坏结果。闭上眼睛，母亲拖着病体支撑这个家的一幕幕不断闪出来，不知过了多久，我抹一把脸，全是泪水，我祈祷她不会有事，我还没来得及尽孝啊。

昏迷了两天的母亲，终于醒过来了。医生说抢救及时救了她一命，是突发腔隙性脑梗，幸亏堵的部位不在脑干，否则后果严重。

母亲一醒过来就催我回去，说别影响工作。我这个女儿在她眼里最有出息，是她的骄傲，她从不奢望我能在身边陪着她，也不求回报，这更令我内疚。

父母的身体越来越羸弱，回到省城后我变得心事重重，可又没有好办法解决尽孝这个难题。那天我在网上，看见大家都在转一条微博，说假使你的父母现在60岁，父母余下的寿命有20年。每年见到父母的天数6天，每天相处的时间11小时，共1320小时。也就是说，你和父母相处的日子只剩下55天了！我久久看着这个数字，心里特发慌。

一个月后的一天，我去参加局里高处长母亲的葬礼，当高处母亲的遗体准备推入火化炉时，他一次次拉回来，一次次俯在母亲身上哭，边哭边说："说好再过两年，我换个大房子就把你接过来，说好我要带你去旅游的，你怎么说走就走了，不给我机会啊。"现场所有人无不伤心落泪。高处长业务能力很强，是局里的骨干，曾破获过大案要案，立过一等功。他是铁血男儿，我从没见他流过泪的，那一刻，他痛哭流涕的样子叫人心酸。这次追悼会，对我的触动很大，对父母尽孝不能等啊，我决定拿出行动。

有个同学毕业后分到青岛，而他夫人在省城工作，他一直想调过来可没机会。我做通了老公的工作，决定联系同学商量对调的事。经过一番努力，去年，我终于调到了青岛。弟弟也转让了他的餐馆，我在市区近郊为父母购置了一个带小院的平房。

我把布置一新的房子收拾好，去老家接父母。看得出，他们对老屋和左邻右舍恋恋不舍，毕竟这是他们生活了多半辈子的故土，对这里的一草一木感情深厚。临走时，母亲挨家挨户去道别，我拿出录像机，跟在她的后面全程录了下来。

母亲来到大成叔家，他是我的救命恩人，我6岁那年在村头河里游泳溺水，幸亏大成叔施救，捡回一条命。

"要跟着闺女进城享清福啦？真好啊，你家妮子从小就有出息，你算是熬到头了。大妹子，你这一走，啥时候再回来？"大成叔一脸的羡慕。

"我是不愿意去的啊，只是拗不过孩子，闺女也是一片孝心，我们做父母的，也只能顺随孩子的意了呀。老哥，我还会回来看你们的。"母亲笑得合不拢嘴。

就这样，母亲走了一家又一家，一一道别。村里人闻听消息都出来相送，场面很感人，我看见父母的眼圈红红的，离开熟悉的故土的确不是滋味。我到村里各处转了转，拍了些照片。回家后，我把录像找人制作成了光盘，还把村里邻居和亲戚的电话专门记在了小本子上。

　　母亲在新家的小院里种上了花花草草，他们很喜欢这个小平房。每到周末，如果没有特殊任务，我都会过来看看，聊聊天，帮他们做做饭洗洗衣服。隔三差五，他们会把录像光盘拿出来回放，边看边指指点点，如数家珍，偶尔还会给邻居打个电话，叙一会儿家常。父母的身体越来越健康了，他们慢慢适应了这里的生活，也和新邻居们混熟了。看着他们安享着晚年，我的心里别提有多熨帖了。

（原载 2012 年第 7 期《女子世界》署名一叶秋，2013 年第 11 期
《爱情婚姻家庭》转载）

"七夕"的礼物

近几年，洋节在中国很时兴，每到情人节、圣诞节，商家和媒体一起炒，年轻人也过得热热闹闹，与此同时，国人也重新拾起了被搁浅了的"七夕"。尽管这个中国传统的情人节，有着悲情的调子，有着让人落泪的凄美故事，但不妨碍这一天人们将它隆重地推出来过一把。

朋友欣如在"七夕"这天，给父亲送了份礼物竟然是一场隆重的婚礼。

那天我应邀去参加，说真的，那场面挺感人的，我对她这份孝心很赞赏。欣如说，其实，这份礼物太迟了，她一直觉得愧对父亲的。原来，这份礼物里包含了她深深的歉疚，那天，她向我娓娓讲述了和父亲的故事。

小华姐，也就是我现在的继母，年长我7岁，第一次见到她，是在医院。母亲出了车祸，表哥拽着我慌里慌张赶到急诊室时，手术室的门开了，传来的是噩耗，母亲没能抢救过来，父亲一下瘫坐在地上，我们顿时乱作一团，小华姐把我紧紧搂在怀里，也呜呜地哭了。

那年我11岁，也就是那时候，小华姐成了我们家的常客。她是父亲的学生，隔三差五来我家洗衣服，做饭。父亲是一所职业学校的美术教师，之前曾是话剧团的演员，年轻时会跳芭蕾舞，他的画作在当地小有名气，多才多艺的他，硬是被学校点名调了过去。

小华姐在我家的殷勤，常遭到邻居们指指点点。随着年龄的增长，我开始留意这些，也感觉到一个女生老往单身老师家跑有问题，越来越觉得不对头。尽管四年来，她对我很体贴，我也依赖这种被女性呵护的感觉，这依稀让我想起母爱的温暖。

一天周末，表哥约我吃肯德基。他直截了当地对我说："妹妹，你要小心那个小华，我看她去你家动机不纯。她也不是真心想嫁你爸，年龄差距这么大，想找爹啊，还不是图你家财产，她有一天成了户主，你就要被赶出家门的。"表哥的话令我倒吸一口冷气，怪不得她对我这么好，原来是在灌我迷魂汤啊。

我回到家时，小华姐正在。以前我见了都喊她华姐，这次我没搭腔，低头径直来到自己屋子关上门。爸爸喊我出来吃晚饭，一大桌子菜早早摆好了，中间放一个大蛋糕，爸爸笑眯眯地说："今天是双喜的日子，你15岁生日，你华姐大学毕业了，我们一起庆贺一下吧。对了，从今天起，你不要叫小华姐姐了，就叫华姨吧。"

"为什么？"我心里警觉起来。

爸爸沉默了老半天，最后小声说："华姨今后就住咱家，咱们成为一家人，在一起生活，好不好？"

"不！"我果断地拒绝了，生怕说慢了即成事实。华姨的眼泪一下子流了下来。我的生日在沉闷的气氛中草草收场。此后，爸爸再没跟我提过这事，我对小华姐的态度也越发冷漠。她找到了一份不错的工作，时常给我买零食吃，我爱理不理的样子，她小心翼翼地看着我。有时候，我内心也闪过一丝不忍。但是，她要和爸爸在一起，想想就别扭。

终于，看似风平浪静的一天晚上，家里出事了。这事在我看来是天大的事，万不能容忍的。我下晚自习回来，发现父亲的房门紧闭，怎么敲也不开，我一下全明白了，带着哭腔用拳头砸开门时，一下惊呆了。华姐头发凌乱，正和父亲异常尴尬地坐在床上，我疯了一样扑上去，向小华姐的脸上抓去，不停喊着，撕打着，父亲抱住我，连连说对不起。我跑回自己的屋子里号啕大哭。

从此，小华姐再没来。父亲好像一下子萎靡下去，好几个月不动画笔。尽管对我的照顾依然无微不至，但郁郁寡欢，心事重重的样子。就是偶尔笑一下，也不是发自内心的那种。

转眼又过去了三年，我终于考上了心仪的大学。那天父亲也非常高兴，亲自送我去北京。同学都是父母一起来送行，在宿舍里，我看见好多同学的家长，不光是父母，还有成群结队的亲戚，更有甚的，有的家长还带来了一大拨同事，大家忙着挂蚊帐，铺床单，摆放生活用品。我看见父亲不时看他们一眼，流露出羡慕神情。他头上的白发占了多半，孤单地站在我的床边。这几年，父亲又当妈又当爸，说来真不容易，父亲的好时光都去哪儿了？我心里一阵难过，站在那里想了好久，当父亲要离开时，我递给他一张纸条，上面写着："我很希望小华姐能再回到我们家。"

大四那年，临近毕业时，小华姐忽然打电话让我回家。原来，父亲患了静脉曲张，小腿已出现溃疡面，肤色都变黑了，医生说很可能要截肢。当我连夜赶回家时，看见一脸憔悴的小华姐正在父亲床前忙着换药。这半年来，因为父亲的病，把她折腾得不轻。她说父亲的情绪不好，对治病失去了信心，让我劝劝他。

父亲终于在我的苦劝下答应继续治疗。小华姐这期间打听到一个老中医，经他治疗一段时间后，父亲的腿奇迹般地恢复了健康。

和小华姐在一起，父亲好像重新焕发了活力，他变得开朗，爱笑。那天，他还高兴地拿出一本大红的结婚证给我看，他和小华姐一脸灿烂地笑着，原来他们已经登记结婚了。

大学毕业后，我又回到家乡，带着我的男友。父亲和小华姐都很满意，我第一次改口叫她华姨，她听了一愣，眼睛一下潮红了。

他们为我积极地筹备婚礼。我拿出和未婚夫拍的婚纱照，华姨出神地看着，那眼神是既羡慕又失落，我一下子反应过来，华姨没有举行婚礼仪式就嫁给了父亲，作为一个女人，没有一个像样的婚礼是多大的遗憾啊。我决定为华姨补办一场婚礼。

我悄悄地选了一个婚庆公司，专门为我父亲和华姨筹备婚礼。等一切就绪，我对华姨说，我做你的伴娘吧，我要让你成为最美丽的新娘，华姨一下子哭了。她说："我一直崇拜你父亲，深深地爱着他。谢谢你的成全，让我们牵手，我会好好地照顾你父亲，给他幸福，也给我们这个家幸福。"

听欣如讲到这里，我不觉也泪湿了，欣如的这份迟来的礼物，是爱是理解是对父亲的尊重。

（原载 2009 年 8 月 25 日《今日女报》）

折叠起来的一世情

五十四年花开无果，她和寂寞共寝，与孤独厮守，爱得凄美而决绝。"泪眼问花花不语，乱红飞过秋千去"，茫茫人海，在最不该相遇的时候，相爱了。沧海桑田，白云苍狗间，时光走远了，而爱，还留在那里，以最凛然、最动容的姿态，诠释着成全之美，爱到人心碎。如今，人无言，天亦落泪。

1

林峰遇见秀珍是 1956 年的一个四月天，雨丝若有若无，她撑一把油纸伞，从部队门前走过。像被电击了一样，林峰刹那呆住了，在这座小城，他从未见过这样的女子，摩登、柔婉、亭亭玉立，举步之间，隐含着一丝哀愁，朴素中有一种说不出的贵气，像从诗书中走出来。

林峰是名军人，女孩的出现让他魂不守舍。他四处打听，方得知女孩在红星服装厂上班。

每年一到汛期，胶州古城内的云溪河就会突然涨水，有时河水会溢出堤岸，直接冲上街道，甚至淹过民宅。

6 月的一天中午，突降暴雨，竟连续下了 4 个多小时，云溪河的水位已涨到桥面上。林峰突然想起女孩，他借外出购买物品的时间，披上雨衣，赶到了红星服装厂。雨还没有停，正是下班时间，女工们聚集在工厂门口被雨拦住了。林峰一眼看见了女孩。

"我正好路过这里，一起走吧。"林峰鼓足勇气走到秀珍面前。

秀珍抬起头，一脸愕然。

"我叫林峰，我认识你。"林峰摘下雨衣帽，递过去一件雨衣。

眼前这位英俊的军人，让秀珍不知所措。林峰诚恳而炙热的眼神，像一道闪电，秀珍下意识地接过雨衣，低头笑了笑，脸瞬间红了。

踩着雨水，两个人慢慢顺着林峰来时的路，就这样走着，从服装厂到营房，距离2里路，清凉的风，齐踩雨水，眼见已汪洋成一片。

瑞华中学操场边，是个荷花池，南边就是林峰所在的部队，该部队1949年开始在此驻防。

"谢谢你！"走到部队大门外，秀珍说。

"我送你回家吧，雨这么大。"林峰执意要送。

"不用了，我家就在那。"秀珍向前方指了指，迅速脱下雨衣递给林峰，转身就跑了。

"嗨，你叫什么名字？"林峰向前追了两步。

"张秀珍！"她越跑越远，身后溅起了朵朵水花。

2

这是20世纪50年代。秀珍18岁之前，一直在青岛跟随姑父姑姑生活。姑父是个资本家，经营多种产业，姑姑没有生育，秀珍还在襁褓时，就被姑姑抱到青岛。姑姑将她视为己出，百般疼爱。待秀珍长大，从姑姑口中得知了自己的身世，决定回到胶州家中。秀珍的父母是当地富户，因成分不好，一家人做事谨小慎微。

秀珍刚回来时，并不适应小城的生活，天天闷在家里。后来，在姑姑的鼓励下，她开了个手工坊，专做刺绣手工艺品。胶州沙滩南岸，有个贸易市场，秀珍的刺绣，因用料好，做工精良，图案与众不同大受欢迎。1956年，公私合营时，秀珍的手工坊合并到了红星服装厂，她成了一名集体企业的工人。

因为从小殷实的家境，秀珍能歌善舞，见多识广，很快受到工友的喜欢。可是，她出身复杂，始终无法真正融入这个大集体。那时，工厂隔三差五召开大会，高音喇叭里，厂长动员全体职工要团结，要提高警惕，防止坏分子的侵蚀和破坏，要对地主分子的一举一动加强监督，让他们好好改造，重新做人。每当此时，秀珍就坐不住了，脸红一阵白一阵——地主的女儿，资本家的侄女，她感到难堪和尴尬。高音喇叭里的每句话，都刺激着她脆弱的神经。

她开始自卑了，原本开朗自信的她，变得沉默寡言。

正值妙龄，周围的年轻人都开始谈婚论嫁了，秀珍对婚事不抱希望，更不敢奢望爱情，她清楚自己的处境。可那个雨天林峰的意外出现，让情窦初开的秀珍，芳心大乱。每次下班路过营房门口，她总不免要偷偷向里张望一下。如果恰巧林峰正在值班站岗，两人眼神碰撞的刹那，秀珍心跳陡然加速，赶紧转过头快步离开。

1956年10月的一天周末，秀珍家来了客人，邻居王叔领着个年轻人进了屋。秀珍父母慌忙起身，倒水冲茶，热情招待。眼前这位魁梧的军人正是林峰，得知他看上了女儿，老两口又惊又喜，端详着眼前这位帅气的小伙子，打心底里喜欢。可是，林峰是贫民出身，根正苗红，而自家成分是地主……最终父亲还是以怕拖累了人家为由无奈地摇了摇头。

一直在隔壁房间的秀珍闻听父亲的拒绝，刺绣针一下扎在指肚上，血流了出来。"不！我愿意。"秀珍在心里喊道。虽只有一面之缘，但她已经喜欢上了林峰。

3

11 月 20 日，已是深秋，天黑得早，天气越来越冷。秀珍刚走出工厂大门，一阵寒风扑过来，她打了一个寒战，忽然听到有人喊她的名字，一回头，竟然是林峰。

她心头一喜，迎了过去。林峰从包里拿出一个笔记本，递过去："我是来向你道别的。明天我就离开胶州了，要到青岛驻防，不知道今后还能不能再见到你……"林峰看着秀珍，眼睛一眨不眨，这一刻，他真想把美丽的她，牢牢地摄取到自己的身体里，一起带走。他犹豫了片刻，还是情不自禁握住了她的手，秀珍低下头，没有拒绝。

"其实，我不在乎你的成分，什么都不在乎，只想和你在一起，我喜欢你，真的。"林峰忍不住把压在心里的话说出来。

一枚落叶，被风吹着，在两人的脚下滚来滚去。秀珍觉得，自己就是这片落叶，那么轻微，任凭风吹，无力把握自己。

没有得到秀珍的回应，林峰怅然若失地走了。他走了几步，又站住，回头，秀珍依然站在原地。夜幕降临，两个人的心情，亦是深沉而黯然。从此，他们失去了联系。

1958 年，林峰到青岛驻防的第二年春天，秀珍在一次义务劳动时，手指不慎割伤，因没有及时消毒，感染并化脓了，导致食指溃烂，伤势严重，姑姑闻听消息把她接到青岛治疗。

经过及时治疗，秀珍的病情基本得到控制。5 月 6 日，她和多年未见的同窗好友小乔约好，到"春香堂茶馆"闲坐。不知是否真有命运之手故意安排，秀珍竟然在这个小茶馆里，与林峰不期而遇。秀珍一眼看见林峰时，不敢相信自己的眼睛，整个人傻了，一时竟忘了打招呼。小乔发现不对头，顺着她的视线回头看，一个年轻俊朗的军人，正快步向这边走来。

小乔一下就猜到了，秀珍一直和她说的那个人，应该就是他。她赶紧站起来，借故离开了。

隔着一张条形餐桌，秀珍和林峰面对面坐下来。

好像老友在异地重逢，惊喜之后，想走近对方的冲动，打消了他们所有的顾虑。秀珍一改以往的拘谨，主动和林峰聊开了自己的身世。说她从小在海边长大，对青岛很有感情，这次回来，真不想走了。许是面对喜欢的人，许是远离高音喇叭的提醒，忘记了出身，秀珍越说越兴奋，忍不住向林峰袒露了爱慕之情。

"我想和你在一起，永远不分开。"秀珍眼睛潮红了，再也压抑不住自己的感情。

如果说林峰最初被秀珍吸引，是因她不俗的外貌，此时，他越发喜欢眼前这个女子的真性情，她善良又柔弱的心，还有她悲喜交织的命运，就像一叶孤寂的小舟，正行驶在茫茫无涯的生活海洋里，一股怜爱之情油然而生。

"不要想那么多，答应我好好生活。以后，我会把你接来的，我们会生活得很好。"听了林峰这番话，秀珍没有安全感的心，一下子踏实下来，似乎一下子找到了方向和港湾。她用力点点头。

接下来的日子，"春香堂茶馆"成了他们碰头地点，他们瞒着家人，开始偷偷约会了。怕姑姑发现这个秘密，小乔成了帮他们联络传话的密友。

栈桥、八大关、崂山，一个个景区，一条条小道，留下他们漫步的身影。他们多想就这样走下去。

但这样的美好时光只持续了差不多 2 个月，秀珍的伤已完全康复，病假时间已过，单位多次催她回去。而林峰也因工作需要，忽然被派到上海。他们又一次分开了。

4

时间一晃过去了半年，他们靠鸿雁传书，保持着联络。沉溺在爱情中的秀珍，陶醉在两人的感情世界里，每次展读林峰从上海发来的信件，是她打发寂寞的一服良药，也是她最幸福的时刻。在信中，他们谈工作，谈学习，谈两个人的未来。每当林峰对她说，自己要争取提干，要把她接到上海团圆时，秀珍的心头就暖暖的，她憧憬这一天早日到来。即使分隔两地，她对林峰的感情丝毫也没有因为距离而削减，反而越来越强烈。

1959 年 1 月 3 日，秀珍像往常一样在灯下拆开林峰的信，慢慢咀嚼每一个字，享受他的温情软语带来的激动。读着读着，她的表情慢慢僵住。

原来，林峰信中向她报喜，说他马上要提干了，组织上已找他谈了话，随后去老家政审："秀珍，你知道吗？我已向组织提出申请，等提干后，立即和你结婚，你就可以随军了。领导说要派人到胶州政审你的情况。这样的话我们见面要拖到 10 月了，可我等不及了，我要接你来上海，答应我，好吗？另外，组织上去政审，你也不要过分担心，除了成分，政治上你没犯任何错误，你是个进步好青年，我相信你。"

"政审"？秀珍"嗡"的一声头大了。她突然恨自己的成分，那么不堪，让她活得战战兢兢。尽管林峰在信中一再安慰她，可此时，这种害怕让她浑身出汗，她有可能毁了林峰的前程，怎么办？

昏睡在情爱中的秀珍一下子惊醒了。是的，不能连累心上人，他的前程不要毁在自己手里。可是，她怎能离开他呢？如何让她放下？

忧思伤心更伤身，秀珍病了，高烧不退，一躺就是 3 天。

迷迷糊糊中，林峰的面庞频频出现在她的脑海中，他总是在空中飞，越飞越高，她想靠近，却又无力，怎么也牵不到他的手。没人知道，她的内心在经受怎样的煎熬，仿佛挣扎在炼狱中，有多少不舍，就有多少心疼。如死去又活过来般，她长长舒了口气，最后，她终于在挣扎中做出决定——离开林峰。她跟小乔说了实情。但她不愿亲口跟他说分手，遂请小乔帮她写一封分手信。小乔劝她别做傻事，既然相爱，为何要轻易放弃，为什么要把痛苦留给自己。秀珍流着泪说道："我想好了。"

小乔只好按照秀珍的授意，以自己的名义拟了一封信：秀珍耐不住寂寞，和单位的一个男同事恋爱了，已经订婚，请尽快忘了秀珍……为了增加可信度，小乔还在信中说，曾看见他俩来青岛置办结婚物品。

林峰收到信后，第一反应是不可能，他不相信这是真的。他立即给秀珍写信，想从她嘴中证实这个消息是假的。然而，封封问询，如泥牛入海，有去无回。秀珍忽然之间蒸发了，没了任何音讯。他蒙了，一腔真情突遇兜头冷水。恋人竟背叛了自己，没有一点思想准备的林峰，一下子跌进痛苦深渊，他失眠了，难过、惋惜又无可奈何，为什么呢？

林峰想连夜飞到秀珍身边，问个究竟。

"我想请3天假回胶州。"林峰跑去跟领导请示。

"下周要集训了，没有特殊情况，不准假。到胶州干嘛呢？"

林峰只好说出实情。领导听完，严肃地对他说："林峰啊，别回去了，咱堂堂男子汉，要经得起失恋打击。别冲动。"

说的容易，做起来太难了。那段时间，林峰学会了抽烟，烟雾缭绕中，痛苦像针尖像芒刺扎在他的心上。苦苦挣扎之后，坚强的林峰，还是默默把这份夭折的爱情收了起来，埋在了心底。他没有怨恨秀珍，他知道爱不可强求，她有选择的权利。因为爱她，他发现自己可以没道理地去宽容她，尽管这段时间，他食不甘味，心力交瘁，但还是默默接受了秀珍的悄然离开。

5

自从和林峰失去联系，秀珍再没爱上哪个男子。其间，有人给她提亲，也有其他男子暗示过好感，都被她拒绝了。她内心最重的那份感情，早已倾囊而出，已没有力量再去爱另一个人了。林峰是她用生命爱过的男人，没有人能替代。她对林峰的爱，决绝到可以让她牺牲掉自己的幸福。他在她的身体里留下了色彩强烈的影像，那影像充满秘密和期待，有着谁也不曾知道的喜和忧。她一个人守着他，不寂寞不苦闷，亦无需人弥补。心中有他，再孤独的灵魂也有去处，再寂苦的日子，也充满慰藉。

日子就这样一天天过去，秀珍的青春在孤独中流失了。1982年，44岁的秀珍，因患子宫肌瘤，被推上手术台，做了子宫切除手术，健康每况愈下。也就是这年，秀珍看似波澜不惊的人生，又出现了充满戏剧化的桥段，林峰再一次出现了。

那是10月的一天，门卫老张急匆匆来到车间，叫秀珍赶紧下楼，说有个军官找她。正在案头踩缝纫机的秀珍，还没反应过来，工友们就"呼啦"一声围过来，七嘴八舌起哄。秀珍的爱情故事，曾感动过工友们。这下好了，她们笑着闹着取下她的套袖，扑落她身上的线头，兴奋地推搡着她。

秀珍在大家的哄闹声中站起来，慌里慌张抚弄了一下头发，正要下楼，忽然又重新回到座位坐下来："不见了，不见了。"她掏出小镜子照了照，唉，病怏怏的样子，怎么可以啊。她回头对张师傅摆摆手："张师傅，你就说我不在，让他走吧。"工友们不干了,把她拖下了工作台。

秀珍一步一步来到传达室。是林峰,她一眼看见一名英武的军官站在那里。他还是那么沉稳潇洒、高大挺拔。当林峰看见秀珍出现在眼前,也不由自主地笑了。

"我来山东出差,特意绕道来看看你。"林峰细细端详着秀珍,寻找着她年轻时的模样。

"你一点没变,还是那么年轻。"秀珍递给林峰一杯水,坐了下来。

"这几年,你还好吧? 丈夫和孩子都好吗? 孩子们是不是长得很高了?"林峰关切地询问着秀珍的近况。

停顿了好一会儿,秀珍平静地说:"我,一个人过。没结婚。"

"小乔说你和同事结婚了!"林峰的声音不由得激动起来。

"没有。我当时想,只要不影响你的前途,我怎么着都行。"

林峰一下子怔在那里,蒙了。原以为秀珍和她同事早结婚了,原以为他们已儿女成群,原以为她过得很好……他一下全明白了。

"我真笨,太傻了,怎么就没想到啊! 你为什么要这样? 秀珍,告诉我为什么?! 对不起,对不起!"都说男儿有泪不轻弹,此时的林峰已泣不成声,语无伦次。

"别这样,林峰,这都是命运。一切都过去了,今天见到你,真的很高兴。"秀珍喃喃地说。

"其实那年我应该来找你,可我没有勇气,怕破坏你和未婚夫的关系。接到信的第二年,我曾专程到青岛,想见见小乔,可是没有找到她。我又找到你大哥,问你是否还在服装厂上班,他说是。如果当初我再多问几句,也许会是另一种结果。秀珍,我一直忘不了你。"林峰懊悔地说。

"谢谢你还记得我。你呢？过得好吗？"秀珍看着林峰，恍若人在梦中。

"收到你的分手信后，又过了 3 年我才结的婚，有了 3 个孩子。"林峰一脸内疚。

"回家和嫂子好好过日子吧，我一个人，已经习惯了，挺好的，你不要挂念。"秀珍将脸转向窗外，她所有的痛和苦，如今都沉淀下来，习惯了一个人面对，习惯了一个人默默消化。

他从包里拿出厚厚一沓钱，塞给秀珍："我知道，钱不能消除我的歉疚，可至少让我心里好受些。"

"不，你拿回去，我有工作，你别担心，只要你幸福我就满足了。"秀珍坚决不要。

林峰五味杂陈，这个自己一生都无法忘记的女人，竟然用这种爱的"拒绝"来成全他的幸福。他知道，此后的生活，因为秀珍，他将携带上沉重的牵挂。

秀珍站在门口，远远目送着他，他宽阔的背影越走越远，她心里反而有些许欣慰。

6

1986 年底，林峰已转业到了太原，他又一次来到胶州，这次，他是来接秀珍的。他的妻子已去世 3 年了，他要接秀珍一起度过余生。

那天，一场大雪，给小城穿上了银装。林峰辗转打听到秀珍所在的住处，一下火车，就直奔坊子街。

大雪已没膝，他深一脚浅一脚走着，远远地，看见有个人，正踩着凳子敲打着烟筒，寒风中，打烟筒的声音被呼呼风声淹没了，这人身子单薄，似乎一阵风就能吹倒。走近定睛一看，林峰吃了一惊，是她！他鼻子一酸。

"秀珍，快下来，让我来！"秀珍闻声低头看："林峰！怎么是你！"慌乱中她一下子从凳子上人仰马翻地跌落下来。"秀珍！"林峰大叫一声跑过去，雪地里，两人紧紧拥在一起。

一群猫从屋里各个角落探出头来，林峰的突然闯入，是不速之客，打扰了这间寂寞的居室，7只猫警惕地"喵喵"叫着，秀珍呼唤着它们的名字，仿佛在喊着自己的7个孩子，猫儿渐渐安静下来。

"我这次来，是接你回家的。"林峰没等坐下，开口说道。

"回家？"一只猫跳到秀珍的怀里，她抚摸着小花猫，眼神温软又慈爱。

"是的，我要娶你，答应我。"林峰从怀里掏出一枚戒指，拉过秀珍的手。

秀珍立马缩回手："不，我说过，别这样，我不能破坏你的家庭。"

"我太太已在3年前去世了。我想和你在一起，秀珍，没有你，我不会幸福。"

屋里一下静了，寒风拍打着门窗，秀珍站起身来，她在屋子里来回踱着。此刻，两种声音在她心里争斗：去吧，纵是迟了些，亦是圆满，这不正是你期盼的吗？不，她的子女不会接受你，你不能给林峰带去麻烦和累赘。

"林峰，我没能为你生儿养女，我没资格，让你的儿女侍奉我，我没为你的家庭做过贡献，哪能去享福，我不会给你制造麻烦的，不会。"秀珍拒绝了林峰的求婚，她的爱，容不得半点缺憾。

任凭林峰怎么劝说，都无济于事。

后来，林峰回了太原，秀珍依旧一个人，和一群猫生活着。2008年一次煤气中毒使她陷入了睡眠状态，成了植物人，单位将她送到了养老院，第二年去世了。

　　假如，他们晚些年降生，错过那个特殊时代；假如，她在他第二次求婚时，勇敢接受，不以最凛然、最动容的姿态，保全自己的完美情感，或许她的人生会是另一番样子，这个故事会是另一种结局。

　　然而，生活没有假如……

　　远在太原的林峰，知不知道秀珍已离开人世了呢？或许某一天，他又步履蹒跚地出现在这座小城，来探望他初恋的情人。人已逝，情仍在，多少离愁，揉碎断肠。

采访手记

听说张秀珍的故事，很偶然。2000 年 11 月的一天，同事李燕说邻居老太太家死了只猫，老太太哭了整整一天。

"猫对她来说像孩子，每当有老猫死了，她都要哭上一场。"李燕说这位邻居一辈子没结过婚，曾爱过一个人，但后来不知怎的没成。

听到这里，我忽然心头一震："为了一个人独守一辈子？"这是怎样的爱情，她生命中到底经历了什么？那一瞬间，想探寻她，走近她的冲动紧紧抓住了我。

第二天，我和李燕打着看猫的幌子，走进张秀珍的家。这是 3 间平房，地处城区老商业中心的坊子街，北边是钱市街，南临劈柴市。我们推门进去时，一股烤鱼香扑鼻而来，炉子上的小干鱼"嗞嗞"冒着热气，一群猫围在火炉旁，录音机里正在播放老歌《又见炊烟》。张秀珍穿着一件高领黑色羊毛衫，一眼看上去，她皮肤白皙，五官精致，举手投足那么优雅。

"这些小东西嘴巴可谗了。"她关掉录音机，抱起一只猫，微笑着给我们让座。我们的谈话从她的猫开始，琐碎而有趣，我不时笑出声。

"小猫咪确实可爱。可是……为什么……你真的没遇到适合结婚的人吗？"我终于试探着问道。

"有，他是军人。"许是聊天的氛围好，许是她对我一见如故，张秀珍敞开自己，和我们谈起了那段往事。

她语速和缓，娓娓道来。吃饱了的猫儿，偎在床上打着盹，我和李燕仰脸听着，不放过一个细节。我曾被小说里的爱情感动过，然而此时，没有哪个爱情故事，可以这样让我不知不觉泪流满面。

"假如政审这关能过，你并不会拖累他呢？"我忽然想到这个假如。

她一愣，表情一下僵住了。"或者，林峰第二次来找你，你跟他走。"我心疼地说。

表情一直从容淡定的她，眼神忽然闪了一下，迅即又黯然下来："我当时不敢冒险，我爱他胜过自己，他带走了我的魂。"她的眼泪随之汩汩流了出来，我无法描述她的表情，只感觉到，半个世纪的情感风云在她脸上急剧蒸腾翻滚。

李燕的眼泪也止不住了。此时此刻，故事的讲述者和倾听者，都陷入了沉思。

把悲伤和承受留给自己，给对方一片光明前程，这是成全之美里的大爱，它传达出的痛疼和沉重、付出和忧伤将我深深震撼。

（原载 2009 年 8 月总 357 期《博爱》，有删节，2016 年第 6 期《军嫂》转载）

被"分居"的父母

这是一个有关养老的故事。父母辛劳一生，晚年本该好好享受生活，却被子女无休止地"啃老"。只有经历了差点失去，做儿女的才懂得珍惜，才幡然醒悟。父亲节这天，我参加了一个爱老敬老活动，什么是"孝顺"，成为大家讨论的话题。有人说给父母足够的赡养费是孝；有人说常回家看看，在精神上多陪伴是孝；有人说不惹父母生气，多为父母分担家务是孝；也有人说不啃老也是一种孝。活动组织者王晓红说，她曾经让母亲给带孩子，造成了父母被"分居"，这种啃老行为，现在想来很惭愧。那天，王晓红生动地讲述了她的"啃老"故事。

1

父亲突然变了，以前他性格温和，言语不多，爱笑。现在倒好，动不动生闷气，还学会酗酒。最让我生气的是，他以前对母亲可好了，夫妻恩爱，左邻右舍没有不夸的，现在经常对母亲发火。难道男人也有更年期？我现在一听父亲的声音就心惊肉跳。

那天又接到他电话，说崴脚了，"反正我不能下床，没办法做饭，你们看着办吧"。最后他竟撂下这么句话。母亲一听急了，要连夜赶回老家。我说别着急，先弄个明白再说。

我向哥哥求助，我说哥，爸又有事了，你快去看看，看他真的把脚崴了？我不信。因为前几天父亲半夜打来电话，责骂母亲过期的感冒药为何不扔了，害得他吃后上吐下泻，差点送了命，电话那端他不依不饶，闹腾了一夜。这才消停了几天啊，又来了。

我哥离老家近，开车只需一个半小时。记得我妈帮带小侄子那阵，父亲挺好的，那时他还没退休，周末就去看孙子，笑呵呵的。可后来不知怎的性情大变，爱找母亲的茬，对哥嫂也看不顺眼了。

以前哥哥跟我说父亲的不是，我还不信，现在该我向哥哥诉苦了。哥哥总是站在我这边，埋怨父亲，可母亲不，她不愿指责父亲，还让我多体谅他。在异乡打拼，人生地不熟的，我和老公容易吗？事业正处在上升期，工作压力大，孩子又小，他怎么不体谅我们？

果不然，父亲根本没崴脚。哥哥赶回老家时，他正在便利店买方便面，走得好好的呢。

"爸，要不你到我家住些日子吧。"这话哥哥不知说过多少次了。

"不去！哪儿也不去！我不是你妈，谁招呼一声，就颠颠地去了，家也不要了！"父亲没好气地呛哥哥。

"那你要咋样？我们都在做事，你胳膊腿好好的，能吃能睡，要我们咋样？你帮不上什么忙，我们没意见，可你别添乱啊。"哥哥忍不住也上火了。

"到底谁给谁添乱？还没轮到你来教训我！"刚进家门，没说上几句话，父子俩就吵上了，哥哥一气之下摔门而去。母亲得知父亲撒了谎，笑了，接着又沉默起来。"妈，我爸才刚刚60岁，还没七老八十需要人照顾，你别理他，不能由着他任性。"我觉得父亲越来越古怪了。

父亲再没来电话，母亲有些不放心，我劝她不必担心，父亲肯定是在赌气，看他到底还能折腾出啥花样来。

2

忽然一天，我妈接到尚阿姨电话，她说父亲出事了。

尚阿姨是我们的老邻居，和我家住对门。她说早晨开门吓了一跳，父亲浑身酒气，躺在地上呼呼大睡，她赶紧招呼家人把父亲送到医院。原来他昨晚喝醉酒，深夜回家时，稀里糊涂以为到家了，就卧在家门口睡了，还呕吐了一地，脸也磕破了，流了不少血。

这次必须回去看看了。我妈离开时，圆圆搂着她脖子哭得撕心裂肺，看得我心疼得要命。"带她一起回去吧，爸没事的话，你们赶紧回来。"我把他们送到机场。

我妈回到老家后直奔医院，父亲已经没什么事了，洗了胃，医生说像他这样的年纪，血压还高，酒精中毒这么厉害，竟然在水泥地上躺一宿，万一呕吐物塞住鼻孔就完了，命够大的。

父亲酗酒的毛病已好几年了，这次最严重，我妈有点害怕了。尚阿姨打听了个戒酒偏方，父亲哪肯配合，说他现在就这点乐趣，休想剥夺，母亲和他吵也没用。尚阿姨见一向恩爱的父母，现在关系这么糟糕，就劝母亲赶快回老家，说年纪大了，老两口相依相伴嘘寒问暖，日子才温暖，这样常年分居不是个事。

母亲打来电话，转述了尚阿姨的话，并且跟我商量，想让圆圆留在老家，这样两边她都能照顾上。

"不成！"我一口否决了，"那圆圆不成了留守儿童？你知道留守儿童缺母爱，后遗症多严重。千难万难，我不会让女儿离开我的。"

"那你爸怎么办？这几天话都不跟我说，好像抑郁了。"

听我妈的口气，她不打算回上海了，我好说歹说，让她多为我想想。

可一个月过去了，老妈还没带圆圆回来，我请了三天假赶回老家，真是心力交瘁啊。

一进门，女儿扑进我怀里撒娇，多日不见，看来她想我了呢。父亲阴沉着脸，好像我欠他什么似的。我妈悄悄把我拉到一边，耳语道："你尚阿姨说，你爸现在见谁都冷着脸。"我才不在意呢，谁叫他是我爸呢。

在老家待了两天，母亲怎么劝我也不想把圆圆放下。母亲抱歉地说，等她帮我父亲戒了酒，再跟我回上海。我一下子拉下脸，抱起圆圆嘟囔道："我算知道了，现在指望谁都不行，得靠自己。"

圆圆见我要抱她走，突然张开小胳膊扑进姥姥怀里。我又没好气地抱过来，她"哇"的一声哭起来。圆圆一直是我妈带，挺依赖她的，这一来一回，圆圆就是不撒手，哭声越来越大了，我妈收拾了下衣物，又跟着我一起回到上海。

3

父亲真不让人省心啊，我只盼着圆圆快快长大。我妈从老家回来后，变得心事重重，每天给父亲打一个电话。可每次话没说完那边就挂了，可她还是坚持打，怕父亲再喝得不省人事。母亲脸上的笑容少了，时常走神。

"妈，你把心放宽，像我爸这种犟老头，你越依从着他，在乎着他，他越来劲了。"我开始怨恨起父亲。

"他生我的气，我倒是能理解。这几年，我在你哥家一待四年，来上海也快三年了，撇他一人在家，确实挺孤单的。听尚阿姨说，经常看他往家搬方便面和酒，吃饭糊弄，也不愿跟人搭话，变了。"我妈一直在袒护父亲，似乎父亲这样全是她造成的。

"啊呀,现在多少老人分居,年轻人就这个困难时期。我爸也真是,他年轻时也没这样离不开你啊。"我说。

"是啊,你爸那阵脾气可好了,和我说话没起过高声。我们见一面不容易,可他逮点机会就往家跑,帮我干活。有一次,他回家时,都半夜了,放下行李就去洗衣服,第二天,又赶了回去。"老妈又在回忆了,我听了不知多少遍。

我记事起,父母就分居两地,我们在济南,我爸在重庆一家兵工厂当技术员。姥爷和爷爷都是济南人,两人曾是同事。后来爷爷支援大三线建设去了重庆,和姥爷一直保持联系,父母就是他们撮合的。我上高中时,我爸才好不容易调回济南。

"你和你哥就爱抢他的包。有一次,他给你们背回一大袋红苹果,肩膀都勒出大红印子,他可宠你们了。"母亲只管自个说着,老人就爱唠叨旧事,我都听烦了。

那天我回家已经很晚了,一进门母亲对我说:"今天电话一直没接,你爸不会有事吧?"

"没事,别瞎想。"我扔下包,进了卫生间。

出来时,听见母亲给哥哥打电话,哥哥和我想法一样,他轻描淡写地说,老爸又生气了呗。可老妈很担心,半夜,我看见她房间的灯还亮着。

第二天一早,她又拿起电话,父亲仍然没接。母亲竟然坐在沙发上掉开了眼泪。

"唉,哥,你快再跑趟腿吧,看看爸到底要咋样嘛,快愁死我了。"我又给哥哥打电话。

"麻烦尚阿姨去看看吧,我有事脱不开身。"哥哥说完挂了电话。无奈,我厚着脸皮向尚阿姨求助。

一会儿,尚阿姨来电话了,父亲不在家。尚阿姨是个热心肠,她在小区里、菜市场、广场上又找了个遍,还是没有,她给父亲打电话，也没接。

失踪了？这次我也急了，立即打电话发动亲朋好友去找，我和哥哥立马往回赶。想到父亲有可能的种种不测，我几乎要哭起来。一天过去了，还是无果。父亲的手机开始一直通着，可到第三天时，关机了。我们更慌了神，无奈报了警。晚上12点，我们接到警方电话，说有个老人在植物园一个深沟草丛里，让我们去看看。是父亲，他手里握着手机，已经没电了，人已虚脱，无法说话，处在半昏迷状态。

在医生的抢救下，父亲终于苏醒过来，可一言不发，怎么问也不回答。医生给他做了全身检查，确诊他患上了抑郁症。原来，他躺在植物园里绝食啊。

失而复得，我守在父亲病床前寸步不离，庆幸母亲心细，要不然就是一场悲剧，我会懊悔一辈子的。医生说，特殊事件的刺激，或者压抑环境的长期影响，人容易患上抑郁症。患者精神压抑，身体疼痛，会遭受双重痛苦，家人要好好呵护，不仅心理上多疏导，更需要药物治疗。

尚阿姨不时拿眼看我和哥哥，我们惭愧地低下了头。这几年，除了各自顾着小家庭，我们根本不考虑父母的需求，没想到会出现这样的后果。

母亲回老家了，我给圆圆请了个保姆，困难总有解决的办法，我再也不会让父母为我分居了，经历了这次差点失去，才知道父母的重要。

听着王晓红的故事，我感触很大，幸亏她及时转变，老父亲还在。忽然心生羡慕，父亲早年去世了，我还没来得及尽孝，作为儿女，这是我人生最大的遗憾。

（原载2016年7期《今古传奇》下半月）

"非常"女孩的爱和愁

2008年，上海某科技公司工程师张岩，来青岛为高新区一家外资企业做培训，在入住的大酒店遇到了女孩孙静。正当两人陷入热恋时，孙静忽然失踪了。两个月后，张岩在当地媒体的新闻里看到两则报道：《22岁不知自己是男是女》、《谁能帮我披上嫁衣》，孙静的大幅照片赫然刊登在文中。原来她是双性人！面对突如其来的"惊天"秘密，面对恋人的巨大痛苦，张岩的爱情将如何进行下去？

1

2008年9月3日下午2点，上海电信科技发展有限公司，济南分公司张岩受公司委派来到青岛，为高新区一家外资企业进行视讯系统上机培训。

张岩学的计算机专业，大学毕业后，被这家公司聘为电信工程师，负责山东17个地市电力行业设备安装、调试和维护。

入住酒店的第二天，张岩在旋转餐厅，边享用美食边欣赏窗外慢慢"移动"的海水浴场沙滩美景，以及远处的点点白帆。

"您好，张先生，波尔亚公司的司机在楼下等您。"张岩转过身来，一个年轻女孩正笑盈盈地站在那儿。

"我是酒店工作人员，807客房由我服务，受波尔亚公司委托，您入住期间有事请尽管吩咐，这是我的电话。"女孩双手递上。

张岩说了声"谢谢"。他抬眼又看了眼女孩，干练的短发，高高的个子，肤色白里透红，眼睛细长而清亮。

这个女孩就是孙静，刚来这家酒店从事贵宾服务工作。

晚上张岩回到酒店，当他步态微醺走到807房，看见孙静站在门口。见张岩表情诧异，孙静很职业地笑了笑："张先生，我们的服务有不周的地方，请多提意见，晚安。"

"我还要写封表扬信呢，你们的服务很好。"张岩边说边看了看她佩戴的徽章，问了句："你叫什么名字？"

"孙静。"她向后退了一小步，脸露羞涩。

这天晚上，张岩失眠了，辗转反侧中，孙静高高的身材，一低头羞怯的微笑，纯净的眼神，让他忽然产生很心疼的感觉，这感觉丝丝缕缕拉扯着他，触动着他，太奇妙了，张岩忽地坐起来点燃一支烟。多少年来，因为一米五八的身高，他在男人堆里显得很不起眼，他甚至有些自卑，怀疑这辈子不会有保护女孩的冲动，然而这一刻，他发现内心强大起来，心里竟然生出一种强烈的保护欲。这感觉对他而言太重要了，他找到了。莫非这就是一见倾心？

2

半个月的培训转眼就要到期，2008年9月16日，张岩发现自己喜欢上了孙静。周末，他以感谢服务尽善尽美为名约她一起爬山，孙静爽快答应了。

漫步在青石板小路上，一边是碧海连天，浪花拍岸，另一边是青松怪石，山美云奇。崂山的美景让人沉醉，张岩不时侧目看孙静，她的面庞线条硬朗，有种男孩态，他喜欢这种柔中带刚，喜欢她走路虎虎生风的样子。

一对对恋人从身边走过，一对喜鹊正飞回巢居，孙静停住脚步抬头看，松树枝上的喜鹊在窝边飞来飞去，不时喳喳地叫着。张岩突然拉过孙静的手，在她的掌心上写开了字。孙静低下头，看着他一笔一画，忍不住笑着说："你这是，在写什么呀？"

"做我的女朋友好吗？"张岩终于开口向她表白，"也许你不相信，自从见到你，我心就乱了。"

孙静脸瞬间红到脖子。张岩见她表情惊喜又慌乱的样子，觉得她越发可爱了。

那一夜，孙静失眠了，她抚摸着手掌心，仿佛那些字还在，张岩沉稳又温和的样子，在她眼前晃动，她很想走近他，可是不能！她站起身来，在穿衣镜前打量自己，忽然心里很难受，眼泪不知不觉流了下来。

培训结束已经十天了，张岩找出各种理由拖延回程。2008年9月29日，他接到单位速归通知，让他到南京参加一个项目的前期调研。考虑了整整一个晚上，张岩决定为孙静辞职。

他租了房子，又重新找到一份工作。上班第二天，他在家精心准备了烛光晚餐，邀请孙静来做客。那天他谈了很多，说自己1985年6月出生，老家在济南郊区，从小他对家里的电器感兴趣，常常偷偷捣鼓着拆开再装上，电视机、收音机、电风扇曾被他拆坏过无数次，为此没少挨父亲的巴掌母亲的数落，可他认准的事谁也拦不住，不达目的不罢休，照样我行我素。在父母眼里，他除了破坏电器的"恶习"不改外，是个优秀的男孩。

他打开一瓶红葡萄酒，给孙静斟上："我最爱这味道，闻一闻鼻子里会钻进丝丝果香，入口柔滑温润，喝下去有回甘，这是种初恋的感觉。"

他斟了一小口，放下杯子："你给我的，就是这种味道，我喜欢你，我是认真的，答应我。"张岩端起酒杯，站起来走到孙静面前，认真地看着她。

孙静点头又摇头，这些话对她来说新鲜又温暖，人好像要被融化了，她感动着。突然，像被什么惊醒了似的，她猛然站起来执意要走。张岩将孙静送回家，临别时，吻了一下她的额头，孙静显得很窘，转身"嗵嗵嗵"跑上楼。张岩望着她惊慌失措的背影，笑了，多么单纯的女孩子。

随后几天，孙静没有拒绝张岩的邀请，他们一起看海，散步，到书店买书，听演唱会，穿梭在市区各处寻找美食。

一天周末，孙静约张岩看望小六子，小六子是四方儿童福利院的孤儿。他们带来了零食，小孩乐坏了，偎在孙静怀里问这问那，要离开时，小六子边挥手边说："妈妈，再来看我哦。"孙静看了一眼张岩，尴尬得手足无措。

"认识小六子多久了？"回来的路上，张岩牵起孙静的手。街灯亮了起来，她的善良再次打动了张岩。

"去年，我在电视上看一个节目，小六子的样子就忘不掉了，第二天我就去了福利院，看过他几次后，有一天他喊我妈妈，我就更放不下他了，是缘分吧。"孙静说。

"以后，我们也生个小六子好不好？"没等孙静回答，张岩把她拉到怀里，耳语道，"我是真的爱你，我们在一起吧。"孙静打了一个冷颤，她推开张岩飞快地跑开，张岩紧紧追上去，孙静迅速进了家门，把张岩关在了门外。

张岩每一次动情，都被孙静拒绝，这让他很不理解，他赌气不理她了。一周过去，张岩坐不住了，他开始反思自己，是不是感情进展太快，吓到了孙静，她那么羞涩和内向，他应该理解她，不该生她的气。他给孙静发短信道歉："对不起，原谅我的情不自禁，情之所至。"

孙静没回。张岩打过去电话，传来孙静带着沙哑的声音："对不起，我也爱你，但我们不能在一起。我不想失去你，多想披上婚纱做你的新娘，可是……我有我的苦衷。"

"什么？"孙静的话，让张岩摸不着头脑，"听着，我要娶你！我要让你披上婚纱，做我的新娘，相信我！我要带你回老家见父母。"张岩大声喊道。

张岩话还没说完，电话断线了……

<h2 style="text-align:center">3</h2>

孙静失踪了。

张岩去单位找她，已经辞职，到租屋去寻找，刚刚搬离，打电话发短信，关机。

一夜之间，孙静人间蒸发了一样没有任何消息。张岩找到孙静的好友王一帆，找到孙静的老乡孙美霞，张岩把所能联系到的人，一一找过去，没有任何线索。他抱着最后一线希望，身心疲惫地来到孙静叔伯堂嫂家。堂嫂表情极为复杂，眼神躲躲闪闪，欲言又止了好久，最后说："小张，别再找了，她不见你，肯定是有原因的。"

2009年2月20日，对张岩来说是一个极度昏暗的日子，他日夜思念的恋人出现了！但不是在他面前，而是出现在媒体的新闻报道里。《22岁不知自己是男是女》、《谁能帮我披上嫁衣》，主人公就是她。原来孙静是一个双性人！她和父亲挥泪相拥的大幅照片，一下子揪住了张岩的心。天啊，这是怎么回事？他把报纸揉成一团，撕得粉碎。一会儿，他又飞快跑到报摊上买了一份，一个字一个字地重新细读。

原来，孙静四岁遭父母遗弃，被跛脚孤老汉孙大海收养。从懂事起，她就知道自己的身世，和与众不同的身体。父亲曾带她去看过医生，医生说她是双性人，需要进一步检测才能确定性别，只有做手术才能让她成为正常人。父亲答应孙静等攒足钱给她做手术。

刚刚上学时，上女厕还是男厕，她都要踌躇好大一会儿，因为男孩和女孩的外生殖器她都有，她总是趁没人时进女厕，她的身体藏着难以启齿的秘密。年龄越大，她的处境越尴尬，要用种种理由拒绝和同学洗浴，要搪塞同学追问不见月经来潮的疑惑。

可青春到来了，等不及攒足手术费，她开始爱美，将手指甲染成浅粉色，看见异性就脸红，爱看青春剧，喜欢追星，脑袋里映现电视里男女情爱镜头。她还经历了一场短暂恋爱。一个男孩闯入她的生活，父亲要她一定要说出实情。可孙静鼓足勇气说出难言之隐后，男孩从此消失了，这场短暂的恋爱，让孙静难受了很长时间，从此，她不敢再恋爱。

可张岩的出现，让她彻底乱了方寸，这个善良细心的男孩，让她品尝到了爱情的甜蜜，体味到了生命的美好，可她同时又陷入巨大的痛苦之中，万般无奈之下，她抽身离去。可她又多么不甘心。

孙静回到老家，向父亲求助："爸爸，我恋爱了，可我不敢告诉他我的情况，我想和他结婚……"

62岁的孙大海听后，不吱声，他到门外"吧嗒吧嗒"抽烟。最后，孙大海返回屋内，对孙静说："孩子，都怪爸爸无能，可天无绝人之路，你别难过了，咱们再想想办法。"一直独身的孙大海对孙静疼爱有加，22年来他们相依为命，他一心盼望孙静能成家，在他有生之年了却心事。

"要不，咱向社会求助吧，看有没有好心人帮助你做手术。"孙静没答应，将自己的隐私公之于众是件多么困难的事。可是，想成为正常人，想和身边女孩一样享受爱情，又是她多么渴望的，此刻，这渴望从未这样强烈过。

经过两个月的痛苦抉择，孙静还是拨通了媒体的电话，倾诉了自己的遭遇。

很快，孙静的事经媒体报道后，引来好多人同情，东方医院当天主动联系孙静，愿意出资免费为她鉴别性别，实现她的愿望。

4

第二天，孙静开始进行各项检查，血常规、性激素、肾上腺、染色体、CT、腹部 B 超，一系列化验和检查。

2009 年 2 月 23 日下午 1 点半，护士推开 512 病房："孙静，有人来看你。"孙静抬起头，是张岩！只见他一脸憔悴，倚在病房门框上，她半天没回过神来。

"你怎么来了？"孙静低下了头，眼泪瞬间夺眶而出。

张岩的眼圈也红了："我到处找你，人要疯了，你不该这样待我。"

孙静哽咽了："都是我不好，对不起，我只是不想连累你。"

张岩坐在床边，沉默了好长时间，对她说："这段时间，找不到你，我什么都做不了，整天胡思乱想，答应我，今后别再这样折磨我，有什么困难，咱一起扛。"一席话，打消了孙静的顾虑，她扑进张岩肩上，紧紧拥抱在一起。

张岩毅然决定陪恋人蹚过生命里的冰河，如同当初辞职选择留下一样。病房的医护人员得知他们的故事，都震惊了，感动之余，纷纷送来了祝福。

2009 年 3 月 6 日，孙静的染色体检测报告终于出来了，核性别为 XX，女性。孙静高兴坏了："从小到大，我一直觉得自己是女孩的，果然！"孙静几乎要跳起来。

可是，接下来的消息，让孙静陷入深深痛苦，她不能生育！

主治医师告诉他们，诊断结果是女性假性畸形。但同时还患有糖尿病。餐前血糖已高达 17 毫克。刚刚还沉浸在兴奋中，孙静的表情又凝重起来。怪不得偶尔感觉视力模糊，总以为是疲劳所致，没想到罹患糖尿病。

医生对孙静说："经 CT 及 B 超检查，你的子宫呈幼稚子宫，双卵巢缺失，腹腔内没有睾丸，内分泌及女性激素水平接近正常值。通过会诊，我们建议你做切除阴茎和阴道整形手术。术后将进行女性激素替代治疗，促使你的女性副性征发育。你和家人商量一下，同意做，我们好准备手术。"

"没有卵巢，我不能生孩子。"万分沮丧的孙静，一下子变得有气无力。

"是的。你 2003 年 16 岁时在乡镇医院做的那次手术，存在两种可能，一是因月经排不出来造成腹痛，发育不良的卵巢被当成肿瘤切去了，还有一种可能你患有肿瘤，是天生无卵巢。现在我们已没法判断了。"听着听着，孙静的手心冰凉，头上直冒虚汗。

"上天为何要剥夺我做母亲的权利?! 天灾人祸为何偏偏都降落在我身上?! 我不想做手术了，我要回家。"

"别难过了，我们可以领养个小孩，像小六子那样可爱的。"张岩不断安慰着低声啜泣的孙静。此时此刻，他什么都不去想，只希望孙静好好地活着。

这天张岩给孙静讲了个故事，说美国有个半截人，天生没手没脚，他能用头打球，在游泳池里冲浪，到处演讲，活得很坚强很快乐。在张岩的鼓励和劝说下，孙静低落到冰点的情绪，渐渐回暖，最后她同意做手术。

经过一段时间的治疗，孙静的身体状况达到手术要求，3月 12 日上午 8 点，孙静被推向手术室。张岩握着她的手，孙大海一路小跑紧紧跟着。躺在手术推车里的孙静，眼睛模糊了，泪光中，看见两个男人互相挽扶着，心疼地看着自己，他们一脸紧张，又强作镇静。她慢慢闭上眼睛，为了他们，一定要挺住。

12点零5分，手术门开了，医生兴奋地说："手术非常成功。"漫长等待像过了一个世纪，张岩一下瘫坐在椅子上。

孙静从迷迷糊糊中醒来，睁开眼，看见一束阳光照进屋子。医院的院长孙玉安多次为孙静做心理疏导，帮她走出心理阴影。他说："现在的你，除了无法生育，无论生理心理上，都是一个真正女孩，今后你对男孩子更加感兴趣，你会和其他女孩一样，享受正常婚姻生活。"

孙静的皮肤越来越细腻红润，出院那天，她穿上一件古色古香的玫红色大衣来到栈桥，张岩举起相机"咔嚓、咔嚓"为她拍照，她凭海远眺，笑容定格在一瞬间，孙静像重新活过一样，幸福地依偎在张岩肩上，脸上充满"面朝大海，春暖花开"的欣喜。

5

孙静尽情享受着热恋，并备好礼物准备去见张岩的父母，可是，她被拒绝了。张岩的父母反对儿子娶孙静，接受不了她不能生育的事实。

可张岩态度坚定，他继续和孙静交往。一天周末，两人来到台东步行街逛夜市，孙静在一家影楼的橱窗前停住了脚步，一款白色的婚纱吸引了她的目光，她久久站在那里，一脸羡慕。张岩明白她的想法，拉起她的手向婚纱店里走："来，咱去照结婚照。"

"我还没做好准备呢，再等等吧。"孙静虽然心里高兴，但还是摇了摇头，她说没有父母祝福的婚礼不完美，她要等到幸福的那一天。

2011年3月，张岩打算回老家说服父母，临行前，他对孙静说，等着我，我会带你一起回老家的。望着张岩远去的背影，孙静心里忐忑不安。

孙静开始购置衣物，一定要打扮得漂漂亮亮去见未来公婆，养父为她备好了礼物。她手机不离身，随时随刻都在等候着。

没想到，张岩出事了，他在老家发生了车祸！

孙静接到张岩哥哥的电话，她举着手机，两腿一软抖得站不住了，她立即打车赶往火车站。六个多小时的车程，孙静心急如焚，恨不得火车飞起来。当她赶到医院时，张岩还处在昏迷状态。孙静扑倒在张岩的床前，一时说不出话来，她拿起他的手，贴在自己脸上，连声说着："你一定要好好的，答应我。"张岩的父母站在那里，禁不住直揉眼睛。

第二天张岩终于醒了过来，除了脑震荡和右小腿骨折外，还有多处软组织损伤，所幸没有致命内伤。原来，张岩回家后，劝父母接受孙静无果，心情极度沉重，晚上彻夜失眠，白天恍恍惚惚，过马路时被一辆轿车撞了出去，当场不省人事。

孙静不离左右守在床边，她用乌鸡加黄酒煲好汤，一汤匙一汤匙喂给张岩喝。张岩右腿打着石膏，不能翻身，孙静就给他翻身，做按摩，为他擦身。

张岩在医院治疗了一段时间，伤情稳定后回家休养。孙静变着法儿调理他的饮食，熬制治疗骨折病人的中药汤，精心照料，对张岩呵护得无微不至，这一切张岩父母看在眼里，被他们的真情感动了，决定成全这对真心相爱的年轻人。

2011年11月8日，孙静的养父、叔伯家的哥嫂，一起来到张岩家相聚，两家人热热闹闹地为他们举行了隆重的订婚仪式。

宴席上，孙静举杯感谢家人："没想到，我还会有今天，像是在梦里。我要好好珍惜张岩，珍惜他给我的幸福。"张岩

的父母笑了，孙大海更是合不拢嘴，看到女儿历经磨难终于有
了归宿，他打心里高兴。

他们的婚礼定在元旦举行。一个命运多舛的女子，在经历
了人生困厄，遭遇了命运捉弄后，依然相信生活，相信爱；张
岩用不离不弃的真情，人性中最温暖的美好，抛开世俗偏见，
演绎了一出人间奇情。

（原载2011年11月15日《华西都市报》，原题《痴情工程师誓要为她披嫁衣》；

2015年1月《爱人》以题为《我爱，无关他的性别》转载）

永不褪色的父爱

九月初的一天傍晚，重庆市九龙坡区铜罐驿镇，气温闷热，尽管夏季已收尾，可"秋老虎"携着39度的高温仍在横行。晚饭过后，大街上陆续有人出来散步。

餐饮船老板张义课擦了一把汗珠子，招呼完一拨食客后，正准备回休息间小歇。他习惯性地向江边望去，突然，他发现沙嘴的回水沱里，也就是长江边上的横梁子水域，一群孩子正在游泳。"这些小娃娃，还敢在这里玩水，太危险了。"他嘀咕着边向前走了几步，刚要吆喝他们快点上来。"糟了，娃娃们溺水了！"等他凝神细看的瞬间，险情已经发生了。"不好，出事了。"他的心猛地一揪，赶紧呼唤同事，"廖顺昌，快过来，快，快去救人。"他顾不上穿鞋，边喊边狂奔。

此时，距离岸边七八米远的江水中，在湍急水流里，有3个男孩正在挣扎，他们沉沉浮浮，拼命扑打着水面。而在更远的江水里，一个儿童的头顶时隐时浮，他打着旋，一只手臂，正在一摇一摇像要抓拿住什么，又像是在向岸上的人求救。

张义课加快速度狂奔，他的右脚，怎么也使不上力气，原来多年前他当装卸工时，右脚踝扭断了，留下了后遗症，平日走路有点拐，此时遇急，这脚就更不听使唤了。张义课顾不得了，拖着这只不灵便的右脚，向前倾着身体，努力向前冲，他气喘吁吁，恨不能一脚跨过去。他跑到沙嘴后，顾不得脱衣服，"咚"的一声扎进江中，此刻的水流很急，他奋力向孩子遇险处游去。

几分钟后，他接近了溺水的小孩，一把抓住了离自己最近的小宝，小宝一看到大人，"哇"地哭了。"不要哭了，我救你来了，快，跟我来。"刘义课从背后推着他，向岸边快速游去，同事廖顺昌不会游泳，他待在岸上接迎，当他把水淋淋的小宝拉上岸时，刘义课又立马返回身子，往另外三个孩子身边游去。当他再一次接近一个叫小骏的孩子时，险情发生了，他被心急的小骏一下子抓住胳膊，好在张义课还有力气，他赶紧松开小骏的手，推着孩子的脊背向岸边游去，两个孩子已安全上岸了，等他回来再救小彬时，明显感觉体力下降，但他不敢松劲，咬紧牙关，一个也不能落下，小彬也顺利地被张义课的大手接住。快点，再快点，用力，他边喊着小彬，边给自己鼓着劲，等他们游到岸边时，张义课的体力消耗掉了一大半，虽然他自幼熟悉水性，但毕竟是51岁的人了，工作劳累一天不说，来来回回接连救起三个孩子，加上精神极度紧张，已疲惫不堪，他很想回到岸上休息，但是不能，远处还有一个叫小飞的孩子，他求生的手还在高高地举着，不要放弃他，不要放弃。一分一秒，就是生死，张义课又再次扎进江水，拼尽最后力气向处境最危险的小飞游去。

被夹堰水围困的小飞，正在做着最后的挣扎，此时他的处境的确太险了，水的力量把他推得老远，根本无法靠上去，张义课连续向小飞冲了几次都失败了。

所谓夹堰水，就是回水沱里的江水逆向上流，与回水沱外向下流的江水冲击形成的湍急水流，卷进这样的旋涡里，水性不好的大人都难以摆脱，何况一个小孩子，依靠自己的力量根本出不来的。经过几个回合的冲击，张义课凭借好水性，终于摸到了小飞。此时，拼命挣扎着的小飞已意识不清，但求生的本能使他一接触到张义课后，就死死抱住了他，并且一个翻身全力压住张义课的背，将处于窒息状态的头拼命仰出水面。张义课被体重达 94 斤的胖孩子一压，连呛了几口水，他挣扎了几下，想摆脱开小飞的手，试图绕到他的背后，托起他的屁股，可湍急的夹堰水就像一堵墙一样坚固不可破，翻不上身来，体力在消耗，小飞还在死死压住他，努力了几次都无法改变。这时的江水，加上旋涡的力量，似乎越来越难以游动身体，似乎把他们游回岸边的生路挡住了。连连呛水的张义课体力渐渐不支，可他仍在坚持。时间一分一秒过去了，最后张义课体能消耗殆尽，他的身体慢慢下沉，意识开始模糊，可是他在沉沉浮浮中，一个强烈的念头仍在脑中回旋，一定要让这孩子活下来。他扛着小飞，把他的头部顶在水面上。过了一会儿，两个人都不再挣扎，看不见的死神临近了。

一场救人的"战斗"场面，暂时平静下来了。

"张老板——张老板——"站在岸上的廖顺昌，发现张义课不见了踪影，只有小飞的头还露在水面上，正在随江流摇摇晃晃，他连忙去喊餐饮船上的厨师，一行人跑过来，当厨师把小飞和张义课救上来时，两人已不省人事了。小飞肚皮圆鼓鼓的灌满水，经过众人急救，慢慢苏醒，而张义课四肢冰凉，嘴唇乌青，已没有了脉搏。

四个孩子落水的消息迅速传开，闻讯赶来的家长，看到孩子们安然无恙地站在岸上喜极而泣。

已是晚上 7 点钟，岸边越来越多的人聚拢过来，张义课还没有醒来，大家围住他施救，有人拨打 120，九龙坡区第四人民医院救护车呼啸着把他接走了。张义课被医护人员推向急救室，6 个小时过去了，经过医护人员的极力抢救，次日凌晨 1 点，张义课才慢慢苏醒过来，恢复了意识。"娃儿救上来没有？"他开口说话了。

"太好了，你终于醒了啊！小飞他没事，救上来了。"一直守护在医院的小飞父亲，听到张义课挣开眼第一句话时，哽咽着说不出话来。他紧紧握住这位救命恩人的手，泪流满面。

张义课悬着的心终于放下了。他闭上了眼睛，想起了自己的女儿。

14 年前，也是这个长江边上的横梁子水域，也是这般大的年龄，女儿遇到了像这些孩子一样的遭遇，溺水了。他想女儿是不是也像小飞一样被急湍吞没的，是不是也和他一样高高擎起过自己的手臂。可是，她却没能幸运地得到援救。女儿带着鲜活的小生命，带着对父母的依恋，过早地离开了人世。想到这里，张义课的眼睛又潮湿了。是的，那种丧女之痛剜心蚀骨，他永远忘不掉的，他不想有人再去品尝这种痛苦。记得女儿淹死后，自己一下子瘦了整整 20 多斤，当时怎么也想不通，为什么那么多旁观者，为何没有一人站出来救救孩子。那段时间他发誓，如果有别人的娃娃遇险，他决不当旁观者。今天他终于做到了。

张义课用行动告慰了女儿，他在心里默念着，爸爸没做旁观者，爸爸永远怀念着你。

"伯伯，感谢您的救命之恩！"被救的四个孩子，举着横幅来到医院，他们的喊声，打断了张义课的思绪。看着眼前活蹦乱跳的孩子，张义课说："没事就好，没事就好。"

原来，小飞等 4 名被救儿童是小学六年级的学生，这些顽皮的孩子不顾学校禁止下河游泳的规定，吃过晚饭后，因天热就结伴溜到沙嘴水域游泳，并不识水性的他们不一会儿就被湍急的江流卷进旋涡。他们吓傻了，也不知道呼救，只是在水里扑腾，要不是张义课及时发现，后果不堪设想。

"孩子们多亏遇到您，您就是他们的再生父亲啊，如果不是您拼死相救，他们真的就没命了。"被救孩子的家长边说边流出了眼泪，孩子们突然一齐"扑通"一声跪在他的床前，重新捡回生命的四个小孩脸上依然写着恐慌。

一时间，张义课的救人之举不胫而走，人们纷纷议论着：一个餐饮船老板，为何要冒着生命危险，接连救起三人后，在体力不支的情况下，是什么使他舍生继续救人？

张义课的救人举动再次让人们重提 14 年前他的丧女之痛，重新想起他在这里救起过落水者的往事，让人们再次回放了他在经营餐饮船后，只要看到有人下水游泳，就会把这些人吆上来的画面。

"每个孩子都是父母的宝贝，抢回一条命，就救了一个家。"这个失去女儿的父亲，面对曾经的伤痛，没有麻木冷漠，没有报复和怨恨。他的义举诠释着一种可贵的本能，他的眼泪和救人场面，让每一个在场和看到画面的人被深深打动。这是一个让人心疼又骄傲的父亲，这是一种永不沉没的父爱。

感动之余，不由得让人生出一种深深的疼痛。

（文中小飞、小宝、小骏、小彬均为化名）

她在清华还好吗

当我忽然要离开故乡的山水，为了那个不灭的梦想往北飞时，我惊喜地发现，故乡的海，已经把她的浩瀚和宽容装在了我的心里；故乡的山，也已经把她的坚忍和执着刻在了我的身上。

不是所有的坚忍都会耕耘，但几乎所有的耕耘都写着坚忍；

不是所有的执着都能收获，但几乎所有的收获都来自执着；

也不是所有的浩瀚都渴望掀起波澜，但壮阔波澜又如何离得了浩瀚？

——刘付娥

7 年前，山东省各大中学的学子们不会忘记，伴随着高考成绩的公布，青岛市胶南二中，这个市郊的一所重点中学，飞出了一只金凤凰。一时间，刘付娥的名字频频出现在岛城各大媒体。高考满分，多么骄人的成绩，省理科状元，多么荣耀的光环，清华大学发来的入学邀请，一下子把这位农家女孩推上了万人注目的焦点。然而，更牵动人心的是这位没走出乡间小路，没穿过一条漂亮裙子，家境极为贫寒的女孩，面临交不起学费的难题。金榜题名和经济困境同时出现在面前，在这巨大喜悦和深切酸痛的时刻，家乡的企业给了她经济上的援助。媒体的鼎力相助，"寒窗基金"的厚爱，让她如愿踏上了去清华的求学之路。

7年转眼过去了，这位寒门才女在人才济济的一流学府里，是否依然充满自信，是否依然出类拔萃？这些年她在清华还好吗？

带着这些问号，我相邀刘付娥，她爽快答应了我的在线采访，打开 MSN，看到她如约在线。于是，点击音频我和她开始了网上语音交流。

笔者： 付娥，我一直记得7年前初次见到你的情景，你的神态不像一个刚刚毕业的高中生，言谈举止很成熟很自信的样子。我知道，你整个中学时代，学习非常优秀，几乎无人能敌。你是同学仰视的榜样，老师喜爱的好学生，学习上没有困难能羁伴你，没有什么能让你产生自卑感，整个中学时光你的表现出众得让人嫉妒。

现在这一切都成为过去式了，你走出了小山村，走进了首都北京清华大学的校园。面对陌生的环境和个个优秀的同学，你当时的心理状态是怎样的呢？

付娥： 一踏进清华园，我忽然发现自己变成了一个自卑的丑小鸭。"高考状元"这个称号，不仅没有带给我自豪感，反而成了我思想上的一个包袱。顷刻之间，我觉得自己一无所有了。英语不行，一张口就是蹩脚的"CHINGLISH"；电脑不行，甚至第一次去机房的时候找不到开机的按钮……一个高考状元，却什么都不懂，那种惶恐是前所未有的，自卑也是前所未有的。我第一次品尝到了无助的滋味。

笔者： 可以想象你当时的窘态。开学之初你与同学们就不在同一个起跑线上，这是你学业生涯中第一次遭遇落后的打击，这对一向自信满满的你来说无疑是个考验，是一道坎。我想，怎样跨越这道坎，需要的不仅仅是勇气吧，那么，你是如何调整自己的心态，迎接人生这第一次挫折呢？

付娥： 凡事抵不过一个"认真"。一无所有，便退到最后，这个最后便是自己前进的基石。给自己定好位，要求自己开始吧。每天早上，宿舍里我总是第一个起床。呼吸着清晨新鲜的空气，当我跑步从宿舍绕过东大操场时，宿舍的同学才刚刚起床。每个周末，我会提上水杯，到水利馆的自习室里度过一天，感觉很充实。

忘不了怯生生的一个人在微机实验室里的无助，也忘不了一个人解决了一个微积分难题的欣喜……那段时间，说实话，我有一些孤僻，一些较真儿，夹着那么一股子倔强的劲儿。现在细细想来，当人一下子进入到充满压力的新环境时，会有两种表现，一种是迫于压力，一蹶不振，另外一种便是激发出斗志，勇往直前。当然，如果是现在的我，可能会选择一种更好的方式。譬如积极寻求大家的帮助。这就是成长，用一段独自搏击的经历换来痛苦中的成长。

当走过大一上半年那段艰苦岁月后，看着各门考试课比较满意的成绩，才觉出有那么一点天高云淡的味道。在自卑的状态中，也学会了从一点一滴的小事中寻找自信。任何自信都是建立在实力的基础上的，所以首先还是努力。

想起那段忙碌的日子，仍然感到振奋和感动。只有克服了灵魂中的惰性，才能挺直脊梁，一如既往地去拼搏。而这种克服，必然饱含了许多痛苦和心灵的冲撞。但是，只要时刻有这种意识，就能一直保持一种比较积极的态度，对待学习也好，对待生活的方方面面也是。

笔者： 从中学到大学你经受住了角色转换的考验。永不放弃，永不落后的倔强性格使你再一次成为优秀人群里的佼佼者。出色的学习成绩真的足以令你骄傲。

有人说，从封闭的乡村中学走出来的学生，一旦走入大学，他们的社交能力、处理问题的应变能力，以及在涉猎社会知识的广度和深度上往往比城市长大的学生弱。你有同感吗？你是怎样面对这个问题的？

付娥：是的，我发现同学们身上具有的许多特质是我所欠缺的。读高中时只顾埋头学习，有点书呆子气。走进大学后，我想融入大群体里去汲取自己需要的东西。

当我看到"校园引导队"的招聘海报时，就不加思索地报了名。可临近面试，我却犹豫了。面试不通过怎么办？就想起了高三时常对自己说的一句话："做一件事时，不要想做不好它怎么办，而是想如何能将它做好。"于是，我走进了面试考场。第一道考题，给每人一张小卡片。要求用几分钟的时间把它记住，然后介绍给大家。我抽到了一张"清华园的由来"，发现它纯粹是说明性的文字，便加以修改，变成了自己的一篇引导词说了出来。当主考官点头之后，我闯入第二关：英语口试。我很紧张，竟然没听清楚考官说的问题，只好红着脸说"pardon？"那一瞬间，几乎有放弃的冲动。考官用一种鼓励的眼神看着我，清晰而又缓慢地将问题复述了一遍。我一句一句介绍了自己，并说了来大学之后的感受。第三关是随便聊一些问题。

面试之后，便是忐忑不安地等待，一如往日考试过后的焦急等待。或许，人生就要在不断的等待中度过，否则生活便会少了许多的激动和欣喜。三天之后，终于收到了入队的通知，虽然，这不算什么成功，但在那个极其需要自我鼓励的时候，是一次战胜自我的喜悦。

引导队里的生活，是我大学课外生活的第一课。引导队很重要的一项工作就是校园导游。在引导队的一年，是我收获很多的一年。不仅认识了很多的朋友，而且锻炼了自己的工作能力和语言表达能力。

笔者：你多次参加山东泰安、莱芜、德州等地区的高考经验和学习报告会。你的脱稿演讲，得到广泛好评。你伶俐口才和思辨能力让人称道，这是在"校园引导队"练出来的吗？清华大学真的成为你超越自我的起点。我能感觉到现在你比七年前的你自信了。

付娥：我说过自信来自实力。只有不断地补充自己，完善自己，超越自己，才能蓄备起足够的力量来驾驭自己，驾驭生活。清华大学给了我这样的机会，我紧紧抓住了。在校期间，我结缘 TMS，清华大学学生马克思主义学习研究会。参加了TMS 的学习，聆听了很多老师的报告，我的许多人生态度都是在那段时间形成的。后来在假期中，TMS 组队去张家港进行社会实践考察，我有幸作为成员参加了这次苏南之行。第一次走出校门，走向社会，以自己的视角观察社会，用自己的头脑思考问题，大大增加了自己的阅历。我还两次参加生产实习，深知"纸上得来终觉浅"的道理，第一次对自己所学的东西有了一些感性的深入了解，那种信息是难得的。尤其难忘的是老工程师循循善诱的教导，让我学会了怎样解决实验中容易出错的问题；懂得了知识来不得半点虚假；懂得了只要认真投入地做事终会有成果的道理；懂得了人要有独立学习的能力和主观能动性，要多参加社会实践；懂得了面对困难时要学会自我鼓励，勇敢接受挑战。

笔者：一路走来，你努力着、学习着、收获着。知道你现在已被保送为清华通信专业的硕博连读。走到今天，你一定有许多感慨要与中学在读的学友们分享。

付娥：我记得一位师兄发过的感慨，该怎样来诠释大学呢？是箪食壶浆，不改其乐的坚忍，还是庭前廊下，吟诗作对的自在？是指点江山，激扬文字的热情，还是破万卷书，行万里路的实干？都是，又都不是。大学是蕴于它们之中，又超乎它们之外的一种经历，一种体验，一份挥之不去历久弥新的感受，一首此中有真意，欲辨已忘言的长歌，一幅墙角数枝梅，凌寒独自开的画卷……

是的，大学，一首长歌，一幅画卷。走过之后，有时候会很想去重新谱曲，重新吟唱，或者拿起画笔，在这幅画卷上渲染一二，但是这是徒劳的。在时间面前，我们只能做忠实的聆听者，忠实的欣赏者……

在这里，我期待着家乡的同学们如愿走进理想中的学府，开始自己人生的又一个征程。

刘付娥爽朗的笑声在耳边萦绕，听得出，今天的她依然充满自信。曾经自豪过也罢，曾经脆弱过无助过也罢，在成功和荣誉面前，在一个又一个困难面前，她健康的心理素质，顽强无畏的个性，成就了今天的她。刘付娥以出色的成绩，完美的表现，书写着每一个人生阶段属于她的精彩。一个农家女子，靠不服输的个性，靠不断追求上进的精神，华丽转身，成为清华园里的优秀学子。

"海阔凭鱼跃，天高任鸟飞"，如今，寒门才女刘付娥又开始了她新的人生旅程，新一轮的人生画卷正等待着她去泼墨挥毫。

（原载 2005 年第 2 期《中学时光·读写在线》）

飘溢芳香的诗句闪烁思想的光芒

——读诗人李进作品有感

高兵

她在十多年前就出版过诗集《九月的旅人》，由中国广播出版社出版发行，发表过大量散文，几年前还主编过一份全国发行的少儿刊物，可当你与她交谈时，她是那么地谦和、谦逊，丝毫没有现代派诗人的那种豪放或张扬，这就是李进给我留下的深刻印象。

与李进交往时间稍长，你会知道她是一个开朗聪慧的人，虽然她已发表过上百篇作品，但在岛城女作家里她依然保持着低调，也许她曾居住过的那个小城里，大家对这样一位才女早已熟悉，可她定居岛城以后，诗人似乎主动隐退到属于自己的精神世界中去。

我和李进的初次见面，是由岛城几位著名作家的介绍，一位我尊敬的诗人对李进的作品赞誉有加。当时由于初次见面也没好意思索要她的作品。在我的观察中，作家们凑一起吃饭时，说话最少的有两个人，一个是我，另一个就是李进。前者寡言是自觉水平低，而后者则是在那里倾听和思索，从她微笑的表情里，你可以知道她在用缄默交谈。

前不久一次见面，自己主动地要求她把作品用电子邮箱的方式发给我，以便让我对她的作品有所认识和了解，她爽快地答应了。

她发给我的二十余篇作品，有诗歌、散文诗、散文和评论。我没有立刻打开阅读，我知道只有找出成块的时间，一气呵成地读完，才能留给自己一个相对完整的印象。就这样把这次阅读拖到"十一"黄金周的假期中。

早晨五点钟起来，打开电脑开始阅读李进的作品，第一篇是她的一首诗《盲艺人》。"五月/盲艺人把求生的背囊搭在肩上/手持粗糙的乐器/音乐的语言虚幻而飘忽/雁鸣切割着时空/城市里的人站在乐谱里/眼神繁杂/感情内向……"

情感内向的我，从她的诗句里触到了诗人那颗敏感和对残疾艺人的同情之心，凝练和富有寓意的诗句里，充满了同情和爱。她写道："五月的背景是舞台的背景/三个盲残人流浪的指尖抚着琴弦/绵长倾泻的曲调/是黄河支流的一条水系/沿着母亲苍迈的眼神/走出清贫潦草的老屋/与亲爱的城市相遇。//黄昏时的空气/多像泊在渡筏上的心情啊/后面是渐行渐远的故乡/前面依旧是迷茫的远方/盲艺人残缺的生命走在街上/一生平安的人儿/谁看见了他们。"读到这里，耳畔仿佛响起了盲人阿炳演奏的那首哀怨、委婉的《二泉映月》，如泣如诉。这首诗就像是给这首曲子填写的歌词，字里行间充满了作者的善良，这首诗歌深深打动了我。

李进的《远在远方的八月》，在诗里我走进了酷热的夏日，窥见了作者的些许焦躁不安："八月的另一边/纸上的种子停止发芽/它留下的残骸/藏在流水的光阴里/让时间护送这份宿命的偶然/一点一点感知/虚空的八月。"在这首诗中，诗人写出了在那个特定的时期，内心的那种空虚的感觉，在诗句里描绘的是那样的透彻，彰显了诗人驾驭语言的功力。"心灵折叠成旧日的矜持/不曾飞翔/也未曾述说/虚掩的门扉悄无声息。"这是诗人沉甸甸的内省，动人心魄。

  《天堂的夜歌》是李进为了悼念自杀的诗人海子，挥泪写下的散文诗，在这首散文诗里，看到了作者对海子之死，充满了惋惜和哀怜，也看到了作者对生命和死亡的思索，就像她在诗的结尾处深情写道的那样："谁在生命舞台的背后，飞越灵魂的山水，飞越书页里的岁月。语言连绵成三月的小雨，落入泥土，融入阅读者的心上。时间从终点回到起点。季节的容颜啊，生命在永远的天地间，生机无限。"看到这里我想起了马尔库·奥勒留在他的《沉思集》里面写道的那样："永远要看到，人的一切东西是多么短暂、多么无价值……度过与自然一致的一小段时间，心满意足地到达你旅行的终点，正像橄榄生长成熟时落下一样，赞美创造它的自然吧，感谢营养它的那棵树吧。"诗人和哲人虽相隔百年，但他们的感觉确是出奇地相似，我们在李进浓郁的抒情中感受到了冷峻的哲理。

  散文诗《生为蝴蝶》不仅仅写出了蝴蝶的形之美、灵之美，更重要的是抒写了短暂生命被制成标本的乖戾和残酷，从而引申出"形而上"的思索，从所指跃向能指。"说不清是春天引来蝴蝶，还是蝴蝶吻醒了春天。细草芊芊的绿茵之上，花红与叶绿之间，蝴蝶着一袭炫色的羽衫……可是，蝴蝶无从知晓，招摇着的美丽容易被摧毁。更不知道，在人海浮动的凡尘里，不能随心所愿决定幕落的时间。多少笑容背后布满了陷阱，多少阳光下覆盖着残暴，还有不能预知的灭顶之灾。是的，谁，正在掠走蝴蝶短短的生命，强行终止了它的呼吸。看！蝴蝶被人捕走了。活泼的生之鲜活被人揉碎，惊恐定格在一瞬，仅仅是一刹那，柔弱斑斓的生命被结束。那时，它正在寻梦。春天还未结束，翅膀还没来得及收敛，舞蹈着的快乐还未消退。蝴蝶无声的喊叫遗落在风中。"我不知道作者用蝴蝶来隐喻什么，但是蝴蝶的一生与人的一生如此的相似，所不同的是生命的时间和自然链条中的位置。自己隐隐感觉作者那充满着怜悯和善感的心。

随电子邮件发来的，还有李进的一些散文和书评，说实话，假如有人来问我："你喜欢李进的哪些作品？"我会毫不犹豫地回答："是她的诗歌！"

当然这不是说李进的散文和随笔或她其他体裁的文章不好，但我更看好她作为诗人所具有的那种智慧和语言的力量，她的诗句飘溢着一种忧郁和芳香，在她朴实无华的诗句中，我深切感受到作者那颗闪亮的心。柯勒律治曾说过："诗歌是自然环境和人类思想感情的文字再现的艺术，这种文字再现作用于我们的情感并能给人以直接的快乐；而且由己塑造出来的画面的个别部分所引起的快乐，应胜过整个画面给人带来的那种快乐。""诗歌是表达我们想要表达的东西的艺术，其目的在于同时表现并激起以直接的快乐为结果的内心的荡漾情绪；而且诗歌作品的每一个部分都应当给人以快乐，这种快乐按其自身的强烈程度应不亚于整个作品给人带来的那种快乐。"我在李进的诗中感受到了这种外在的快乐和震撼，但是我知道李进的忧患不仅仅在此，她那忧郁和伤感的内心世界只有作家们能感受到。

李进还给青岛诗人姜焕发的诗集《大海，我的歌》撰写了评论，画龙点睛地写出了诗人的性格和作品的特点，把姜焕发用粗线条给勾勒出来，我看到了诗人在盐滩里那种透彻的感悟，对自己经受磨难的一种积极向上的态度，写出了坚毅之美，感觉到作者流畅的笔触，一气呵成。而《周老师其人其事》用最简练的笔触勾勒一位心地善良，命运多舛教师的半生，从中我读到了作为曾经是优秀教师的主人翁，面对变故不停止寻找出路，面对挫败仍怀着对美好生活的向往，他的人生也值得读者去深入思考。我想这是作家李进把这样一个人物，展示给读者的目的所在。《绝版美人》这篇作品读过以后，给人一种无尽的遐想，对于小城里那个绝代佳人，作者没有正面去描述，而是用外人的行为和心理活动，来衬托出这位绝代佳人的芳容，作者用这种方式表现了一种美，更多地把美的真实含义留给了读者，这也是作者高明之处，所有语言对真美的描述都是不准确的，这也留给了读者最大的想象空间。

我无法对李进的作品逐一评点，看完她的作品，我对李进多了几分敬佩，多了几分敬重。李进作为诗人，作为岛城女作家中的一员，我相信她的潜质和她的才华，以她的勤奋不辍，不久的未来她会创作出更满意的作品。

（原载 2004 年第 3 期《青岛文学》）

有你，真好

李淑英

年初一，好友来了又走了，从下午一点的阳光里走来，到夜晚十点灯火相照里离开。中间伴有的小酌，没有让交谈的长河断过，有涓涓细流之语，有浪花飞溅的笑。十多年了，这酣畅的说与听伴在每年的第一天，分别时虽有意犹未尽，但未有恋恋不舍。夜已深，家人催归，友情再浓，一年一次的长谈，因酣畅淋漓，足以慰心！

我的好友，就是李进。

与李进的初识，是在我的花样年华里。那时的她，虽近而立，却眷美如花，已为人妇为人母的事实就像个谎言，存在于她少女一样的身心里，只有看她侍弄两岁小女时的绵软甜糯，我才会恍然她已是一个母亲。那时的我，就是杨绛先生所言的"读书太少，而想得太多"的一个人。因为性格内向，个性不圆融，常有忧郁之气浓得化不开。对现世困顿的逃避，对美好文字的向往，竟让她对我生出些许怜惜。她的这份怜惜，像红楼梦里的林妹妹对贾宝玉，因为懂得，从不规劝，也因为懂得，只有陪伴。她一度对我担心到，该如何为我寻找一个归宿，来安放我内心的不安与浪漫。那些年，她将搜寻到的好青年一个又一个领到我的面前，而在我一次又一次的拒绝里，她竟担忧我难能嫁出。此刻，我在写下这些文字的时候，想起出

274

嫁那天她如释重负的神情，笑容一圈圈荡漾在脸上，再也忍不住，伏案大笑了。

这是李进的第二本作品集，我有幸先拜读过部分篇章。读着那些温婉的文字，我常疑惑这个从不在人前感怀伤世的女子，如何写出像《亮色》、《那些芳香时日》等文，字里行间神思飞扬，灵动而深刻。李进爱笑，她的笑很有感染力，记忆里她手撩长发，开怀大笑的样子可以驱赶以她为中心几米之外的抑郁，并且她的笑有时会不合常理地出现，如《一不留神傻笑了》一文的记述令人捧腹。在她身上，难寻杨柳岸晓风残月的伤感。善良却是渗入她血液里的品质。因为善良，她对人性的弱点抱有广阔的包容心，对弱者总施以力所能及的帮助，她曾经连续几天在下班的路上，在微黑的天色里，买下过一个卖报老人的所有报纸，为的是让卖报老人早点回家，并且还为老人出主意，让她回老家所在地申请低保，以给自己多一份收入。诸如此类事，数不胜数。物质世界里，她算不上一个富人，精神层面上她是真正的贵族。《周老师其人其事》、《一份无法投递的信任》等篇章里处处闪烁着这种善良的光辉。

多年来，我感念李进来到我生活中的每一时刻，让我在这世间可以如此与善良接近，她的善良是深入骨髓的真诚，纯粹地不掺杂任何伪饰。就像她的嫉恶如仇，不会因为权贵或跟自身利益相关而不发出自己的声音。这些年，善良的驱使，她坚持做人底线，只为保有文字的纯净、良心的安稳。

似水流年，她一直安好，我俩的友情亦安好。工作之余，李进坚持她钟爱的写作，各类题材都有涉及，她很会驾驭语言，不同题材的作品，根据文本的需要，她会营造出相适宜的语境。去年，她和王甲合作，撰写了长篇人物传记《不可阻挡用眼睛书写生命》，文字力透纸背，由北京大学出版社出版发行，受到读者喜爱。她不单为稿费，更为文字的飞扬可让生命的光彩绽放。

　　有你，真好。当生活的困顿粗糙我的双眼，再也看不到字里行间的美好，我顺从了生活，远离了文字。而你一年一度的驻足，却一再提醒我，美好从未远离过！